Sur l'auteure

Eve Chase est le pseudonyme d'une journaliste ayant travaillé pour plusieurs magazines anglais. Après *Un manoir en Cornouailles*, lauréat du prix Saint-Maur en Poche du roman étranger 2019, *Les Filles du manoir Foxcote* est son deuxième roman publié en France.

De la même auteure
aux Éditions 10/18

Un manoir en Cornouailles, n° 5422
Les filles du manoir Foxcote, n° 5764

EVE CHASE

LES FILLES DU MANOIR FOXCOTE

Traduit de l'anglais
par Aline Oudoul

10
18

NIL ÉDITIONS

Titre original :
The Glass House

ISBN 978-2-264-08001-1
Dépôt légal : mai 2022

À ma famille

Quel est le sens de la vie ?
Voilà tout – c'est une question bien simple ;
une question qui tend à nous hanter
à mesure que les années passent.
La grande révélation n'était jamais venue.
La grande révélation ne vient peut-être jamais.
Elle est remplacée par de petits miracles quotidiens,
des révélations, des allumettes inopinément frottées
dans le noir ; en voici une.

Virginia Woolf, *La Promenade au phare*

Un corps découvert dans les bois

29 août 1971
Gloucestershire Enquirer

Hier, un cadavre a été trouvé dans le parc d'une propriété de la forêt de Dean. La mort est jugée suspecte. Des gens du pays, choqués, nous ont confié que le domaine, le manoir de Foxcote, appartient à la famille Harrington, qui s'y est installée au début du mois après un incendie dans sa maison londonienne. Un habitant du village le plus proche, Hawkswell, qui désire rester anonyme, a déclaré : « Nous espérons tous que ce ne soit qu'un terrible accident. Une telle chose ne devrait pas arriver dans ce coin tranquille. Ni à des personnes comme les Harrington. »

CHAPITRE 1

Rita, forêt de Dean, 4 août 1971

« Le bois semble vouloir nous dévorer vivants », pense Rita. La lumière a pris un vert étrange et des branches fouettent les vitres de la voiture. Sa main se crispe sur le volant. Le chemin se rétrécit encore. Se demandant si elle a manqué le virage qui mène à la maison ou s'il est au prochain croisement, Rita aborde un tournant trop vite… puis écrase la pédale de frein.

Elle reprend haleine, écarquillant les yeux derrière le pare-brise moucheté d'insectes. Elle ne sait trop à quoi elle s'était attendue. À quelque chose de plus chic. De plus Harrington. Pas à ça.

Derrière une haute grille rouillée, le manoir de Foxcote surgit des sous-bois, comme soulevé de terre par une poussée géologique. Une beauté ravagée, aux fenêtres à meneaux clignotant tels des ivrognes aveuglés par la lumière vespérale. Des arbres colossaux dominent un toit de tuile rouge affaissé au centre, ainsi qu'un dos cassé, avec des cheminées bancales. Du lierre envahit la façade à colombages, grouillant d'un tourbillon d'oiseaux pareil à une nuée d'abeilles.

C'est aussi loin de l'hôtel particulier des Harrington que Rita aurait pu l'imaginer.

Pendant un instant, personne ne parle dans la voiture. Quelque part dans les arbres, un pivert tambourine, marquant son territoire. La sueur coule sous les genoux de Rita. Alors, seulement, elle s'aperçoit que ses mains tremblent.

Elle a eu beau tenter de le cacher à Jeannie et aux enfants, depuis qu'ils ont emprunté la route forestière, cinq heures après leur départ de Londres, la panique l'a gagnée. Ce n'est pas juste la peur de tuer ses précieux passagers. Par moments, sa vision s'est réellement brouillée, déformée par tous les arbres immenses, l'absence de ciel et l'image d'un tronc percuté à vive allure. Maintenant qu'ils ont survécu au trajet, elle pose une main sur sa bouche. Tout va encore trop vite. Comment a-t-elle pu atterrir ici ? Dans une forêt, en plus. Elle déteste la forêt.

Ce devait être un job de nurse à Londres…

Quatorze mois plus tôt, Rita n'était jamais allée dans la capitale. Pourtant, elle en avait passionnément rêvé, se voyant déjà loin de Torquay, de tout ce qui s'était passé. Imaginant la famille londonienne – digne des Darling dans *Peter Pan* – qui l'adopterait avec joie. Elle vivrait dans une grande maison bien chauffée, sans compteur avaleur de pièces, contrairement au bungalow de mamie. Elle aurait une chambre à elle, avec un bureau et une étagère, peut-être une vue sur la ville trépidante. Et la mère qui l'engagerait serait… eh bien, parfaite. Délicate et gentille. Cultivée. Avec de fins lobes d'oreilles et des mains gracieuses. Comme la sienne, qu'elle se rappelait vaguement. Elle retrouverait tout ce qu'elle avait perdu dans l'accident – et qu'une part d'elle-même continuait à chercher.

Le jour de l'entretien d'embauche, en contemplant le stuc blanc et la glycine cascadant sur la maison de Primrose Hill, elle avait su aussitôt que cette demeure serait son nouveau foyer. Sa nouvelle famille. Elle avait ressenti une sorte de picotement en frappant à l'élégante porte d'entrée, le cœur battant sous son plus beau corsage, qui le semblait bien moins à Londres. À présent, il n'est qu'un pis-aller, emballé dans le coffre avec tous les autres vêtements – pratiques, simples, aux manches souvent trop courtes – qu'elle a pu sauver de l'incendie qui a dévasté cet hôtel particulier le week-end dernier. Même après un cycle long à la laverie automatique, ses habits sentent encore la fumée.

Rita jette un coup d'œil à Jeannie sur le siège passager. Dans sa nouvelle tenue de chez Harrods, elle est résolument vêtue pour la ville, cramponnée à un sac noir verni comme à une bouée de sauvetage. Elle a l'air fragile, bouleversée. Sa récente perte de poids se voit cruellement dans sa jupe en crêpe, à la ceinture resserrée d'un cran, son twin-set en cachemire bleu clair et son foulard en soie blanche, pareil à un bandage autour de son cou grêle. En outre, elle a mis ses lunettes de soleil, à montures en écaille et aux verres extralarges, qu'elle chausse toujours après avoir passé une nuit à pleurer.

Jeannie ne voulait pas quitter le Claridge. (Rita non plus : elle n'avait encore jamais dormi quelque part où elle ne devait pas faire son lit. La femme de chambre ne l'avait même pas laissée replier le drap sous les coins du matelas.) Jeannie n'avait aucune envie de venir ici : « Une maison monstrueuse. Ça ressemble à Walter, de m'isoler dans ce trou », a-t-elle chuchoté la nuit dernière, pour que les enfants ne l'entendent pas.

À la vue du manoir de Foxcote, Rita se demande si elle n'a pas raison.

Quand elle était arrivée à Londres, tout était différent. Elle se rappelle Jeannie lisant ses références à haute voix, son sourire naissant, ses mains caressant le soleil de son ventre épanoui. « Loyale, gentille et adorée par mes quatre enfants. Merveilleuse avec le bébé. Un peu moins pour la cuisine et la lessive. Très nerveuse au volant. Je la reprendrais sans hésiter. »

Walter ne lui avait pas prêté une attention particulière. Homme réservé à la moustache soignée, musclé dans un costume ajusté, il s'était montré aimable mais pragmatique. Après une vigoureuse poignée de main, il avait pris congé, en lançant des baisers aux enfants. Puis il avait filé à son travail, laissant dans son sillage des effluves de mousse à raser. À l'époque, il laissait volontiers les décisions domestiques à sa femme. Il dirigeait la firme Harrington Glass à Mayfair, pas la maison familiale. Et il semblait très sympathique. S'il y avait des signaux d'alarme, Rita ne les avait pas décelés.

Elle n'avait jamais autant désiré un emploi. S'asseyant prudemment sur le sofa, elle avait joint les mains pour qu'elles ne remuent pas et croisé les jambes au niveau des chevilles, les rentrant selon les consignes de mamie (« Tu paraîtras moins grande, chérie. Plus féminine. ») Elle s'était efforcée de ne pas trop sourire, d'avoir l'air très professionnelle, plus âgée que ses vingt ans. Digne d'un tel poste.

Jeannie avait appelé Teddy, cinq ans, dans le salon, puis soufflé à Rita : « Il est adorable. » C'était vrai. Elle avait dû résister à l'envie d'ébouriffer ses cheveux bouclés. Hera, douze ans, était entrée ensuite, nettement moins charmante. Comme pour le compenser, elle apportait un gâteau – une « pâtisserie », selon Jeannie – sur une assiette en porcelaine avec une minuscule fourchette en argent. Pendant qu'elle expliquait timidement comment prononcer son nom précieux, « Hiir… rah », Rita avait pris l'assiette, qui s'était renversée… Puis le gâteau avait glissé – dans un horrible ralenti – pour atterrir sur le tapis, contre l'aspidistra en pot. Hera avait pouffé. En croisant son regard, Rita – catastrophe – avait ri aussi et tenté de cacher son rire par une quinte de toux. À l'évidence, elle avait tout gâché. Elle allait être renvoyée à la vie provinciale – et à son vilain secret. Or c'était ce rire, lui avait dit plus tard Jeannie, qui l'avait conquise. Elle voulait que le bébé ait une jeune nourrice gaie, pas une vieille mégère.

Mais le bébé n'avait jamais entendu le rire de Rita. Ni de personne d'autre. Maintenant, il n'est plus qu'une poupée fantôme, raide, blanche, figée dans le temps, une présence toujours sentie mais jamais – surtout pas – évoquée. Et Rita… qui est-elle aujourd'hui ? Pas seulement la nurse enjouée. Elle a de plus graves problèmes que le choix des gâteaux pour le thé.

Même les arbres semblent la toiser d'un air accusateur en secouant leurs têtes feuillues. « Notre petit arrangement », voilà comment Walter appelle ça. Quand il l'a suggéré l'avant-veille, Rita n'a pas voulu y être mêlée. Ses raisons la mettaient mal à l'aise. Il a grogné : « Vous voulez y réfléchir ? C'est un travail, pas une carte des desserts, Rita ! » Le choix était dur : accepter ou partir (« sur-le-champ, sans références »), et il engagerait une employée plus conciliante.

« Je dois rester à Londres pour mes affaires. Vous noterez les états d'âme de ma femme, a-t-il expliqué en lissant ses cheveux précocement clairsemés.

Tenez-moi informé de ses humeurs. De son appétit. De ses relations avec les enfants. J'exige une discrétion absolue. Jeannie ne doit pas le découvrir. »

L'esprit de Rita s'était emballé. D'abord, si elle partait, où irait-elle ? Comment vivrait-elle ? Mamie était morte quelques mois plus tôt et la mairie avait repris son bungalow. Elle avait tenu à lui faire correctement ses adieux, en lui offrant une pierre tombale. Ça avait englouti toutes ses économies.

Et puis, elle ne pouvait supporter l'idée de quitter Jeannie, Hera et Teddy alors qu'ils avaient plus que jamais besoin d'elle. Cela reviendrait à les abandonner. Ni de dire : « Je ne peux plus vous aider », bien qu'elle soit sûre d'en être *capable* – elle connaît le chagrin, les cicatrices qu'il laisse, non sur la peau, mais le vélin de l'âme. (Et elle sait ce qu'éprouve une enfant différente, comme Hera, le vilain petit canard.) Aussi, mieux valait « faire des rapports » sur Jeannie cet été, en les trafiquant si nécessaire, que la livrer à une nourrice plus stricte. Ce matin, ça lui avait paru la bonne décision. À présent qu'ils sont là, encerclés par ces arbres menaçants, dans un lieu si reculé qu'ils pourraient être les derniers survivants de la planète, elle n'en est plus si certaine. Sa bouche est sèche, pleine d'un goût métallique – celui de la trahison.

— Rita ?

Jeannie lui frôle le bras, coupant court à ses pensées débridées. Elle a la voix pâteuse à cause des médicaments – ce qui a poussé Rita à conduire. (« Bizarre. Je vois des halos », a-t-elle observé ce matin, devant les œufs parfaitement pochés du Claridge.)

— Vous êtes prête ? ajoute-t-elle.

— Oh oui, pardon !

Rita rougit, la conscience à fleur de peau.

— Alors, finissons-en, voulez-vous, murmure gravement Jeannie.

Rita hoche la tête et se bat avec le levier de vitesse. Se forçant à sourire pour les enfants, Jeannie lance d'une voix joyeuse :

— Bonjour, Foxcote ! Quel plaisir d'être là ! C'est parti, Grande Rita. Allez-y.

CHAPITRE 2

Sylvie, Kensal Town, Londres, de nos jours

Je place le dernier carton dans la voiture, les mains sous le fond plein à craquer, pour que des parties de moi ne tombent pas honteusement dans la rue. Je jette un dernier coup d'œil à la maison, au bord des larmes. J'en suis là ? Mon foyer familial, comme le mariage auquel j'ai tenu si longtemps, a fini par m'être arraché ?

Ma vie conjugale a été comprimée dans des caisses de déménagement. Arrivées et départs. Cris de joie et sanglots. Quand nous nous sommes installés il y a dix-neuf ans, j'étais enceinte de cinq mois, une maquilleuse débordée, prête à s'envoler à tout moment pour une séance photo à l'étranger. Je n'avais jamais eu d'essoreuse à salade, jamais changé une couche. Ma bague de fiançailles – vieil or, émeraude vert pomme – avait appartenu à la grand-tante de Steve. Les noces ont eu lieu après la perte (incomplète) de mes kilos de grossesse. Je portais une robe vintage en dentelle ivoire et des salomés plats à la Courtney Love. Nous avons dansé sur *Common People* de Pulp. Nous nous sommes mariés pour la vie.

Je n'aurais pas non plus imaginé que cette rue puisse changer.

Bon marché pour la zone Deux, elle abritait un vendeur de kebabs, un voisin barjot qui insultait les lampadaires et un florissant repaire de drogués. Les portes d'entrée affichaient la couleur rouille des logements sociaux. Aujourd'hui, la plupart exhibent des nuances délavées de gris anthracite. Un fleuriste devenu la coqueluche d'Instagram, qui vend des dahlias rouge sang, a remplacé la boutique de kebabs. Si nous devions acheter notre maison à présent, nous n'en aurions pas les moyens. Nous ? Encore ce lapsus. Il revient sans cesse.

Je murmure « au revoir ». J'ai passé un mois à déménager des cartons avec hésitation dans mon petit appartement pendant que Steve était au travail. Maintenant que c'est fini, je me sens euphorique. Toutefois, mon cœur saigne. Je ne peux pas le fermer aussi facilement que la porte d'entrée. Tant de souvenirs demeurent dans cette maison, stockés comme la lumière du soleil dans un bocal : les marques au crayon de la croissance d'Annie sur le mur de la salle de bains ; la rose pastel que nous avons plantée sur la tombe de Laitue, son lapin ; mon book, que je créais à mes débuts, il y a plus de vingt ans, contente de travailler pour la gloire. À présent, je n'ai pas d'espace de rangement. Ni de jardin – mais trop de factures à régler toute seule.

Une séparation à l'essai, voilà comment Steve l'appelle. Il ne m'a pas crue quand j'ai abordé le sujet il y a six semaines. Nous mangions des linguine aux crevettes dans un silence houleux. Je rentrais d'une séance photo dans les Highlands pour un catalogue style *gentleman farmer*, riche en velours côtelé, modèles frissonnants et pluie battante. Steve avait oublié le jour des poubelles

– crime capital –, nous coinçant avec les déchets à recycler pendant quinze jours supplémentaires, et la nôtre était déjà pleine à craquer. Pourtant, la cause de la tension était ailleurs : dans les couches de détritus qui avaient lentement pourri notre mariage – tous les autres crimes.

J'ai regardé Steve décapiter en fredonnant une crevette avec les doigts. Son visage – sourcils bruns arqués, menton barré par une vieille cicatrice de bicross – m'était si familier que j'aurais pu le voir les yeux fermés.

— Qu'est-ce que j'ai encore fait ? a-t-il dit sans lever les siens.

J'ai posé ma fourchette. Les vannes se sont ouvertes.

— Steve, je ne supporte plus ça… nous.

Grand silence. Steve clignait des paupières. Il s'attendait à m'entendre m'excuser ou invoquer une saute d'humeur. La musique est passée à *Perfect Day* de Lou Reed. D'habitude, nous aurions plaisanté de cette ironie. Pas cette fois. J'avais l'impression que rien ne serait plus drôle. Steve a balbutié, dérouté :

— Mais je t'aime…

À cet instant précis – 20 h 11, le 19 juin – j'ai senti qu'il était sincère, vraiment… et, en même temps, qu'il ne pouvait imaginer la vie sans moi, ce qui n'est pas tout à fait pareil. Puis j'ai pensé à notre fille de dix-huit ans, Annie, qui fêtait avec une douce inconscience son diplôme de fin d'année à Camden, et j'ai fondu en larmes. Qu'est-ce qui me prenait ?

L'amour. La stabilité. Un foyer solide. Dès qu'Annie était venue au monde, obscurément précieuse, je lui avais promis tout cela. Je n'avais pas pleuré mes libertés perdues, bien que ma carrière se soit vite réduite comme une peau de chagrin. Je ne pouvais plus voyager ni travailler le soir. J'étais épuisée. J'avais même les pieds gonflés. Pourtant – je devais bien l'admettre, j'étais aussi étonnamment heureuse, peut-être pour la première fois de ma vie. Mes repères s'étaient inversés. Donc, oui, j'allais être une bonne mère. Rien d'autre ne comptait. Je donnerais à Annie tout ce que j'avais.

Pour cela, je m'étais efforcée d'oublier Lisa, des ressources humaines – début de la trentaine, balayage blond, qui avait renversé son cocktail sur ma plus belle robe au Noël du bureau de Steve – et, j'en suis presque sûre, la partenaire de Steve au tennis, ainsi que d'autres liaisons que j'ai senties sans pouvoir les prouver ces dernières années.

Lorsqu'on apprend très jeune à enfouir les choses douloureuses – pour moi, tout ce qui s'est passé il y a longtemps dans une forêt, le genre de questions qui pétrifient ma mère et la mettent au bord de l'infarctus –, on passe maître dans l'art du refoulement. Et de garder les secrets. Mais les secrets ne s'en vont pas complètement. Telles des mites dans une armoire, ils grignotent en cachette, jusqu'à ce qu'on voie l'accroc.

Au début de l'été, vers la fin de l'année scolaire d'Annie, j'ai perçu en moi une mutation inattendue. Comme le changement de vitesse d'un vélo, une étrange impression de roue libre, puis le clic du dérailleur. Une petite voix dans ma tête s'est mise à chuchoter : « Tu as quarante-six ans. Si tu ne pars pas maintenant, quand le feras-tu ? Quel exemple donnes-tu à ta fille ? Elle voudrait que tu sois heureuse. »

Annie ne voyait pas vraiment les choses ainsi.

— Alors, tu as toujours menti ? fait semblant ? a-t-elle balbutié quand je lui ai annoncé la nouvelle, cherchant désespérément à faire passer notre séparation pour un « divorce conscient » à la Gwyneth Paltrow – ce qui est, certes, un peu extrême.

Je ne pouvais supporter de lui parler de la liaison de Steve car c'était un problème d'adulte, humiliant pour moi, un symptôme de notre rupture autant que sa cause. D'ailleurs, malgré tout, il a toujours été un père génial. J'ai préféré dire :

— Nous sommes unis dans notre amour pour toi, Annie. C'est le plus important.

Vrai. Mais quand j'ai voulu la serrer dans mes bras, elle m'a repoussée.

— Pourquoi tu m'as pas prévenue ? Tu sais quoi, maman ? C'est toujours comme ça avec toi. Tu dis : « Tout va très bien… Ne pose pas trop de questions, c'est tout. » (J'ai tressailli, sentant que j'avais touché un point plus sensible, une veine de ressentiment dépassant le cadre de ma rupture avec Steve.) Et c'est des conneries.

Le lendemain, Annie a filé dans le Devon pour l'été, où l'attendait l'épaule compatissante de ma mère. Dans la soirée, maman m'a téléphoné de son cottage pour me rassurer :

— Pour l'instant, Annie est sur le divan. Elle mange ma glace au caramel maison en regardant des épisodes de *Girls*. Bien sûr qu'elle ne te déteste pas ! Non, arrête, Sylvie. Tu es une merveilleuse mère… Seulement elle est sous le choc. Elle se sent trompée. Il lui faut du temps pour le digérer. Comme à nous tous, a-t-elle ajouté – ce que j'ai pris pour une petite pique.

Je n'avais pas non plus averti maman. Nous n'échangeons les mauvaises nouvelles qu'en cas de nécessité. Telle mère, telle fille.

— Laisse-la profiter d'un été insouciant à la plage.

Je prendrai soin d'elle, ne t'inquiète pas. Mais qui veillera sur toi ?

J'ai ri et répondu que j'étais parfaitement capable de le faire moi-même, mais qu'après des années de vie conjugale, j'avais besoin de savoir qui j'étais.

— Qui tu es ? a-t-elle murmuré, après un lourd silence, puis elle a rapidement changé de sujet.

Annie s'en est vite sortie en trouvant un job de serveuse et un petit ami. Elle prétend souvent au téléphone, d'une voix peu convaincante, que la réception est mauvaise et s'engage à me rappeler plus tard – ce qu'elle ne fait jamais. Si je l'interroge sur son nouveau copain (« Elle est folle de lui », à en croire maman), Annie se ferme, m'excluant, semble-t-il, de ses confidences. Je peux le rencontrer ? Elle se tait. Quand rentrera-t-elle à Londres pour voir mon nouvel appartement ?

— Bientôt, lâche-t-elle avec un rire étouffé, comme si le garçon, derrière elle, lui caressait le cou. Il faut que j'y aille. Bisous. Tu me manques aussi, maman.

En me garant dans ma nouvelle rue qui n'est pas aussi belle que l'ancienne, j'en conclus qu'au moins, elle s'amuse. J'entends déjà, en sortant le carton du coffre, le pouls estival de l'immeuble. Des bruits fusent des fenêtres ouvertes : d'enfants confinés, de hip-hop, d'un commentaire radiophonique – « But ! » – et d'une chanteuse d'opéra, au premier, qui travaille ses gammes à gorge déployée. Un groupe d'ados à capuche m'observent, adossés à un mur couvert de graffitis, en fumant de l'herbe. Je leur lance un sourire, refusant de me laisser intimider, et grimpe résolument les quatre étages, les bras chargés par la dernière bribe de ma vie conjugale.

Le quartier « industriel sympa », selon les agents

immobiliers, est un mélange de logements sociaux et privés, avec des passerelles communes en béton et des balcons donnant sur le Grand Union Canal. Un brin subversif. Je loue mon appartement – deux petites chambres, la plus jolie prête pour Annie – à une vieille amie compréhensive, Val, qui le met d'ordinaire sur Airbnb. C'est l'image parfaite des murs roses garnis de photos, des parquets scandinaves blanchis à la chaux, des tapis berbères et des plantes d'intérieur aux feuilles lustrées, robustes. Son meilleur atout : seules deux stations de bus le séparent de l'ancienne maison, pour qu'Annie puisse aller et venir facilement entre Steve et moi, si elle le veut – ou pas.

Je laisse tomber le carton, regrettant de ne pouvoir demander à quelqu'un d'allumer la bouilloire.

Le silence me suit partout, à la manière d'un chat. J'allume la radio et ouvre les baies vitrées du balcon, tête renversée en arrière, bras écartés, feignant d'être dans un vieux film français. Les grondements de la ville s'engouffrent à l'intérieur. Londres sent le canal, le diesel, la chaleur imbibée de bière. Je lève mon visage vers le soleil et souris. Je peux y arriver.

Même au bout d'un mois, la vue du balcon me paraît nouvelle, comme si la grande cité grise avait fendu son cœur vert bien caché pour m'accueillir. Couleur de thé matcha, le canal est une voie urbaine pour les libellules, les papillons et les oiseaux. Deux spécimens intéressants : un trentenaire qui aime les chapeaux, joue de la guitare en chantant faux, avec un naturel confondant, sur sa péniche le soir – et un héron à demeure. Autre déracinée, j'éprouve une drôle d'affinité avec ce héron dépenaillé – gauche mais stoïque, plus tout jeune – en qui je vois le symbole de mon étrange liberté nouvelle. Pas de trace de lui depuis ce matin.

Je m'accoude à la balustrade, cheveux au vent. Mon esprit, telle l'aiguille d'une pendule, se projette nerveusement vers l'avenir : le travail, la première heure acceptable pour boire un verre, Annie. Des images éclosent dans mon esprit : maman crapahutant sur la plage, ma fille sur les épaules ; Annie pelotonnée sur le sofa, petit mammifère soyeux dans un nid de coussins ; ses taches de rousseur, étoiles exotiques, impossibles à reproduire par une maquilleuse. Ces taches me manquent. Elle aussi. Je me rappelle encore nettement, comme si c'était hier, la sensation d'avoir touché sa première dent, cachée sous sa gencive endolorie, prête à percer.

Du coin de l'œil, je vois le héron, l'oiseau de ma liberté, s'abattre sur la berge et se changer en statue. Je lui souris. Mon portable sonne. Ne reconnaissant pas le numéro, je crains une arnaque et attends que la boîte vocale se déclenche. Il sonne à nouveau.

— Allô ?… Pardon ?… Oui, Sylvie, Sylvie Broom… Quoi ?

Je reprends mon souffle. Le héron déploie ses ailes et reste immobile, suspendant son envol. Le temps ralentit. Le mot « accident » déchire l'après-midi brûlant. Alors, dans un bruissement de plumes, mon héron s'enfuit.

CHAPITRE 3

Rita

Rita sursaute lorsqu'un faisan jaillit du bas-côté broussailleux. Elle attend qu'il fuie dans les bois, puis manœuvre la voiture entre les grilles du manoir. Un raclement de métal la fait grimacer. Elle espère que Jeannie ne l'a pas entendu. Ce premier jour doit se passer sans heurts ni mauvais présages.

— La voiture fait « aïe », commente Teddy de la banquette arrière, la tête sur les genoux de sa sœur aînée, un pied nu pressé contre la vitre.

Il a somnolé pendant presque tout le voyage alors qu'Hera était assise, avec une vigilance hostile, ses joues de hamster pleines de bonbons.

— Ne t'inquiète pas, ajoute-t-il gentiment. Tu l'as rayée de l'autre côté cette fois, Grande Rita. Maintenant, ils sont pareils.

Rita se tourne vers Jeannie.

— Je suis désolée…

Et encore plus d'avoir accepté de l'espionner pour Walter. Mais elle ne peut pas dire ça.

Jeannie hausse les épaules et sourit – le premier vrai sourire de la journée –, l'air d'apprécier que la voiture de son mari ait une nouvelle éraflure. Rita ne comprend pas le mariage des Harrington. Chaque fois qu'elle croit y arriver, quelque chose l'en empêche. Comme le couteau.

Deux jours après l'incendie, Jeannie lui a confié qu'elle avait caché sous son lit les affaires du bébé mort – dont Walter avait banni « toute relique » – et craignait de ne plus jamais les revoir. Rita a aussitôt offert de les récupérer. Elle savait d'expérience que les souvenirs, tels des bijoux rares, doivent être protégés : la grandeur des petites choses.

Rampant sur les cendres sous le lit conjugal des Harrington, elle a fini par trouver le sac en velours couleur chair, pareil à un ventre gonflé, rempli d'une couverture de berceau, de chaussons à volants et d'un hochet en argent de chez Tiffany's que le bébé n'avait jamais pu agiter. Alors qu'elle tentait de reculer, presque coincée – constatant qu'il est toujours plus dur de s'extraire des situations délicates que de s'y fourrer –, elle a aperçu un petit couteau de cuisine planté dans les ressorts du sommier, juste sous l'oreiller, comme s'il attendait que Jeannie l'empoigne. Rita en tremble encore. Elle ne sait que penser. Jeannie se sent-elle menacée par son mari ? L'a-t-il déjà battue ? Walter dirait qu'elle est paranoïaque, que le couteau est un autre signe de son esprit agité, de la maladie qui a déshonoré la famille. Il en est bien capable.

Après tout, c'est lui qui a fait interner Jeannie aux Herbiers un mois après la mort du bébé. Rita, qu'il a envoyé la chercher huit longues semaines plus tard, ne l'oubliera jamais : la façade de la résidence, les femmes aux yeux éteints errant dans les jardins en chemise de nuit blanche. Elle avait parlé à une gentille vieille dame, qui berçait un oreiller dans ses bras.

À l'entendre, elle était là depuis un demi-siècle et n'avait pas eu de visites depuis quarante ans. Rita ignorait l'existence de ces asiles et s'était juré de veiller à ce que Jeannie n'y retourne jamais.

— Nous y sommes…

Elle coupe le moteur. Le silence est si épais qu'elle s'attendrait presque à ce que ses oreilles se débouchent.

En regardant autour d'elle, Rita découvre une petite voiture brune grêlée de rouille, garée sous une cascade de chèvrefeuille. Ce n'est pas la seule chose délabrée du domaine. Foxcote a clairement perdu depuis longtemps sa bataille contre la forêt. De grosses racines ont percé le mur du jardin, laissant des orties se faufiler par les brèches et des ronces traverser l'allée, comme si elles voulaient s'introduire dans la maison. Tout le domaine disparaît sous la verdure. Rita espère que la vitalité des enfants le ranimera.

— Ouah ! s'écrie Teddy en ouvrant sa portière, avant de s'élancer vers le porche en bois.

L'air s'engouffre dans la voiture, sentant la chlorophylle et, curieusement, une odeur familière à Rita, longtemps oubliée, qui hérisse les poils fins de ses bras.

— En fait, qu'est-ce qu'on fiche ici ? lance Hera, lapidaire, de la banquette arrière.

L'atmosphère bascule. Au début, Rita se tait, veillant à ne pas marcher sur les pieds de Jeannie. Elle l'observe, tendue. Jeannie remonte ses lunettes de soleil sur ses cheveux ondulés et dévisage sa fille de treize ans dans le rétroviseur, avec une tendresse circonspecte.

Hera lui renvoie un regard noir, sans ciller, de ses yeux bleu arctique si pâles que l'on voit au fond de l'iris – les yeux de Walter. Sa frange déchiquetée tombe sur son front. La semaine dernière, elle a pris les ciseaux de cuisine pour se faire une coupe qui a arraché un cri à sa mère.

Pour rompre le silence, Rita se tourne vers l'arrière.

— On échappe à la ville crasseuse pour l'été, lance-t-elle gaiement alors qu'elle adore Londres en août, son énergie nerveuse et sa chaleur moite. Le temps qu'on rénove la maison.

Jeannie lui décoche un petit sourire reconnaissant.

— Mais tu as toujours détesté Foxcote, maman, fait remarquer Hera.

Teddy, naïf et confiant, ne saisit pas vraiment ce qui se passe. Hera, elle, le comprend très bien et ne cesse de saper la version des événements donnée par ses parents. Leur dispute ce matin, dans le hall de l'hôtel, ne lui a pas échappé : Walter tenant Jeannie par les bras, comme pour lui transmettre un peu de bon sens ; elle détournant la tête, refusant de le regarder. En voyant l'expression d'Hera maintenant, Rita songe à une casserole de lait en passe de déborder.

— Pas du tout, ment Jeannie à voix basse.

Rita se mord la joue. Elle sait que Jeannie a été obligée de venir ici pour pouvoir garder les enfants. Elle a eu un choc quand Jeannie lui a confié qu'elle n'avait pas accès à l'argent de la famille – juste à celui du ménage – et qu'une riche femme mariée avait moins de liberté que sa nurse.

— Mais… insiste Hera, profitant du fait d'avoir, pour une fois, toute l'attention de sa mère.

— Ça suffit, coupe Jeannie. Pas aujourd'hui, d'accord, chérie ? Et cesse de te gaver de sucreries. Tu n'auras plus d'appétit pour le thé.

Hera claque sa portière. Rita la regarde marcher rageusement vers la maison sur ses jambes charnues semées de taches. Si Jeannie n'est plus que l'ombre d'elle-même depuis la mort du bébé, Hera a doublé de volume. Rita trouve des papiers de bonbon partout, dans ses poches, sous son oreiller. Le mois dernier, Hera a été surprise, deux fois, en train de voler dans la boutique de friandises de son école.

Quelque chose s'est brisé en elle la nuit où Jeannie a perdu le bébé. Rita a tenté à maintes reprises de l'amener à en parler. Mais elle se ferme comme une huître. Tout ce que sait Rita, c'est qu'elle extériorise tant bien que mal les événements de l'année dernière. Par moments, une ombre vient troubler ses yeux pâles. Et c'est à Rita de contenir ses explosions, de protéger Teddy et sa sœur des pires querelles de leurs parents, qui ébranlent la maison sur ses bases. (Souvent, elle se sent aussi efficace qu'un parapluie dans la tempête.)

— Ça s'annonce bien… dit Jeannie.

— Ne vous inquiétez pas, elle se ressaisira.

Pour une raison obscure, Rita a foi en Hera. Elle est touchée par cette gamine fébrile.

— Je vais prendre les bagages et installer vos affaires dans la maison.

Elle déplie ses longues jambes, gênée par le volant, puis gagne l'arrière de la voiture à grands pas, attirée par tout autre chose que les valises.

Quand elle entend le coffre s'ouvrir dans un déclic, Rita exhale un souffle qu'elle n'avait pas eu conscience de retenir.

— Alors, notre précieux chargement a survécu ? lance Jeannie de son siège.

— Oui ! répond Rita en souriant, recouvrant son optimisme naturel. Sain et sauf.

— Je vous avais dit qu'il serait en sûreté, calé entre les valises.

De la taille d'une poupée, le terrarium de Rita est

son seul bien précieux. Son seul objet non utilitaire. La nuit de l'incendie, après avoir traîné Jeannie et les enfants au bas de l'escalier à travers la fumée, elle avait essayé de remonter pour le sauver, mais la fournaise l'avait repoussée. Elle l'avait récupéré le jour où elle était allée chercher les affaires du bébé, avec le sentiment de retrouver un vieil ami, un compagnon silencieux. Garni d'un fin rocher moussu, d'un adiantum (qu'elle a nommé Ethel) et, entre autres plantes, d'une herbe (Dot) issue d'une minuscule spore noire, le terrarium est l'unique lien entre sa vie improbable de nurse et sa vie d'avant.

Depuis qu'elle est petite – mais toujours la plus grande de la classe, la moins susceptible d'être choisie pour jouer l'Enfant Jésus et, plus tard, invitée à danser – le jardin miniature de son défunt père trône sur le rebord de sa fenêtre. Elle le contemple comme d'autres filles leur miroir. Lorsqu'elle le fixe, les yeux plissés, entre ses cils en demi-lune, elle peut se réfugier sous sa cloche de verre, blottie dans chaque paysage qu'elle a créé : la plage faite d'une poignée de sable ; un bonsaï au tronc gris torsadé ; la prairie de pissenlits sauvée d'une fissure du trottoir ; ses anciens « moi » à tous les âges, qui parcourent la Terre dans sa tête, la contiennent et la contrôlent avec les doigts. Pour tenir à distance le vaste monde effrayant.

Résistant à l'envie de le mettre à l'abri en premier, Rita extrait les valises des enfants, puis regagne l'avant de la voiture, le gravier crissant sous ses pieds. Elle se penche vers Jeannie, qui n'a pas bougé.

— Je rentre aussi votre bagage ?

— Non, non. J'y arriverai. Allez-y, Rita. J'ai besoin d'un moment à moi.

Elle cherche une cigarette dans son sac.

Rita hésite, craignant qu'elle ne saute derrière le volant pour retourner au Claridge, voire à la maison qui a brûlé à l'anniversaire de la naissance du bébé – fait dont personne ne parle. D'après les pompiers, l'incendie a démarré à cause du vieux lampadaire-palmier du salon. Rita n'en est pas si sûre.

Le moment se tend comme un fil.

— N'ayez pas peur. Je prends juste une clope, ironise Jeannie.

Rita rougit en souriant, rassurée. Mais lorsqu'elle marche vers la maison, elle entend le souffle du briquet et Jeannie marmonner :

— Même si j'aimerais mieux mettre le feu à cette maudite baraque.

CHAPITRE 4

Hera, 4 août 1971

Quand j'ai regardé par la fenêtre de ma chambre ce matin-là, il y a un an et une semaine, le ciel de Londres était bleu et calme. Toute la ville semblait retenir son souffle, attendant que le premier cri de notre bébé retentisse par-dessus les toits. Ma sœur ne devait pas naître avant quinze jours. J'avais tracé un cœur au feutre rouge dans mon calendrier autour de la date prévue. Mais les voisines avaient déjà commencé à déposer chez nous des plats en Pyrex, garnis de tourte à la saucisse et de poulet de la reine. Maman, qui s'était mise à marcher avec une dégaine de cow-boy, avait eu aussi de « légers élancements », un mot qui me faisait penser à des passereaux en vol.

Après le déjeuner, je l'ai aidée à étaler de vieilles serviettes sur son lit, puis des journaux par terre, et nous avons ri des poèmes absurdes qu'ils imprimaient sur nos doigts. J'ai essayé de ne pas penser à ce que ces journaux étaient censés absorber en me concentrant sur la sensation de tenir ma petite sœur dans mes bras. (J'avais passé un accord avec Dieu pour que ce soit une fille, une alliée, la meilleure amie que je n'aie jamais eue, mais en oubliant de Lui faire promettre qu'elle reste dans les parages.) Elle aurait l'air à vif, tel un pouce trop sucé et, plus tard, elle me ressemblerait, en un peu plus quelconque. J'imaginais que je la bercerais sur mes genoux et que les gens diraient, pour que maman l'entende : « Tu es une grande sœur parfaite, Hera. Elle a de la chance de t'avoir. » Sur quoi, je hausserais les épaules avec modestie, en feignant de ne pas m'être longtemps exercée avec le chat du voisin.

Mais, après, les élancements se sont envolés. On aurait dit une fête annulée à la dernière minute. Nous avons attendu. Tante Edie est arrivée, en créant une effervescence, comme toujours. Ma tante s'est déclarée trop intelligente pour le mariage. Elle porte un pantalon marine, un chemisier blanc, et travaille dans un magazine d'actualités qui l'envoie dans des pays dangereux, armée d'un crayon. Elle a reçu deux balles et sort avec des photographes de guerre. Elle trouve barbants les trucs pour enfants. Chaque fois qu'elle est venue nourrir les canards avec nous à Regent's Park, elle réprimait des bâillements qui sentaient le café en louchant sur sa montre d'homme. Je l'adorais juste pour ça.

— On ne doit pas t'empêcher d'aller en première ligne, Edie, maugréait maman avec une pointe d'amertume suggérant qu'en secret, nourrir les canards l'ennuyait aussi.

Maman aimait beaucoup plus tante Edie quand elle n'était pas là. Ma tante était devenue un exemple dans ses disputes avec papa, qu'elle brandissait tel un drapeau d'un nouveau pays exaltant. Les femmes comme elles étaient l'avenir, clamait-elle en battant de plus en plus fort la pâte à gâteau, faisant voler des bribes qui retombaient – par accident – sur le sourcil froncé de mon père. Edie menait la vie que maman aurait vécue si elle ne s'était pas mariée aussi jeune – à dix-neuf ans – et ne m'avait pas eue (six mois plus tard). J'étais toujours triste quand elle disait ça, craignant que mon arrivée l'ait empêchée de se réaliser et l'ait ramenée à la préhistoire.

En tout cas, ce mardi-là ressemblait encore à un des *Maison & Jardin* de ma mère. Les serviettes étaient pliées en éventail sur la table de la salle à manger, luisante de propreté. À l'époque, j'étais enrobée – mais pas grosse –, et maman toujours en forme. Elle portait une robe à motif de pommes qui dansait sur son ventre quand elle se déplaçait. Tante Edie était venue lui apporter des affaires de bébé, un hochet en argent et une douillette couverture jaune. Pendant que maman ne regardait pas, elle a arraché l'étiquette du prix. Il était évident, à son air, qu'elle avait mal calculé sa visite – elle pensait être largement à deux semaines de la naissance. À présent, elle était coincée. Comme nous – et le bébé.

Bientôt, maman s'est mise à graviter autour du salon, une main sur les reins. Elle expirait par bouffées – une vraie bouilloire –, puis se redressait avec un rire bref, essoufflé. Teddy n'aimait pas ça. Ni tante Edie.

— Bon Dieu, Jeannie ! Tu veux que j'appelle une ambulance ?

— Non, je veux être forte comme un homme !

Cette nouvelle rudesse ne s'arrêtait pas à ses paroles. Elle avait pris un autre aspect, un peu laid. Son visage était rouge et gonflé. Même ses pieds avaient enflé. Mon ongle disparaissait quand j'y plantais le doigt. Quand elle faisait les cent pas devant la fenêtre ensoleillée, son ventre n'était plus haut, mais avachi. Apparemment, ce qui était à l'intérieur devenait trop lourd pour y rester encore longtemps. L'idée qu'une chose aussi grande quitte bientôt son corps par la même petite fente secrète que celle que j'avais entre les jambes me tracassait. Je n'arrivais pas à comprendre comment c'était possible. Mais je me rassurais en pensant que ça s'était déjà produit.

Papa est rentré tôt du travail. Il a enlevé sa cravate et apporté à maman un verre d'eau, qu'elle a écarté rageusement. Sur quoi, laissant tante Edie seule avec elle, il s'est assis sur l'escalier en spirale qui descend au patio. Là, il a fumé cigarette sur cigarette en fronçant les sourcils, comme si la venue du bébé demandait une sérieuse préparation mentale. Il l'avait beaucoup fait à mesure que son ventre s'arrondissait.

À un moment donné, le téléphone a sonné dans l'entrée. Edie et maman ont échangé un drôle de regard quand papa a couru décrocher et sifflé un truc dans le combiné avant de le reposer. Puis il est resté là, fixant l'appareil avec colère, sa cigarette se consumant jusqu'à ce que la baguette de cendres tombe par terre. Quand maman a demandé qui c'était, il n'a pas répondu. Ma tante feignait de lire *Maison & Jardin*. Du coup, c'est moi qui ai fait entrer la sage-femme.

Maman a commencé à se cramponner au divan, comme pour l'empêcher de galoper dans la pièce. Ses boucles brunes collaient à son front. Elle est arrivée à me dire entre ses dents serrées :

— Il est temps d'aller te coucher.

Quand elle m'a embrassée, son odeur avait changé.

— Demain matin, tu auras un autre frère ou une petite sœur, a-t-elle ajouté dans une inspiration bruyante. Reste en haut avec Grande Rita, d'accord, chérie ?

J'ai déguerpi.

À l'étage, Grande Rita est sortie de la chambre de Teddy avec un sourire si large qu'elle semblait contenir en elle le bord de mer. Sa jupe était encore trempée par le bain de mon frère et une chenille de mousse collait à ses cheveux. À l'époque, Rita n'était pas chez nous depuis longtemps – quelques semaines, déjà habituée à son surnom –, et chaque fois que je la voyais, ça me faisait encore l'effet d'une bonne surprise. Je m'étais attendue à la détester, comme toutes les autres nurses qui s'étaient succédé après la mort de Nanny Burt, deux ans plus tôt (une femme à la main leste et aux froncements de sourcils pareils aux marques de fourchette sur ses tourtes : je ne pouvais pas non plus la sentir). Mais j'aimais Grande Rita. Elle me posait des questions. Elle avait une présence. Ses mains, malgré leur taille, ne donnaient pas de gifles. Et si Teddy se réveillait la nuit, effrayé par les ombres sous son lit, je l'entendais lui murmurer : « Tu es à l'endroit le plus sûr du monde, Teddy », l'air de croire que les drames épargnaient les maisons comme la nôtre.

Et puis Grande Rita n'est pas jolie, pas franchement. Ça ne devrait sans doute pas compter – et pourtant si. J'ai passé toute ma vie avec des gens qui admiraient ma mère, puis m'avisaient en notant que je n'ai pas hérité de son charme. Les beautés aiment mieux briller que vous remarquer. J'ai vu d'emblée que Grande Rita était observatrice. Elle a de grands yeux couleur de sable mouillé. En plus, la banalité de son prénom m'a séduite : il me fait penser aux cônes de glace et aux frites servies dans du papier journal – des trucs auxquels je n'ai pas droit. (« Mieux vaut les éviter jusqu'à ce que tu aies perdu tes rondeurs, chérie », dit maman, qui surveille toujours sa ligne – et mon poids.) J'aurais préféré m'appeler ainsi. J'ai horreur d'avoir à répéter mon nom – « Hero ? » – et à l'épeler. Hera est la déesse grecque du mariage, ce qui n'est même pas drôle. Mais surtout, Grande Rita m'a plu juste parce qu'elle m'appréciait. Quand papa a dit pour rire qu'il fallait apprendre à m'aimer, comme les choux de Bruxelles, elle m'a chuchoté en cachette : « Mon légume préféré… » Personne ne m'avait jamais rien dit d'aussi gentil. Contrairement aux autres nurses, elle nous emmenait en ville, dans des musées et des galeries, ou glaner des trésors au bord de la Tamise, où nous empochions d'infimes trouvailles boueuses, l'odeur métallique du fleuve imprégnant nos doigts transis. Avant de laver notre butin dans l'évier, nous ne savions jamais vraiment ce que l'eau révélerait.

Cette nuit-là, nous étions toutes les deux surexcitées. Je n'arrivais pas à dormir. Je lui ai demandé de me raconter encore l'histoire de sa jardinière en verre. Elle s'est assise sur mon lit et m'a expliqué doucement, à voix basse, qu'autrefois les terrariums s'appelaient « caisses de Ward », qu'ils avaient été conçus pour faire pousser des plantes dans l'air londonien pollué ou les transporter pendant les longs voyages à l'étranger, et qu'ils avaient transformé la botanique et l'apparence des Kew Gardens. Puis, quand mes paupières sont devenues lourdes, et ma tête pleine de fougères, elle s'est tue et m'a enveloppée d'un drap. Il faisait trop chaud pour mettre une couverture.

Je me suis réveillée dans la nuit étouffante quand des cris à glacer le sang ont éclaté un étage plus bas. Maman agonisait. J'ai plaqué un oreiller sur ma tête. Je voulais que ce qui devait arriver arrive pour qu'elle ne souffre plus. Grande Rita est venue voir comment j'allais. « Il y aura un beau bébé demain dans le couffin », m'a-t-elle dit, mais quand elle a écarté les cheveux de son visage, j'ai vu ses doigts trembler.

Une heure plus tard, j'ai ouvert ma fenêtre et me suis mise à genoux, le menton sur le rebord frais, contemplant les toits pendant que le soleil pointait. J'étais là quand l'ambulance a pilé devant la maison où, d'habitude, la camionnette du laitier s'arrête dans un tintement joyeux, et que la sage-femme a dévalé le perron, sa lanterne éclairant le paquet dans ses bras.

Le choc de cette vision a vidé mon esprit, puis mon estomac. Et tout a disparu. J'ai beau essayer, je ne peux simplement pas m'en souvenir : ce que j'ai vu s'est effacé, comme un visage d'une photo. D'après papa, c'est mieux ainsi. Je dois oublier tout ce que j'ai pu voir cette nuit-là et me rappeler que j'ai toujours eu une imagination trop vive. Et ne jamais, jamais, en reparler.

CHAPITRE 5

Sylvie

Je demande en douceur, me rapprochant d'Annie sur le grand sofa blanc :

— Ça t'aiderait de parler de ce qui s'est passé ?

Je persiste à croire qu'elle ne m'a pas tout dit sur l'accident de maman, que quelque chose la ronge.

Annie secoue la tête et mordille une de ses mèches rousses, en l'étalant comme un ruban. J'enlace ses épaules. Elle paraît jeune, effrayée et tremblante sous son sweat-shirt. Je remarque qu'elle agrippe son portable et j'espère que son nouveau copain l'a appelée pour lui offrir un soutien. Il arrive peut-être à la joindre.

Le teuf-teuf d'une péniche s'élève sur le canal. Même ce bruit semble différent de la normale. Le monde a changé. Viré au noir. Les ombres ondulant sur le mur ont l'air de gens qui tombent.

— Mamie est dans le meilleur service possible, Annie. (Une brillante unité spécialisée à Londres car l'hôpital local était plein. « Dieu merci », me dis-je pour la énième fois, m'accrochant à chaque bribe de bonne nouvelle.) J'y retourne dans une heure. Tu m'accompagnes ?

Elle acquiesce, tâchant de sourire, mais ses yeux verts sont humides, et son visage raidi par le choc. Depuis l'accident, il y a trois jours, elle a pleuré de temps en temps. Moi aussi – pas pour la même personne. Annie pour Bonne Maman, comme elle l'appelait avant. Moi pour ma mère – et pas seulement la femme que j'appelle presque tous les soirs pour discuter de petits riens ou me chamailler avec elle, mais pour la chose tacite qui existe entre nous, profonde et ondoyante tel un océan, si gigantesque, élémentaire et complexe que je ne peux l'exprimer par des mots.

— Ou je peux te conduire chez papa, si tu préfères être là-bas.

Je poursuis mon baratin en me sentant coupable, cherchant maladroitement à banaliser le fait qu'Annie a maintenant deux foyers et deux chambres, qu'elle doit subir ça en plus du reste. Je ne veux pas qu'elle s'en aille. Elle a passé ces dernières nuits dans mon appartement, et ç'a été un immense réconfort de l'avoir près de moi. À l'aube, je m'asseyais à son chevet pour la regarder dormir, comme maman m'observait jadis. Ou comme ma grande sœur Caroline, pendue à son lit superposé, balançant ses mèches caramel en sifflant : « Sylv, tu dors ? » jusqu'à ce que je me réveille.

Caroline sera là dans quatre jours. Mais l'Amérique semble encore plus loin ce matin, et je crains que l'état de maman ne s'aggrave avant son arrivée.

— Je peux t'apporter quelque chose à manger ? Un bon gâteau sec ?

Je me rappelle que maman disait toujours ça quand « un gâteau » aurait suffi et, à nouveau, la peine me transperce. Je dois me souvenir que son cœur bat encore. Qu'elle est dans le coma – pas en état de mort cérébrale.

Oui, mais où ? Je l'imagine enfermée dans son corps végétatif, incrédule et frustrée, réclamant d'être libérée. « Ce n'est pas mon heure ! » Elle a un agenda bien rempli. Des années de vie devant elle. Des trucs à faire.

À travers le bruit blanc dans ma tête, j'entends Annie répondre :

— Non, merci. Je ne peux rien avaler. J'ai l'estomac noué.

Elle enfouit son visage dans mon cou, comme quand elle était petite, les joues poisseuses de larmes, les cils papillonnant contre ma peau.

Je la serre dans mes bras. Lentement, nos yeux se ferment. Je n'ai pas dormi plus de quelques heures depuis le drame, me réveillant en sursaut, moite de sueur, le cœur cognant dans ma poitrine.

L'accident me revient sans cesse par flashs. J'imagine toute la scène : les gouttes de sang sur la paroi de la falaise ; la mer écumant sous le vrombissement de l'hélicoptère qui soulève maman de la corniche ; Annie courant sur le sentier de l'à-pic, cherchant désespérément à capter un signal pour me joindre.

Puis il y a les photos sur son portable. Prises à un bref intervalle, la fraction de seconde qui sépare une simple balade de la catastrophe. L'une montre maman souriant à l'appareil dans son anorak vert ; la suivante, juste la mer et le ciel, ma mère soudain sortie du champ, comme aspirée par un hublot.

— Mamie va s'en remettre, hein, maman ? bredouille Annie par-dessous mes cheveux sales.

— Elle… (J'hésite. Ma mère aussi racontait de pieux mensonges. Elle minimisait les vérités les plus sombres pour Caroline et moi. Les émoussait dans l'espoir qu'elles fassent moins mal. Je ne peux m'empêcher de l'imiter.) Oui, très bien, ma chérie.

* * *

Une fois Annie partie chez Steve – « à la maison », l'appelle-t-elle encore ; forcément, ce sera toujours le foyer familial –, je regagne le chevet de maman à l'hôpital, m'habituant à ce qu'elle n'aille pas du tout bien. Quand un médecin me suggère avec tact, étant donné l'incertitude, de mettre ses affaires en ordre, je me retiens de hurler comme une femme qui a googlé, tard dans la nuit, « traumatisme crânien » et « coma », en se flanquant la trouille de sa vie. Et puis… les affaires de maman ? Franchement, pirater le Kremlin serait plus facile. Je réponds « OK », m'efforçant de tenir comme maman l'aurait fait.

Dès qu'il s'en va, je prends sa main chaude, molle – celle qui, jadis, tapotait des pansements sur mon genou éraflé et qui écrit toujours des cartes postales fantasques, envoyées de chez elle (« Un temps superbe ! Tu devrais voir les lupins. X ») – et mes larmes, en tombant, étoilent son drap d'hôpital. Je ne peux m'empêcher de penser qu'elle est vaguement consciente et me souffle : « Bouton d'Or, accroche-toi. » Alors je lui susurre : « Toi aussi, maman. » Mais ma voix s'éraille. Toutes les choses que je ne peux dire, que j'ai tues, se bloquent dans ma gorge.

Couchée, enturbannée dans ses bandages, elle paraît plus jeune. Ça me soulage car je sais qu'elle adorerait ça, même si elle prétendrait le contraire. (« Mieux vaut être vieille que morte ! » aime-t-elle dire avant d'appliquer le soir, à la va-vite, sa crème au rétinol.) Elle a peut-être une hémorragie cérébrale et une joue enflée, mais son ossature transparaît, révélant le visage qu'a découvert une agence de mannequins il y a bien des années. Ce qu'elle était avant d'avoir ses filles, de quitter Londres avec papa pour la vie au grand air – poulets, plages et cardigans Argyle – et devenir une sorte de Linda McCartney. Je souris à l'idée qu'elle n'a jamais totalement perdu ses tics de modèle, comme par réflexe musculaire. Je le vois à sa manière dansante d'enfiler un manteau ou de lever le menton pour une photo de famille. Elle a toujours gardé l'aptitude des mannequins à changer d'apparence. À se métamorphoser. À forcer le trait.

J'effleure, du dos de la main, sa joue parcheminée. Il lui faudrait un massage à l'huile de rose. Ou une crème hydratante, à tapoter pour la faire pénétrer. Si j'avais ma trousse de maquillage, je poudrerais aussi de blush ses pommettes, j'étalerais un baume sur ses lèvres gercées, tous les petits riens que nous faisons pour tenir à distance les ténèbres de la vie. C'est ce que je fais, en tout cas. Depuis toujours. Jeter des paillettes dans les ombres les plus profondes, les plus sordides.

En l'observant pendant près d'une heure, je sens poindre une réalité nouvelle et troublante. Maman n'est pas invincible. Un vertige puéril me saisit. Elle risque de mourir. De ne pas redevenir pleinement elle-même, la mémoire intacte. Qu'est-ce qui disparaîtra, au juste ? Elle est la gardienne de tous nos secrets de famille. Et s'il y avait des choses qu'elle voulait encore me dire ? Des questions qu'elle attendait que je lui pose ? Maintenant, il est trop tard. Je n'en aurai peut-être jamais l'occasion. Ce qui s'est vraiment passé dans une forêt lointaine, au déclin de l'été 1971, blanchi par le soleil, devient soudain hors de portée.

CHAPITRE 6

Rita

— C'est choquant, hein ? murmure la femme, empiétant sur la bulle d'intimité qui, normalement, sépare les étrangers.

La porte de Foxcote claque dans un souffle derrière Rita, fermant le hall faiblement éclairé, tel le couvercle d'une caisse.

— Terrible, poursuit-elle avec insistance, comme si Rita n'avait pas entendu.

Rita ne sait trop si elle parle de la perte du bébé ou d'un autre sujet : les rumeurs salaces courant sur Jeannie. Elle sourit poliment, habile dans l'art de ne rien trahir, et pose les valises dans un bruit sourd. Quand elle entend siffler le conduit de la cheminée où un feu brûle sur le mur opposé, sa poitrine se serre. Cette vieille maison délabrée partirait bien vite en fumée.

— Pauvres Harrington… C'est la série… (La femme secoue la tête. Ses cheveux raides, striés de gris comme une aile d'effraie, ne bougent pas.) Quel gâchis !

Un « boum » étouffé, au premier étage, distrait Rita. Teddy ? Oui. Elle reconnaît son rire. Le son se déplace différemment ici. Il ne ricoche pas sur les murs, comme à Londres, mais s'infiltre dans le bois, ainsi qu'une flaque d'huile. Nouveau choc assourdi. Une averse de plâtre. Rita lève ses grands yeux.

Le plafond est bas – elle pourrait le toucher du bout des doigts – et le plâtre effrité est sillonné de poutres noires, ce qui crée les recoins poussiéreux dont raffolent les insectes rampants et, sûrement, les souris. Elle imagine le nombre de faucheux dans cette maison. Les murs sont lambrissés, parsemés de tableaux – de chiens, de paysages – et de vieux bouquets de fleurs séchées. Au moins, rien n'a l'air trop précieux. Une console en bois, traitée au vermifuge. Un long banc rustique à dossier. Un fauteuil capitonné dont la bourre se délite. Tous tanguant légèrement sur le parquet, comme à bord d'un bateau. Rita aussi a l'impression de pencher, de glisser vers un abîme. Mais elle n'est pas certaine que le plancher y soit pour grand-chose.

— Madame Grieves. (La femme a une forte poignée de main, une paume rugueuse contre la peau tendre de Rita.) Vous pouvez m'appeler Marge. (Elle lève sa mâchoire carrée, dévoilant une verrue coiffée d'un long poil noir. Rita s'efforce de ne pas la regarder.) La gouvernante. (Marge sourit. Ses dents inégales, ébréchées et grisâtres évoquent à Rita les mégalithes de Stonehenge.) Je n'habite pas au manoir. Je suis née à Hawkswell.

Une gouvernante. Qui pourrait lui mener la vie dure. Elle va devoir s'entendre avec Marge.

— Et moi, la nurse…

— Grande Rita, oui, je sais. (Elle l'examine de la tête aux pieds.) Je vois pourquoi ce surnom vous est resté.

Rita a du mal à garder son sourire. (« Un mètre

quatre-vingts à treize ans ! » s'étonnaient les amies de mamie de sorte qu'elle se voûtait, si gênée qu'elle ne pouvait respirer.) Elle avise les avant-bras musclés de Marge, ses joues couperosées, sa corpulence informe. Fin de la quarantaine ? Elle ne saurait dire. Passé trente ans, tout le monde lui paraît vieux.

— Indulgente avec les gosses. Dévouée comme un danois. A cassé un rétroviseur. Jette du rouge dans une lessive de blanc. (Marge se lèche les lèvres.) M. Harrington m'a tout dit sur vous, ajoute-t-elle avec une indéniable pointe de rivalité.

Rita regrette que Walter ne l'ait pas prévenue. Diviser pour régner. Elle l'imagine bien penser ça. (En plus, elle n'a pas abîmé de linge depuis des mois.)

— Je sais tout faire dans la maison, Rita. Vous verrez, je suis très souple, enchaîne Marge d'un ton qui suggère le contraire. Je peux venir en un clin d'œil, à n'importe quelle heure. (Elle désigne la porte.) C'est ma fidèle guimbarde, là, devant.

Rita se souvient de la carcasse rouillée sous le chèvrefeuille.

— Plus rapide qu'elle en a l'air, ajoute Marge en reniflant. J'ai parcouru ces routes de campagne pendant des années. Depuis la mort de mon mari. Noyé dans le Severn. (Elle fait claquer sa langue, comme si elle se rappelait la bêtise du défunt.) Le raz de marée.

— Mon Dieu, je suis désolée…

Rita baisse la tête, puis glisse un œil vers le haut de l'escalier. Mais qu'est-ce que fiche Teddy ?

— Je me débrouille très bien toute seule, lance Marge avec une sombre fierté, l'air de s'être battue pour s'en sortir.

Rita l'apprécie alors un peu plus. Au moins, elles ont un point commun : l'indépendance. À Londres, une camaraderie régnait entre les domestiques, la plupart célibataires, disponibles, entassés dans des appartements exigus ou dispersés dans les chambres du grenier. Ceux qui n'habitaient pas sur place arrivaient tôt, abeilles ouvrières déferlant des bas quartiers vers les rues cossues de Londres pour s'occuper des enfants des autres : pour les nourrir, les épouiller, mettre de la teinture d'iode sur leurs genoux écorchés. Ils protégeaient les hôtels particuliers du désordre, puis, quand la nuit tombait, ils filaient vers des bus ou bien rentraient sous terre, regagnant leurs logis sans laisser trace de leur passage.

— Ce n'est pas que ce soit du gâteau de bosser ici.

— Bien sûr que non, s'empresse d'acquiescer Rita.

— Les baraques inhabitées se dégradent vite, dans la région. Elles tombent en ruine. La forêt les envahit. L'humidité. La rouille. Les souris. Les insectes mangeurs de bois. Pas la peine de les garder si on ne s'en sert pas.

Rita hoche la tête. Elle comprend mal comment on peut avoir une maison entière sans y vivre, encore moins s'en soucier. Ce qu'elle donnerait pour avoir un studio à elle…

— Si je n'étais pas là, des églantiers pousseraient entre les poutres.

Rita éclate de rire. L'idée lui plaît assez. Mais un nouveau bruit à l'étage – une deuxième pluie de plâtre – la refroidit. Elle doit protéger Teddy. Vérifier qu'il n'y a pas de fenêtres ouvertes. De meubles lourds penchant dangereusement. S'il y a un accident en puissance, Teddy le provoquera.

— Je ferais mieux d'aller voir les enfants, dit-elle en reprenant les valises. Teddy semble se mettre un peu trop à l'aise.

— Ce n'est pas un endroit accueillant. (Soudain, Marge, les narines frémissantes, empoigne Rita par la manche de son chemisier. Puis la relâche en la toisant.) Vous connaissez la forêt, non ?

Rita secoue la tête. Son cœur s'emballe. Quand on perd ses parents sur une route de forêt et qu'on est sortie, à moitié morte, de la carcasse fumante, on fait des cauchemars sur les arbres. Mais elle refuse de s'apitoyer sur elle-même. Elle avait six ans. En plus, Dieu merci, elle a complètement oublié l'accident.

— Je ne l'aurais pas cru. Vous venez du Devon, m'a dit M. Harrington.

— C'est ça.

Le ciel et l'océan. Cette seule pensée lui donne la nostalgie des fenêtres d'où l'on voit le trait de pinceau de l'horizon, la tache gris-vert où l'eau rencontre les nuages. Le souvenir du sel marin, de sa fine croûte cristalline sur ses lèvres, lui met l'eau à la bouche.

— Eh bien, méfiez-vous, ici. Des vipères. Des amanites phalloïdes. Des tiques. Des vieilles mines qui se rouvrent sous vos pieds. Et des branches par grand vent : il est trop tard quand on entend leur craquement… Oh, et il y a un tas de rondins près du portail du jardin. Si Teddy grimpe là-dessus, ils s'écrouleront en l'aplatissant comme une crêpe.

— C'est bien d'être prévenue, arrive à dire Rita, cherchant à paraître courageuse.

L'endroit semble un calvaire pour les nurses. Derrière la fenêtre, la masse verte ondule à un point nauséeux.

— Les braconniers. Une race dangereuse. Mais les forestiers ne devraient pas vous déranger si vous fichez la paix à leurs moutons. D'anciens droits de pacage…

(Elle s'interrompt. Une lueur s'allume dans ses yeux.) Oh, pardon. Je dois vous avertir pour Fingers Jonson.

— Fingers ?

Elle commence à se demander si cette femme n'est pas un peu timbrée, ou si elle-même n'a pas le jugement faussé par la chaleur et la fumée de bois. En outre, elle a vraiment besoin d'aller aux toilettes. La route a été longue.

— Un solitaire. Grand. Albinos. Il erre dans la forêt. Notre Homme Vert.

Rita songe à la figure mythique du folklore, au visage formé de feuilles et de bâtons tordus, de glands à la place des yeux. Horrible. Une grosse phalène cogne contre la vitre.

Ce trou attire les excentriques. Les fugitifs. Les drogués. C'est le prix à payer pour vivre dans le dernier coin sauvage d'Angleterre.

D'instinct, Rita serre les poings. Elle donnerait sa vie pour Hera et Teddy.

— Les enfants seront en sécurité avec moi.

— Vous semblez très sûre de vous pour votre âge. (Marge renifle, irritée.) J'imagine qu'avec votre taille, vous ne craignez aucun homme.

Sentant une oppression familière dans sa poitrine, les vieilles insultes scandées en cour de récréation (« Rita la vache ! », « Rita Cata ! »), Rita décide de prendre la tangente.

— Et les bois déchireront vos chaussures.

Marge avise ses grands pieds juste au moment où elle pose une sandale Clarks dans l'escalier. Rita déteste ses pieds, et surtout que les gens les regardent.

Une bouffée d'air frais et une lueur jaune-vert : elle se retourne et voit Jeannie sur le seuil de la porte.

— Je me demandais si vous auriez la gentillesse…

(Jeannie s'arrête, déconcertée.) Bonjour, Marge, fait-elle, reprenant aussitôt contenance.

— Bonjour, madame Harrington.

Marge lisse sa blouse avec des gestes vifs, saccadés.

— Je ne m'attendais pas à vous voir aujourd'hui, dit Jeannie.

— Votre mari m'a demandé de vous aider à vous installer, déclare Marge, à la fois obséquieuse et condescendante.

En entendant cela, Rita rougit. « Notre petit arrangement… » Ces mots se remettent à s'agiter dans sa tête, coincés comme une phalène à la fenêtre.

— À *m'installer*, Marge ? (Jeannie retrouve le sourire. Rita la soupçonne d'avoir l'habitude de faire bonne figure, puis de monter dans sa chambre pour crier dans un oreiller.) Mon Dieu, j'ai trente-trois ans, pas quatre-vingt-dix !

Marge ne bronche pas et louche sur l'annulaire de Jeannie, comme pour vérifier que son alliance est toujours là.

Rita est brutalement ramenée à la soirée de décembre où, sur le pont de Waterloo, elle a donné sa bague de fiançailles à un clochard pantois et repris sa marche, le visage ruisselant de larmes. Ce jour-là, elle avait appelé Fred pour tout lui avouer. Elle entend encore sa voix tremblante : « Tu m'as trahi, Rita. » Et les bips, la ligne coupée – comme l'avenir qui, pensait-elle, l'attendait dans le Devon –, l'abandonnant à la dérive.

— J'ai bien aéré la maison, reprend Marge. Le feu aidera à chasser l'humidité, madame Harrington.

— Vous pouvez m'appeler Jeannie.

— Je suis obligée ? dit Marge d'un ton acide, après quelques secondes.

L'an dernier, à son retour des Herbiers, Jeannie avait

aussi insisté pour que Rita l'appelle par son prénom, « pas le nom de mon mari ». Au début, ça lui avait paru étrange, mais elle s'y était habituée. Elle s'était faite à tant de choses qu'elle trouvait naguère extraordinaires.

— Comme vous voudrez, Marge.

Jeannie traverse la pièce, faisant cliqueter ses talons vernis, et se tourne vers le grand miroir argenté au-dessus de la console. Elle recule devant son reflet, l'air étonnée par son image.

Marge hésite.

— Vous serez heureuse, ici, madame Harrington. J'y veillerai, lance-t-elle d'un ton ferme, comme si on pouvait faire apparaître le bonheur en claquant des doigts.

— Merci.

Le sourire de Jeannie faiblit. Un silence s'installe.

— Et bientôt, de la sève coulera dans les veines des enfants, ajoute Marge. La forêt les changera en rats des champs.

Jeannie écarquille les yeux. Rita fixe le sol, réprimant un fou rire nerveux.

— Bon, je vais mettre le repas en route, poursuit Marge, sans se laisser démonter. Ça vous tente, un gigot d'agneau ? avec des patates ?

— Ne vous donnez pas cette peine. Un dîner pour enfants suffira. Rita peut préparer un plat en vitesse.

Marge lance à la nurse un coup d'œil offensé.

— M. Harrington m'a demandé de cuisiner *moi-même* le souper.

— Et moi, je vous conseille de n'en rien faire. Vous avez travaillé très dur pour ouvrir la maison. Rentrez vous reposer.

Marge reste dans le hall, bien décidée à s'enraciner.

— Vous semblez très fatiguée, madame Harrington.

Maigre comme un râteau. Si vous êtes ici pour vous retaper, il vous faut un bon repas.

— Me retaper ? (Jeannie parvient à lâcher un petit rire et soulève ses cheveux pour aérer son cou.) Eh bien !

— Bon, je vous laisse, conclut Marge en se tournant vers la porte.

Rita suit son reflet brouillé dans le miroir piqué. Dès qu'elle est partie, Jeannie s'exclame :

— Elle n'a pas changé d'un pouce ! Mon Dieu, elle fait clairement partie des espions de Walter.

Rita est inondée de honte et de culpabilité. « Notre petit arrangement… » Quelque part dans la maison, une pendule à coucou pousse un cri perçant.

Jeannie s'assied au bas de l'escalier, pose la tête dans ses mains et regarde Rita entre ses longs cils recourbés.

— Il faut qu'on parle.

Son estomac se noue. Jeannie sait. Elle désigne l'étage.

— Les enfants…

— Oh, ils survivront. (Jeannie tapote une marche.) Venez près de moi.

Rita se pose lourdement, à la fois horrifiée et soulagée d'être découverte. Il ne reste plus qu'à avouer.

— Je suis vraiment désolée, Jeannie.

— Désolée ? Mais de quoi ? (Jeannie semble décontenancée.) Vous êtes vraiment une drôle de fille, Rita. Je voulais vous dire merci. D'être venue avec nous. Du fond du cœur.

Privée de son aveu, Rita ne sait que dire.

Un losange de lumière caramel s'infiltre par la fenêtre sale, révélant un tourbillon de grains de poussière au milieu du hall.

— Je ne vous mentirai pas, Rita. Vous êtes bonne pour l'été le plus barbant de votre vie.

Rita sent le feu lui monter au cou.

Jeannie l'observe d'un air d'abord perplexe, puis compréhensif.

— Vous n'êtes plus avec Fred, n'est-ce pas ? Votre ami boucher. Du moins j'imagine que vous n'avez pas besoin de rentrer chez vous pour le voir.

— Non… bégaie-t-elle, surprise que Jeannie se rappelle même le prénom de Fred.

Elle avait toujours supposé qu'elle cessait d'exister pour les Harrington en dehors du travail. Peut-être s'était-elle trompée. Vers la fin de ses fiançailles, alors qu'elle ignorait encore qu'ils allaient rompre, Fred disait qu'elle s'était laissé emballer par la vie londonienne des Harrington au point d'oublier la sienne ; qu'elle s'était attachée à cette famille comme une bernique sur la coque du *Titanic*. Pour certaines raisons, elle avait jugé trop risqué de révéler les motifs plus profonds pour lesquels elle restait. Elle avait préféré parler du salaire qu'elle épargnait, bien meilleur que tout ce qu'elle aurait pu gagner au pays, de la petite maison qu'ils achèteraient un jour. Elle savait qu'il ne comprendrait jamais que vivre dans une famille, même en tant qu'employée, comblait en elle une faille. S'occuper d'enfants n'était pas seulement un métier mais une nécessité, qu'elle avait du mal à expliquer. Lorsqu'elle ne travaillait pas, elle se sentait perdue, déracinée. Fred était un chic type – et qui la dépassait d'un bon centimètre. Mais il y avait bien des choses qu'elle ne pouvait lui dire.

— Vous avez peu de chances de trouver un nouvel amour ici, reprend Jeannie en soupirant. Je vous préviens.

Ça lui convient parfaitement. Après son échec avec Fred, elle a fait une croix sur les hommes.

Quelqu'un frappe à la porte. Toutes deux se retournent. Marge réapparaît, tenant d'une main un trousseau de clés digne d'un geôlier et brandissant de l'autre des bottes en cuir éraflé, dont les lacets pendillent.

— Je viens de les faucher dans le hangar à bois, Rita. Elles sont à Robbie, notre bûcheron-charpentier. Elles ne lui manqueront pas. Je vous l'ai dit, il vous faut de bonnes chaussures. Elles ont l'air d'être à votre taille, non ?

Des bottes d'homme. Embarrassant.

— Bon. Je vous laisse tranquille.

C'est improbable. Marge ne bouge pas. Les bottes usées se replient derrière elle, tels des chiens attendant l'instruction.

— Y a-t-il autre chose, Marge ? demande fermement Jeannie.

— Je ne sais pas si c'est à moi de dire ça…

« Alors taisez-vous », implore muettement Rita, se rappelant que Mme Pickering, du numéro 35, avait introduit par le même préambule « Vous pourrez toujours en avoir un autre, Jeannie ». Les mains de Jeannie se tordent sur ses genoux. Elles la trahissent toujours.

Marge lèche ses dents de devant.

— J'ai appris pour votre bébé, madame Harrington, enchaîne-t-elle très vite, comme si elle avait préparé sa phrase. Je vous présente mes condoléances.

Long silence. Rita se rappelle le matin après la naissance : la bouillie des journaux trempés de sang, qu'elle a fait disparaître de la chambre des parents ; le tas de serviettes tachées, oublié sur le siège sous la fenêtre ; l'odeur de fer dans l'air. Le berceau vide.

Marge commence à reculer d'un pas traînant.
— Attendez, lance soudain Jeannie.
Marge se met au garde à vous. Rita se crispe.
— Merci, dit Jeannie, sa bague en diamants étincelant dans la lumière ocre. De reconnaître que mon bébé a existé. Il n'y a pas beaucoup de gens qui le font.
Le soulagement de Marge est presque palpable.
— Oh, j'avais oublié… une dernière chose.
« Et voilà, elle ne partira jamais », pense Rita.
— Un homme a téléphoné cet après-midi. Avant votre arrivée. Il demandait à vous parler.
Jeannie se redresse aussitôt, telle une plante assoiffée que l'on vient d'arroser.
— Pas Walter ?
— Certainement pas. (Marge plisse les yeux en l'observant avec plus d'attention.) Il a appelé trois fois mais il n'a pas voulu donner de nom.
Oh, non. Rita est accablée. Pas lui. Pas ici.
— C'est bizarre, lâche faiblement Jeannie.
L'air se raréfie dans la pièce. Un ange passe.
— Eh bien, bonne soirée.
Marge bat en retraite, les clés tintant sur son trousseau.
Jeannie plaque une main sur sa bouche. Rita reste figée, n'ose rien dire en écoutant le souffle de la jeune femme s'accélérer, tout le mal et le désir se glisser entre ses doigts fins chargés de diamants.

CHAPITRE 7

Hera

Don Armstrong était le meilleur ami de papa. Ils avaient fait leurs études ensemble, et dans la vieille photo d'Eton que mon père a brisée contre le mur à Pâques, ils échangeaient un regard complice au lieu de sourire à l'appareil. Des années plus tard, c'est Don qui a emmené papa à la soirée où il a rencontré ma mère. La légende veut qu'à la sortie, son talon aiguille se soit cassé sur la grille du trottoir. Don l'a portée sur son dos jusqu'à la station de taxis. Papa l'a escortée jusqu'à sa chambre à Kensington. « Un travail d'équipe », disait maman.

Dans l'album de mariage de mes parents, on les retrouve, bras dessus bras dessous. Don, le témoin, n'a pas beaucoup changé : le visage large, bronzé, tous ses traits rivalisant d'éclat sous ses cheveux blond cendré. Papa disait pour rire – du temps où il plaisantait, où la vie amoureuse de Don était un sujet de moquerie au lieu d'une plaie ouverte – que Don gardait ses cheveux parce qu'il ne s'était pas « embarrassé » d'une famille et n'avait jamais travaillé de sa vie. Don avait hérité d'une fortune en actions, papa d'une verrerie croulante et d'une ruineuse mine de quartz en Afrique. Don avait des aventures, papa des réunions, des fours coniques et des ouvriers en grève.

Don voyageait beaucoup. Maman regardait par la fenêtre en disant des phrases comme : « Walter, quand l'avons-nous vu pour la dernière fois ? J'espère qu'il n'est pas quelque part dans la panade », d'une voix qui semblait toujours trop aiguë.

Après quelque temps – des jours ou des semaines, nous ne savions jamais –, Don reparaissait, froissé par ses heures de vol, les yeux telles des perles bleues dans son visage tanné, les poches de sa veste kaki bourrées de cadeaux pour Teddy et moi : une dent de tigre ; un bracelet en or du Rajasthan ; un masque en bois avec des fentes à la place des yeux, qui riait dans mes cauchemars.

Au dîner, il faisait des choses étonnantes, comme aider maman à la cuisine, ce que mon père n'aurait jamais fait de sa vie. Il disait : « Pousse-toi pour que j'arrose les patates, Jeannie » et il mettait la pagaille : la graisse giclait partout, les pommes de terre dérapaient sur le plan de travail et maman riait, adossée au frigo, sans se soucier – chose incroyable – de la flaque d'huile par terre.

Ensuite, la conversation ne tournait plus autour des outrages commis par les Pickering dans leur jardin (« Pourquoi arracher ces vieilles roses ? »), ni de la villa que les Smith-Burnet avaient achetée en France. Nous étions transportés.

Don s'asseyait dans le fauteuil de papa – qui ne l'offrait à personne d'autre : son cuir avait pris la forme de mon père comme une selle. Il s'y carrait, les glaçons tintant dans son verre de whisky et, lorsqu'il parlait de ses voyages, le globe du salon paraissait tourner sur son axe. Marrakech, Paris, Bombay… Le safari au Kenya était son sujet favori. Il le revivait en l'évoquant : la détonation assourdissante du fusil ; le frisson de la chute d'un grand fauve. « Plus on est proche de la mort, plus on se sent vivant », disait-il.

Par moments, mon père marmonnait quelques mots sur la chaleur des fours de sa verrerie ou la profondeur de sa mine de quartz en Namibie, léguée par son oncle préféré – qu'il appelle « mon enfant le plus ruineux, le plus difficile » et refuse de vendre. Mais cela ne pouvait rivaliser avec l'odeur minérale du sang des lions et Teddy le faisait taire. Maman se penchait toujours vers Don, les coudes sur les genoux, le menton dans la main, tous les endroits où elle n'était jamais allée marqués tels des timbres sur la ride de son front. (Papa ne l'emmenait jamais en voyage. Elle devait rester à la maison avec nous pour « garder le fort », disait-il.) Après le départ de Don, son regard devenait bizarrement lointain, un peu comme hier sur la route de Foxcote : elle pense que je ne peux pas voir derrière ses grandes lunettes noires, mais si. Rien ne m'échappe.

Don ne restait jamais longtemps. *Ce* week-end-là non plus. Juste une nuit dans la chambre d'amis, pendant que papa était à l'étranger : il y avait un bon mois qu'il était parti. Au matin, j'ai surpris maman quittant cette chambre le visage brillant, les cheveux en bataille, l'air d'avoir été décousue et reprisée à la va-vite. Trois mois après, elle annonçait sa grossesse et la date approximative de la naissance du bébé.

Avant, une fois par mois, on aurait dit qu'il pleuvait dans la maison. Maman se mettait au lit avec de l'aspirine et une bouillotte. Il y avait des petites taches de sang dans la cuvette des toilettes, et je savais que le bébé que mes parents essayaient d'avoir – celui qui aurait dû suivre Teddy mais se faisait toujours attendre – n'était pas pour cette fois. Moi, j'espérais qu'il vienne. Mais pas comme ça.

Je ne sais pas ce qui m'a poussée à faire le calcul. À consulter mon livre de biologie. Je crois que j'ai simplement compris. Papa aussi, j'en suis presque sûre. Maintenant, quand j'y songe – ces pensées sautillent et piquent comme des puces dans mon esprit –, tous nos malheurs sont la faute de Don. Et il s'en est toujours sorti.

CHAPITRE 8

Sylvie

Mes journées prennent un rythme frénétique. Pour tenter de repousser la terreur qui me ronge, je me lance dans un tourbillon d'activités. Entre les visites à l'hôpital – et mes appels au portable de maman pour écouter en boucle son message vocal –, personnaliser l'appartement de Val devient une idée fixe. Je veux qu'Annie y fasse son nid, qu'elle n'y reste pas par devoir.

Quand Caroline arrivera d'Amérique, je souhaite aussi qu'il lui plaise – qu'elle n'y voie pas le reflet de la crise de la quarantaine de sa folle petite sœur. Je jette de vieilles couvertures galloises sur le divan immaculé et cuisine des recettes que maman préparait dans notre enfance : un gâteau « rouge velours », une quiche aux champignons à la pâte détrempée, et une tourte au poisson.

Le monde du travail semble exister à un autre niveau. Que je n'arrive plus à atteindre. Alors, je reporte tous mes nouveaux engagements, dont une séance photo pour un catalogue en Grèce, estimant qu'être indépendante n'empêche pas de se mettre en congé pour raisons familiales. Comme mon agente, Pippa, l'observe d'un ton caustique, je peux le faire. Je ne serai juste pas payée. « Prends autant de jours qu'il te faut », ajoute-t-elle. Puis, plus froidement : « Mais pas trop. » Nous savons toutes les deux que je risque de me faire oublier alors que tant d'autres maquilleuses – plus jeunes, plus ambitieuses, avec des comptes Instagram dynamiques et des « blogs » instructifs – se battent au portillon. Je ne lui dis pas que ma main n'est pas encore assez sûre pour dessiner un œil de chat, que je dors mal et que, chaque fois qu'on me demande : « Comment ça va ? », je ne sais quoi répondre.

Il n'y a pas de mots pour décrire ce lieu étrange, changeant, que j'habite, incapable de faire mon deuil et pourtant ébranlée par la perte, les jours tendus par chaque appel que je ne passe pas, les e-mails que je n'envoie pas, les projets pour Noël dont je commence toujours à parler avec maman, bêtement, au mois d'août. J'en arrive à la date du calendrier où nous allions toujours voir une nouvelle exposition au Victoria and Albert Museum. Et j'imagine la visite se dérouler dans un monde parallèle, parmi les statues grecques, et maman dire, comme toujours : « Je pourrais vivre ici. »

Me nourrissant de café et d'adrénaline, je perds du poids. (Gratifiant, même dans les moments de crise.) Mon cœur semble courir un marathon. Dans le miroir, j'observe ma paupière gauche agitée par un tic. Comme bien des choses, on pense que les autres ne le voient pas : on se trompe – et pourtant… L'homme sur la péniche, le guitariste au feutre usé qui lui donne un air canaille, s'est mis à me sourire chaque fois que je passe sur le chemin de halage, le visage creusé après une visite à l'hôpital. Ou quand je suis sur le balcon, ressassant, observant le héron, je le surprends à me regarder. Peut-être est-il cinglé, peut-être lui faut-il des lunettes, mais son sourire ressemble toujours à une question. Un jour, je le lui ai rendu.

Steve m'appelle.

— Tu ne vas pas fort, hein ? (Passif-agressif. Annie a dû lui glisser un mot.) Tu as l'air survoltée, Sylvie. C'est dingue de rester chez Val à un moment pareil. Rentre à la maison, chérie. Laisse-moi m'occuper de toi.

L'offre est si tentante – flattant mon côté lâche prêt à rendre les armes – que je dois m'asseoir.

Je pourrais réintégrer mon mariage, ma maison, notre compte joint, telle une cuillère dans le tiroir à couverts, et mettre fin à la navette pénible d'Annie entre ses deux chambres. Mais une part de moi résiste. Je repense à la phrase d'Annie : « Alors, tu as toujours menti ? » Au fait que j'ai longtemps occulté des parties douloureuses, gênantes, de ma vie. Du coup, je m'accroche, comme une femme au-dessus du vide.

— Tu as toujours été ton pire ennemi, tu sais ? lance Steve en coupant l'appel, me rappelant pourquoi je suis partie.

Caroline me sauve en traversant l'Atlantique. Sortant de la douane en nage dans une ample tenue citron vert, elle sourit comme un pilote de bombardier rescapé d'un vol éprouvant. (Ma sœur déteste l'avion, devient croyante à bord.) On s'embrasse et je sens le confort de sa maison américaine avec ses recoins douillets, sa famille chaleureuse et ses trois chiens baveux, mesurant les milliers de kilomètres qu'elle a franchis, tous les mois où on a été séparées.

Caroline est mariée au directeur d'une boîte de transport routier, Spike, le plus adorable des hommes, bâti comme un silo à grain. Ils ont cinq enfants, dont

Alf, sept ans, qui souffre du syndrome d'Asperger et a grand besoin d'elle. (On s'appelle souvent sur Skype.) Nous sommes des sœurs aussi différentes que possible. Elle est forte, blonde, stable et solide comme un labrador. Moi, j'ai toujours été la brune efflanquée, nerveuse, tel un chat de sorcière. Oh, et elle a réussi à rester heureuse en ménage, tout comme nos parents.

— Toujours habillée pour un enterrement, je vois, Sylvie. (Elle sourit. Mon goût pour le noir est un de nos sujets de plaisanterie. Elle me serre dans ses bras.) Et traîtreusement maigre ! J'ai pris trois kilos depuis la chute de maman, en me shootant aux gâteaux, et toi, tu as perdu une taille. Comment c'est possible ? Tu manges seulement des steaks, des baies sauvages ou un truc à la mode ?

Je ris. Le soulagement de sa présence est énorme et physique.

— Ou… (Elle plisse les yeux.) Pas ça, hein ?

— Pas quoi ?

— Tu n'as pas une folle liaison adultère ?

— Oh, mon Dieu, non ! Caro, je risque aussi peu d'avoir un amant que d'entrer dans les ordres.

Pour une raison idiote, je pense à l'homme au feutre sur la péniche.

Elle hausse un sourcil.

— Alors, pourquoi tu rougis ?

— J'ai des bouffées de chaleur.

— J'y crois pas ! Tu as toujours l'air d'avoir trente ans. C'est très agaçant.

— Oui, oui…

Pourtant, je sens mon sourire s'élargir. Comme il est absurde d'être aussi heureuse quand les retrouvailles sont dues à un drame.

Bientôt, nous bavardons à toute allure jusqu'à ce

que le vide se comble entre nous, que son accent transatlantique vire au britannique et qu'on ait l'impression de s'être vues la veille. Nous redevenons enfants. Couchée sous son lit superposé, je lève la main pour toucher ses doigts qui pendillent. Nous rentrons de l'école par les sentiers du Devon envahis par les mauvaises herbes, les épaules creusées par nos cartables, cueillant des fleurs sauvages – marguerites, terre-noix – pour maman. Maman se retourne devant l'évier, essuyant ses mains savonneuses sur sa jupe en jean. Toutes ces images m'assaillent, me coupent le souffle en comprimant le temps comme une ceinture.

— Qu'est-ce qu'il y a ? demande-t-elle en me jetant un regard oblique. J'ai trop grossi pour porter du vert ? Je ressemble à une haie ?

— Non. Tu es superbe. (Je hisse son sac dans le coffre de la voiture. Un bagage à main. Elle ne restera pas longtemps, me dis-je avec une bulle de tristesse dans la poitrine.) Tu m'as manqué, c'est tout.

Elle me prend par l'épaule.

— Toi aussi.

* * *

La vue de notre mère sur son lit d'hôpital, suspendue dans les limbes insondables du coma, fait pleurer Caroline.

Je l'avais prévenue, mais rien ne prépare vraiment à cela. Je lui presse la main. Elle est chaude et humide. Ma sœur a horreur des hôpitaux, elle ferait tout pour éviter d'y mettre les pieds. Elle a subi tellement d'opérations dans son enfance que ça n'est pas étonnant.

— Je ne peux pas y croire. Je pensais qu'elle était

invincible. Elle n'est jamais malade ! Oh, Sylvie, je me sens très coupable d'habiter aussi loin.

— Si tu vivais plus près, ça n'aurait rien empêché. (Je lui tends un Kleenex.) Caro, il y a un risque si… quand elle se réveillera… (Je cale. Le sujet a une trame complexe, trop de strates.) Ça pourrait affecter sa mémoire. Il faut que tu le saches.

Je regarde ma sœur digérer cette information. Comme moi, elle n'avait jamais imaginé qu'un si grand pan de l'histoire familiale disparaîtrait avec maman, telle une photo Polaroid laissée en plein soleil, virant au gris squelette avant de s'évanouir.

Un ange passe. Elle noue son petit doigt avec le mien et l'agite. Je lui souris, soulagée. Dans notre enfance, nous faisions ça constamment. C'était notre manière secrète de dire : « Nous sommes sœurs, c'est tout ce qui compte » ; nous ne parlerons pas du passé où résident les monstres. Elle murmure :

— Je veux juste qu'elle aille mieux.

— Moi aussi.

Nous contemplons notre mère un moment en silence. Les machines bourdonnent.

— Tu sais qu'il y a une petite chance qu'elle puisse nous entendre ?

— Ouah… c'est vrai ? (Caroline se penche plus près du lit.) J'ai ta photo de mariage, maman.

Elle tire de son sac un petit portrait encadré de nos parents devant le bureau d'état civil d'Hackney : échangeant un sourire radieux, ils semblent ne pas croire à leur bonheur. Elle le pose sur la table pour rappeler à l'équipe soignante que maman est une personne, une femme qui a un passé, pas juste une patiente aux cheveux gris, en chemise de nuit dos nu, assez bête pour tomber d'une falaise.

Les rideaux s'écartent. Kerry. Mon infirmière préférée à cause de son rire sonore, spontané, qui m'évoque celui de maman. Je fais les présentations, puis je sors l'article sur le sauvetage, que j'ai gardé pour Caroline.

— Oh, ce n'est pas tous les jours que je change le cathéter d'une star, dit Kerry.

— J'aimerais que tu puisses voir ça, maman. (Caroline déplie le journal.) Tu as drôlement fait le buzz.

Son accident a coïncidé avec un débat très tendu sur le financement des services d'urgence des garde-côtes. Le premier réflexe des badauds étant de prendre des photos – elle formait une proie de rêve en gisant au bord de l'abîme ! – le sujet a gagné les réseaux sociaux, les journaux du Devon, puis s'est répandu de manière surréaliste dans la presse grand public. J'opine :

— Presque comme une Kardashian.

On s'attend à ce que maman sourie ou dise : « Une Quoichiant ? », feignant d'ignorer les vedettes de téléréalité pour nous amuser. Elle se tait. Maman. Son sens de l'humour. Ses secrets. Réduits au silence.

* * *

— Vous n'êtes pas un peu trop vieilles, toutes les deux, pour une soirée pyjama ?

Quatre jours plus tard, Annie sort de sa chambre avec la nuisette que je lui ai achetée à Paris et un petit air de consternation filiale. Soudain, je me rappelle que je me suis glissée à l'aube dans le canapé-lit de ma sœur, ne pouvant supporter qu'elle reparte en Amérique. Nous avions veillé la moitié de la nuit en parlant du pronostic de maman, de la liaison de Steve et de l'offre conditionnelle faite à Annie d'étudier les maths à Cambridge – ce qui, à nos yeux, était sensationnel, la preuve qu'un jour elle dirigerait le monde. Nous avions ri et pleuré. Beaucoup trop bu. Les verres compromettants sont toujours sur la table basse, avec des miettes de Doritos, une vision un peu raide à huit heures du matin.

— Ta mère m'a dévergondée, Annie. Elle le fait toujours. Maintenant, j'ai l'impression d'avoir une charogne dans la bouche. Viens, on va se pousser.

Caroline tapote le bord du lit. Son accent est plus américain ce matin, comme si une part d'elle-même était déjà revenue outre-Atlantique, auprès de Spike et des gamins. Même si je la sais déchirée à l'idée de quitter maman, je sens combien elle aspire à retrouver sa famille. Je lui pardonne presque de nous quitter.

Annie s'effondre sur le lit, prend la télécommande et allume la télévision. Les nouvelles défilent. Nos yeux ensommeillés se tournent vers l'écran. La météo : chaude et nuageuse.

— Il y a une chose que je ne vous ai pas dite, lâche Annie. (La température de la pièce baisse aussitôt.) C'était ma faute. Mamie est tombée à cause de moi.

— Quoi ?

J'ai mal au crâne.

— Ne sois pas bête, Annie, lance Caroline avec un petit rire.

— Vous ne comprenez pas. Si je n'avais pas cherché à prendre une photo… commence Annie.

Sa voix se brise. Je soupire :

— Oh, chérie… Tu te crois responsable pour ça ? Le bord de la falaise s'est écroulé et elle a glissé. C'était de la malchance. Une malchance terrible.

— Les selfies sont encore plus dangereux ! Les gens tombent toujours des falaises quand ils en prennent. Ils reculent et puis… argh ! (Caroline s'interrompt soudain devant l'expression horrifiée d'Annie, mon doigt qui s'agite.) Pardon, mon Dieu, pardon ! Moi et ma grande gueule…

Je plaisante pour tenter de détendre l'atmosphère.

— Tu vois ce que j'ai dû supporter pendant toutes ces années ?

Annie ébauche un sourire.

Caroline se redresse vers elle sur l'oreiller.

— Allez, dis-nous tout sur ton nouveau mec.

Annie se rembrunit. Une question nous traverse comme un courant électrique.

Une anxiété nouvelle commence à me gagner. J'ai été tellement absorbée par maman cette semaine que je ne sais presque rien d'Ed… non, pas Ed… Elliot. Je lance d'une voix perçante, faussement gaie :

— Bon, quelqu'un veut des pancakes ? Gras, dégoulinant de myrtilles ? Ça vous dit ?

Caroline philosophe :

— Qui se lasse des pancakes perd le goût de la vie.

Annie sort du lit et pose un pied sur le tapis.

— Je ne me sens pas très bien. Je ne peux rien manger.

— Attends. (Caroline ouvre grands les bras.) Avant que je décampe. Un dernier gros câlin. Pour empêcher le 747 de tomber du ciel. Vous savez que je suis névrosée jusqu'à l'os.

Annie reste – Caroline sait parler aux ados. Nous nous lovons contre elle et restons un moment ainsi, arc-boutées contre le monde extérieur. C'est la première fois que je suis vraiment immobile – ou enlacée – depuis la chute de maman. Je me détends un peu. Des larmes commencent à rouler sur mes joues.

— Allons, mesdames, dit ma sœur en prenant sa

voix ferme de *mater familias*. Avant de nous transformer en fontaines, rappelons-nous que notre patiente est coriace, OK ?

J'opine et essuie mes larmes, créant des étincelles sous mes paupières, comme un arbre squelettique, un rameau de veines. Soudain, maman paraît plus proche. Elle ne renonce jamais. Je ne dois pas non plus perdre espoir.

— Annie ? demande Caroline.

— Ça va, répond-elle faiblement.

— Allez… (Caroline la serre à nouveau contre elle et l'embrasse sur le front.) J'aime mieux ça. Ne t'en veux pas. Et n'oublie jamais que c'est de mamie Rita qu'il s'agit, d'accord ?

Elle me jette un coup d'œil. Un flot de compréhension coule entre nous, transmission sororale secrète et, quand elle reprend la parole, sa voix douce, à peine audible, semble exprimer une pensée intime.

— Je crois que notre Rita a survécu à bien pire.

CHAPITRE 9

Rita

Une humeur morne se répand entre les murs de Foxcote, sensible comme un bleu. Au fil des heures claironnées par le coucou sur le palier, Jeannie semble encore plus lointaine. Depuis quatre jours qu'ils sont dans la maison, pas un signe d'amélioration.

Même si Rita est ce que mamie appelait « une bonne nature », elle se laisse gagner par la tristesse de Jeannie, la baisse d'énergie sous les avant-toits du manoir. Même la forêt paraît les refléter dans cet air écœurant, chaud et stagnant, bourdonnant d'insectes. Les nuages, bas et lourds, sont suspendus au-dessus des arbres comme des draps humides sur une corde à linge.

Rita ne s'était pas vraiment attendue à ce qu'un autre « épisode » frappe aussi tôt. Ni à ce que Jeannie décline si brusquement, comme la pente des vieilles mines dans les bois, à l'entrée moussue cachée par les feuilles. Et maintenant elle est partagée. Dans quelle mesure, au juste, peut-elle être déloyale ? Elle a promis d'informer Walter – c'est leur accord et, en tant que mari, il prétendrait avoir le droit de savoir. Elle n'en est pas si sûre. « Surtout, ne lui dites rien », a marmonné Jeannie hier matin. La tasse de Rita a tressauté dans sa main, renversant du thé sur son poignet.

Le fait que Walter puisse utiliser des informations – fournies par elle – contre Jeannie lui donne envie de rentrer sous terre. Et si Walter et ses médecins terrifiants jugeaient que cette nouvelle baisse de moral justifiait un retour aux Herbiers ?

Cette nuit, Rita a mal dormi, se retournant dans son lit en se demandant que faire, ses pensées cavalant comme des souris sous les planchers pourris. Elle n'était pas plus avancée à son réveil.

La concision paraît la seule solution. « Vendredi. J. a toujours la migraine. Perdu l'appétit », écrit-elle, assise au bureau de sa chambre étouffante, les cuisses griffées par le bois rêche. En mordillant le crayon, elle contemple son terrarium – les fougères aiment la belle lumière basse –, puis à nouveau son bloc. Non, même ces maigres détails sont accablants : Walter les comprendra, idiote ! Alors, elle efface tout, fait claquer le carnet et le fourre dans le tiroir du pupitre. Elle déteste ce bloc-notes, et redoute un nouvel appel de Walter.

Il a appelé hier après-midi, ébranlé – Jeannie, a-t-elle dit, se promenait dehors –, pour l'avertir que sa mine namibienne s'était effondrée. Une catastrophe terrible. Il devait s'y rendre en urgence et ne pourrait pas passer le week-end au domaine comme il l'avait espéré. Rita a tenté d'imaginer la souffrance lors du drame, les pauvres hommes enterrés vivants. Elle a pensé aux enfants qui perdaient leurs parents, à leurs vies bouleversées en quelques secondes. Ça relativisait les problèmes à Foxcote. Et pourtant, elle était grandement soulagée que Walter parte à l'étranger. Elle l'a assuré que tout allait bien ici. Pas d'inquiétude. L'humeur de Jeannie était au beau fixe.

Son premier mensonge. Il lui a échappé avec une facilité étonnante, même si ses mains moites ont laissé des traces sur le téléphone en bakélite. Mais il sonnera encore. Walter trouvera toujours le moyen de surveiller sa femme de l'autre bout du monde. Et elle devra inventer un autre mensonge.

De plus, elle doit cacher la dépression de l'épouse à Marge qui, Jeannie en est sûre, est « dans le camp » de Walter.

La tenir à l'écart est difficile. Plus Rita s'efforce de refuser son aide, plus Marge s'acharne à la lui proposer. Elle débarque sans prévenir sous divers prétextes, sa voiture rouillée toussant dans l'allée, le pot d'échappement crachant tel un sanglier. Au lieu de frapper, elle s'introduit avec ses clés, puis arpente la maison, intraitable, obstinée, et passe la serpillière, fait claquer les draps, agite des plumeaux. Elle vient armée de saucisses caoutchouteuses, de pâtés en croûte couverts de graisse et de cruches de lait crémeux – « pour requinquer Mme Harrington » –, et de questions sans fin. « Vous avez pu voir le bébé, Rita ? Il a été enterré ? » Rita a expliqué qu'une ambulance l'avait emporté. Non, elle ne l'avait pas vu. Pas d'obsèques. Jeannie allait trop mal, ne tenait pas le coup, et Walter jugeait préférable qu'ils fassent comme si de rien n'était. Marge écoutait avidement, serrant une bouteille d'Ajax sur son sein. « Tout cet amour maternel… a-t-elle soupiré, semblant tirer un frisson de plaisir du drame… qui ne sait plus vers qui se tourner. »

Rita espère qu'il profitera à Hera et Teddy.

Mais Jeannie ne quitte pas son lit, un lit à baldaquin au bois vieilli et au dais festonné par des toiles d'araignées. Elle ne regarde même pas dehors, par la fenêtre, frémir les arbres entre les feuilles de lierre. La lumière, prétend-elle, lui fait mal aux yeux. Rita laisse les vitres entrouvertes, mais les rideaux grenat restent fermés, gonflant sous la brise.

C'est l'annonce des coups de fil qui a tout déclenché. Rita en est certaine. La migraine a frappé le premier soir, peu après l'arrivée de Marge, avec ses grosses bottes gênantes, pour dire qu'un homme avait appelé trois fois. Ce ne pouvait être que Don.

Depuis que Rita travaille pour les Harrington, Don Armstrong a toujours été là. D'abord, semblait-il, juste en ami de la famille, conteur impertinent, charmant, déboulant dans la maison à grand fracas. Puis il a commencé à la regarder d'une façon bizarre, dérangeante. Et elle s'est mise à rêver de lui, les draps entortillés à son réveil, confuse et en nage. Elle a remarqué qu'il appelait dans la semaine, quand les enfants étaient à l'école et Walter au bureau, pour parler à Jeannie. Le combiné pressé contre l'oreille, celle-ci répondait d'une voix étouffée, intime, caressant par petits cercles son ventre rond.

Après la mort du bébé, alors que Jeannie n'était « plus elle-même », selon Walter, tout a changé : plus personne ne venait chez eux. À l'épicerie, les gens détournaient les yeux et se raclaient la gorge, voire s'écartaient, comme si Rita aussi était porteuse d'un mal affreux. À tel point qu'elle s'est demandé si les morts laissaient des vides inversement proportionnels à la durée de leur vie.

Il n'y a que quelques mois – depuis que Jeannie est rentrée des Herbiers, euphorisée par les pilules – que Don a commencé à reparaître. Toujours quand Walter était au bureau et les enfants en classe.

Au bruit de l'accélérateur de sa voiture de sport, Rita savait qu'elle devait s'éclipser pour aller faire une course. À son retour, Don était parti, mais l'odeur de son eau de Cologne persistait, âcre et poivrée. Et Jeannie était alanguie, enveloppée d'une serviette, rafraîchie par le bain, la vapeur montant comme le désir de sa peau blanche.

Rita s'efforçait de ne pas penser à ce qu'ils avaient dû faire. (Pour y parvenir, elle se représentait la reine, ou les ongles des orteils fossilisés de mamie, qu'elle l'aidait à polir.) Mais très vite, une idée crue s'insinuait en elle : un doigt caressant l'intérieur d'une cuisse, la rondeur charnue d'une fesse. C'était extrêmement déroutant. Et elle se sentait sale, complice. Elle condamnait cette liaison. Les mères devaient être parfaites ! Et pourtant… Elle se réjouissait de voir Jeannie retrouver sa joie de vivre.

Si seulement les attentions de Walter avaient eu le même effet. Il se donnait du mal. Achetait à Jeannie des bouquets d'œillets qu'elle laissait se faner dans leurs vases. Des livres de cuisine qu'elle n'ouvrait jamais. Un balai mécanique. C'était pénible à voir : les remerciements tendus de Jeannie, l'air vaincu de Walter. Elle avait entendu assez de disputes pour savoir qu'il refusait le divorce, persistant à tenir leur « éloignement » pour un coup de folie. Il parlait rarement du bébé – « Cette chose », avait-il dit une fois – et menaçait toujours de lui enlever les enfants. Rita le méprisait pour ça. Mais c'était aussi un homme rejeté. Et elle comprenait son dépit.

Elle était presque sûre qu'il savait pour Don, et elle le soupçonnait d'espérer que cette flamme s'éteigne. Après tout, le « remède Don » – comme elle l'avait surnommé en son for intérieur – ne durait jamais longtemps.

Rêve éphémère, sensuel et fébrile, il permettait à Jeannie d'échapper à sa tristesse corrosive. Don, en entrant dans une pièce, éclipsait tout le reste, et c'était ce qu'il fallait à Jeannie. Oublier.

Après la visite de Don, les nuages se dissipaient quelques jours, puis la grisaille retombait. Rita sentait venir ce net refroidissement sous les plafonds ornés. Telle une bête avant l'orage, Jeannie s'agitait, comme si elle ne pouvait se poser dans sa maison et dans sa vie. Elle se changeait sans cesse. Guettait le téléphone. Cherchait querelle à Walter. Rabrouait les enfants, surtout sa fille. Redevenait la femme d'avant l'éclaircie Don. En pire.

S'apercevant qu'elle a longtemps fixé le papier peint de sa chambre en ruminant les amours d'une autre, Rita se lève et gagne la fenêtre. Elle pose doucement les mains, doigts écartés, sur la vitre fraîche.

Chaque carreau est de la taille d'un livre, et le verre déformé par les ans comme une peau, ce qui donne à la forêt une présence étrange, vacillante. Rita a l'impression que son esprit s'étire, que ses yeux s'adaptent pour tenter de voir derrière un arbre, puis un autre, et elle se demande si la tache bleue au loin est un coin de ciel ou une feuille pruineuse. Londres est à des années-lumière – et partant, Don aussi. Même si le téléphone se remet à sonner, ils sont en sécurité, cachés ici comme des fuyards. Elle ne doit plus perdre de temps à s'inquiéter. Elle a du travail à faire. La lessive. Le déjeuner. Les enfants à protéger des menaces mortelles de la forêt que Marge a égrenées.

CHAPITRE 10

Sylvie

— Beaucoup mieux qu'un bouquet de chrysanthèmes.

Je glisse un œil sous la cloche de verre qui est apparue mystérieusement au bureau des infirmières. De la mousse. Des fougères vert malachite. Une pierre. Des racines tordues percent la terre semée de gravier. Comment appelle-t-on ça ? Ah oui, un terrarium. Très tendance. Je ne sais trop pourquoi il me perturbe.

Qu'en penserait Caroline ? Ma sœur est rentrée en Amérique il y a près d'une semaine. Nous nous parlons au moins une fois par jour, pour tâcher de garder le moral. Nous avons résolu de garder espoir, de bannir le chagrin. Quand même, tout paraît plus dur sans elle.

— Vous avez vu qui a apporté ça, Kerry ?

— Je n'étais pas encore là, désolée, dit l'infirmière.

— Un peu curieux de ne pas laisser de mot.

Cela semble un cadeau généreux mais bizarre.

— Peut-être que notre Rita a un admirateur secret, suggère une autre infirmière en tapant sur un clavier, les yeux rivés à son écran.

— Peut-être.

J'en doute. Maman n'a pas regardé un seul homme depuis la mort de papa. (« J'aimerais mieux prendre un chien, ma puce. »)

Je fais tourner le terrarium pour le contempler sous un autre angle. C'est alors que je la vois : une maison miniature, en résine, de la taille d'une boîte d'allumettes, nichée dans un creux moussu. Cela change toute l'échelle : les fougères deviennent des arbres, la pierre un rocher. Et mon malaise se cristallise, virant à l'idée fixe. Dès que je vois la forêt, je ne peux l'oublier.

* * *

De retour à l'appartement, je laisse tomber mon sac et ôte les sandales de mes pieds gonflés, endoloris. J'aperçois une forme et sursaute, surprise de voir Annie sur le sofa, enveloppée dans une couverture. Je souris, ravie qu'elle se sente chez elle.

— Quelle bonne surprise !

— Salut, maman, marmonne-t-elle, consultant son portable avec ce coup d'œil furtif des ados, vif comme un pouce qui envoie un texto. (Peut-être espérait-elle un message de son nouveau copain secret. Bien plus âgé qu'elle ? marié ? Je n'ose pas poser la question.) Comment est mamie ?

Je réponds gaiement :

— Pas pire. (Pas morte !) Hé, vise un peu ça.

Je sors délicatement le terrarium de mon sac et le glisse sur le plan de travail de la cuisine, où le verre clignote à la lueur du canal. J'y vois toujours une forêt. Annie se redresse.

— Qu'est-ce que c'est ?

— Un terrarium. Quelqu'un l'a laissé pour mamie.

Incroyable, non ? Mais les plantes sont interdites dans le service. Tu peux le mettre dans ta chambre, si tu veux.

— Super.

Ses yeux sont cerclés de rose. Elle a pleuré.

En attrapant la théière sur l'étagère, je lui lance par-dessus mon épaule :

— Mamie voudrait quand même que tu t'amuses, tu sais !

Il nous faut du thé. Une « bonne tasse de thé », dirait maman. Je pense à la joie que lui a toujours donnée Annie, à son empressement chaque fois que mon travail m'obligeait à la faire garder au pied levé, c'est-à-dire souvent.

— La grand-mère géniale qui t'a emmenée à Glastonbury avec tes copains, tu te souviens ? Et qui, à l'entrée du festival, t'a donné 30 dollars. Elle te défendrait de t'attendrir sur elle. (J'ouvre les baies vitrées du balcon. Une odeur de curcuma et d'ail frit monte dans l'appartement.) Elle est ultrafière de toi, Annie. De tout ce que tu as accompli. Des maths à Cambridge ! Ohé ?

Elle ne répond pas.

Moi qui avais à peine la moyenne en maths. Lycéenne agitée (« facilement distraite, ne prend pas ses études au sérieux », disaient mes enseignants), j'étais pressée de partir à Londres pour gagner ma vie, tomber amoureuse et avoir l'existence frénétique, glamour, qui me permettrait d'échapper à moi-même. À mes origines. Annie marque un bond dans l'évolution.

Steve et moi avons dû réussir quelque chose. Après quatre fausses couches, nous avions décidé d'arrêter les frais pour tout investir dans notre merveilleuse fille unique. Contrairement à Caroline et moi, qui avons grandi livrées à nous-mêmes – c'étaient les années soixante-dix –, Annie a eu des leçons de violon, des profs de tennis et des cours particuliers pour parfaire son éducation. Nous lui avons toujours dit : « Si tu travailles dur, tu pourras faire ce que tu veux, tout ce qui t'intéresse. Ne t'interdis rien. » Et elle nous a écoutés.

J'allume la bouilloire.

— Cambridge aura de la chance de t'avoir, Annie.

— Tu veux bien arrêter de me tanner avec ça ? jette-t-elle d'un ton mordant qui me déroute. (D'où sort donc cette pique ?) Je n'aurai peut-être pas d'assez bonnes notes. (Elle mordille sa lèvre inférieure et fuit mon regard.) Pas envie d'y aller.

Je crie presque : « Il faut que tu y ailles ! » (J'ai déjà commencé à fantasmer sur sa future brillante carrière, avec sa sécurité et sa retraite, loin des aléas des free-lances ; sur l'étudiant sympa qu'elle rencontrera à Cambridge et qui l'épousera.) À la place, sentant que je suis en terrain miné, je me mords la langue.

La bouilloire siffle. Mais l'expression d'Annie balaie soudain toute idée de boire du thé. Autre chose aussi a changé, je ne vois pas trop quoi. Il y a un filtre entre nous, troublant, fin et mouvant, comme la brume qui s'enroule à l'aube au-dessus du canal. J'ouvre le frigo.

— Si on déjeunait tôt ? On n'a pas ces chouettes tomates à rayures du marché fermier ?

Annie s'approche. Elle s'adosse au plan de travail, les yeux sur le terrarium.

— Maman…

— Et du houmous ? (J'écarte du coude un pot de moutarde.) Où est-il ? Il y en a une barquette cachée quelque part…

— Non. (Elle passe un doigt sur la vitre du terrarium sans me regarder.) Je l'ai mangé.

— Du salami alors ?

— Ça aussi.

Je prends, sans commentaire, une planche à découper.

— Oh, zut, il n'y a plus de pain ! (Bruit de moteur, en bas, sur le canal. Quelqu'un s'en va. Je me demande si c'est le séduisant batelier.) Je cours chez le traiteur. J'en ai pour une minute !

J'attrape mon sac. Je passerai peut-être devant lui avant qu'il s'en aille.

— Maman…

Je prends conscience d'une chose tangible aux confins de la cuisine. D'un encombrement. Même le terrarium chatoie bizarrement, comme si des lucioles étaient piégées à l'intérieur.

— Il faut que je te parle.

— Ah… (Mon cœur se serre. Je le craignais, je m'attendais à moitié – qu'Annie m'annonce vouloir vivre à plein temps chez Steve. Tout l'espoir que je me suis échinée à bâtir cette dernière semaine commence à s'effriter. Ma mère me manque douloureusement : elle saurait quoi lui dire. Je fulmine.) Écoute, je sais que ça n'a pas été facile, papa et moi… Et, oui, tu as raison, j'aurais dû être plus franche avec toi avant…

— Ce n'est pas ça. (Elle pose une main sur ses yeux.) C'est bien pire.

La pièce paraît basculer dans le sillage de la péniche, faisant rouler le silence d'un côté, puis de l'autre. Dès que je lâche :

— Annie, ma belle, qu'est-ce qui se passe ?

Je sens soudain, au plus profond de moi, que ce sera une de ces discussions avec un avant et un après. Et que rien ne sera plus jamais pareil.

CHAPITRE 11

Rita

Hera et Teddy accourent par la porte de la cuisine, hirsutes, haletants, les joues luisant d'un rouge cochenille. Une sorte de joie sauvage grise les enfants dans les bois, a constaté Rita. (Une sortie à Regent's Park n'a jamais eu le même effet.) Ça l'inquiète car elle ne peut les suivre à chaque instant. Ils vont et viennent en sautant par les brèches du mur, comme des lièvres. Quand elle ouvre le portail du jardin pour crier : « Le déjeuner est prêt ! », elle retient son souffle, son anxiété confinant à la panique, jusqu'à ce qu'ils s'arrachent aux arbres et que le loquet rouillé cliquette derrière eux.

Elle ne peut dresser mentalement la carte des endroits où ils étaient pendant ces longues minutes, des ravins moussus qu'ils ont dévalés – déchirant leurs vêtements et leurs ongles –, des trajets sinueux qu'ils ont pris pour rentrer. Ni estimer les vrais dangers de la forêt, si elle s'effraie pour rien.

— Vous n'avez pas grimpé sur le tas de rondins, n'est-ce pas ? lance-t-elle en cessant de tartiner les sandwichs de piccalilli jaune soufre.

Elle imagine les bûches en équilibre précaire, prêtes à s'écrouler pour leur briser le dos telles d'énormes quilles.

— Te bile pas, Grande Rita, je l'ai sauvé à temps d'une mort certaine. On est restés près du manoir, suivant tes ordres. (Hera mime le salut des scouts, laisse tomber son sac à dos et cherche quelque chose à manger dans la cuisine.) Mais ces champignons aux couleurs bizarres étaient bien bons… Hein, Teddy ?

— Quoi ?

Son estomac se retourne.

Les enfants rient aux éclats, s'amusant à la taquiner.

— Vous ne devriez pas plaisanter avec ces trucs-là, jette sévèrement Rita, soulagée.

Pourtant, elle est ravie de voir la camaraderie, la solidarité fraternelle qu'ils ont forgée en passant des heures ensemble, refoulant des inquiétudes sur leur mère couchée dans le morne silence de l'étage. C'est une bonne chose qu'ici, les enfants puissent jouer la plupart du temps. Et ils ont tout loisir de le faire : à Foxcote, leurs journées commencent par le vacarme des oiseaux à l'aube et prennent fin avec la ronde des chauves-souris le soir – car elle n'aime pas laisser Jeannie trop longtemps seule.

S'ils étaient restés à Londres pendant ces vacances, ç'aurait été différent. Même si Jeannie avait été déprimée, elle aurait pu traîner dans son hôtel particulier, avec tout son confort, sa routine rassurante. Et Rita aurait pu bien faire son travail, sortir, donner aux enfants l'été qu'ils méritaient, avec des visites au British Museum, à la serre tropicale magique des Kew Gardens, ou des chasses au trésor au bord de la Tamise. Toutes les excursions que Jeannie ne demandait qu'à déléguer et qu'elle-même adorait. Elle avait toujours du mal à croire qu'on la payait vraiment pour ça. En évoquant ces plaisirs (le parfum doux et chaud d'un cacaoyer aux Kew, le tesson boueux d'un vase victorien dans sa main), elle meurt d'envie de rentrer à Londres.

— Et toi, tu ne devrais pas avoir si peur de la forêt, dit Hera, interrompant le fil de ses pensées.

— Même pas peur ! prétend Rita en feignant de se moquer.

— Si j'étais aussi grand que toi, je n'aurais peur de rien, soupire Teddy, si fort que les boucles de son front se soulèvent. J'aimerais pousser plus vite…

— Patience ! Un jour, tu me dépasseras. (Rita sourit, même s'il est presque douloureux d'imaginer Teddy adulte, son enfance perdue dans le passé, comme une bouteille jetée dans un vaste océan. Avisant une teigne dans ses cheveux, elle l'enlève, puis renifle, mal à l'aise.) C'est quoi, cette odeur de cendre ?

— Juste un petit feu de camp, répond-il gaiement.

Hera le fait taire d'un coup d'œil, puis s'empare d'une tranche de fromage.

— Tout va bien, Grande Rita. Il est éteint maintenant.

Rita se fige. Elle imagine la maison de Londres telle qu'elle l'a vue la dernière fois, détonnant sur la belle rue en arc de cercle comme une dent pourrie dans une rangée parfaite : son stuc noirci, la glycine flétrie.

— Vous ne pouvez pas allumer des feux ! s'écrie-t-elle. OK, les allumettes, qui les a ?

Elle ouvre la main. Son regard passe d'Hera à Teddy, qui semble le plus coupable des deux.

C'est Hera, toutefois, qui les extrait de la poche de son short et les tend avec un petit grognement de dépit.

Rita s'en veut de n'avoir pas remarqué leur

disparition. Mais, de même que les bois, elle connaît encore si mal Foxcote, un lieu où la catastrophe rôde sous les dehors les plus banals. Le sol de la cave est jonché de pièges à rats aux mâchoires rouillées. De haches. Une vitrine (ouverte, à la clé introuvable) abrite une collection de vieux fusils. Elle a même découvert un petit pistolet dans une boîte à biscuits. Interrogée, Marge a haussé les épaules, marmonnant qu'elle en avait un aussi, comme s'il était parfaitement normal de cacher des armes meurtrières parmi les gâteaux.

Rita place la boîte d'allumettes sur l'étagère supérieure du vaisselier gallois, entre les pots à crème ébréchés, hors d'atteinte. Jetant un œil au chou frisé prévu pour le dîner qui trempe dans l'évier, elle voit avec soulagement les limaces noyées remonter à la surface, puis attrape un pichet de citronnade.

— Tiens, Teddy. Tu vas servir, dit-elle sans réfléchir.

Il le porte sur la table de la cuisine, laissant une traînée de taches poisseuses sur les carreaux en terre cuite.

— Assieds-toi, Hera, ordonne Rita, se demandant pourquoi elle reste encore debout, l'air penaude.

— J'ai cueilli ça. Pour maman. (Hera sort un petit bouquet de fleurs bleu lilas de son sac à dos et l'étale en éventail sur la table. Elle lève les yeux, moins sûre d'elle.) Tu crois qu'elles lui plairont ?

Le doute et l'espoir qui brillent dans ses yeux pâles attendrissent Rita. Soudain, elle se rappelle ses insécurités et sa solitude au même âge – un drôle d'âge vraiment : trop vieux pour le réconfort des maisons de poupée, trop jeune pour avoir un contrôle sur sa vie. La féminité imminente, désirée et crainte à la fois. Le manque désespéré, permanent, de sa mère.

— Oh, Hera ! Bien sûr. Je vais les mettre dans l'eau.

Elle dispose les fleurs dans un pot de confiture.

— Moi, je n'ai pas apporté de fleurs à maman… gémit Teddy, qui s'est assis sur un tabouret. (Il respire fort, ses cheveux noirs tombant sur son tee-shirt jaune délavé.) Ce n'est pas juste qu'Hera lui en donne et pas moi !

Rita pose un sandwich sur son assiette et le découpe, penchée au-dessus de lui.

— Ce n'est pas une compétition, Teddy, répond-elle gentiment.

Pourtant, elle se rend compte que, si les enfants sont proches lorsqu'ils vadrouillent dehors, dans la maison, telles des plantes forestières, ils se disputent la chaleur et la lumière de leur mère.

— J'y ai pensé la première ! clame Hera.

— Non, tu les as cueillies en cachette !

Teddy cherche à lui donner un coup de pied sous la table mais, la jambe trop courte, n'y parvient pas. Il écarte le fromage de son sandwich pour lécher le piccalilli. Un moment passe. Pour lui remonter le moral, Rita s'apprête à suggérer de sortir le Meccano quand il dit :

— Il faut des fleurs à maman parce qu'elle est encore malade ?

— Elle… (il est bien plus difficile de lui mentir qu'à Marge) … se sent un peu mal fichue.

Rita lui presse l'épaule pour le rassurer.

— C'est un code, Teddy, raille Hera, ce qui n'aide pas beaucoup, en lui piquant ses croûtes. Tu sais pourquoi.

Elle décoche un regard à Rita et proteste, la bouche pleine :

— Moi, je ne lui mentirai pas !

Teddy plisse la lèvre inférieure et rougit, tendu par l'effort de ne pas pleurer comme un bébé devant sa sœur.

— Mais je veux que maman guérisse…

— Elle ira mieux avec le temps.

Teddy la fixe sans comprendre. Rita se souvient alors qu'à son âge, elle n'avait pas non plus la notion du temps. Les bonnes choses arrivaient en un éclair. Les mauvaises duraient éternellement. Et le temps n'arrangeait rien, contrairement à la promesse des adultes. Il faisait juste vieillir.

— Viens ici, toi…

Elle hisse Teddy sur ses genoux et le serre dans ses bras. Il sent les pickles, la terre et la laine mouillée.

« J'adore ces gamins », pense-t-elle avec un élan physique si fort qu'il la déconcerte. Elle se reprend très vite : d'ici un ou deux ans, Teddy partira en pension, comme son père (Walter lui a dit un jour sèchement qu'il avait détesté ça) et tout le monde l'oubliera : elle ne sera plus qu'une vague silhouette en marge des photos de famille. Elle sait que c'est le lot des nurses : l'amour des enfants des autres suivi d'une peine inavouée quand le contrat s'achève. Elle sait aussi qu'aucun n'a autant compté pour elle que ces deux-là ; et qu'elle n'oubliera jamais le poids de Teddy sur ses genoux, la manière dont il s'y recroqueville. Ni le jour où, pendant l'internement de Jeannie aux Herbiers, il s'est tourné vers elle en demandant : « Maintenant, tu seras ma maman ? » Elle avait brûlé de dire oui.

— Elle ne veut pas nous voir, c'est ça, Grande Rita ? murmure-t-il, la voix toujours étranglée par des larmes bravement refoulées. Elle est trop malade…

Rita sait qu'il pense aux Herbiers, à une nouvelle disparition de sa mère – et elle ne peut le supporter.

— Suis-moi. Toi aussi, Hera. Au premier.

Rita ne frappe pas, au cas où Jeannie les renverrait. Hera et Teddy traînent les pieds derrière elle, timidement, ne sachant quel accueil Jeannie va leur faire. Ni quelle mère ils trouveront aujourd'hui.

Rita pose un plateau sur le lit (du lait, des sandwichs, un petit pain grillé), puis ouvre les rideaux, faisant tournoyer un chapiteau de grains de poussière dans la pièce. Lentement, elle prend la parole, emplissant le silence confiné : des effraies nichent sous les avant-toits, un pivert bruyant dans le jardin, et Teddy a aperçu des orvets dans la pile de rondins… Elle bavarde en tirant sur les battants rigides de la fenêtre pour que le parfum des feuilles et de la terre se déverse dans la chambre. Au loin, tels des nuages, des moutons paissent dans les prés boisés. Lorsqu'elle écarte le lierre, des abeilles, excitées, montent en tourbillonnant. Elle les chasse dans le ciel.

Jeannie émerge mollement du terrier de ses draps. Bien qu'elle dorme sans cesse, elle paraît épuisée. Sous ses yeux somnolents, sa peau est desséchée et bleutée. Repérant les affaires du bébé mort dans le sac dépassant de son oreiller, Rita sent son cœur se serrer.

— Maman ! (Teddy s'élance sur le lit. Jeannie enroule les doigts dans ses cheveux et se penche vers lui avec un sourire indulgent.) Bonjour, mon petit soldat.

Rita fait signe à Hera, qui hésite sur le seuil de la porte. Tenant les fleurs sauvages qui se fanent déjà, elle s'assied doucement au bord du lit, n'osant approcher de l'intimité du centre. Rita l'encourage d'un sourire. Jeannie n'a pas encore aperçu les fleurs. Ça viendra.

— Il y a eu d'autres coups de fil, Rita ? demande-t-elle, réprimant un bâillement.

Rita secoue la tête. Jeannie se rembrunit.

« Remarquez les fleurs, pense Rita. Remarquez Hera… »

— Je… je t'ai apporté quelque chose, maman.

Hera pose le pot de confiture sur le plateau et observe sa mère par-dessous sa frange dentelée.

— Hera les a cueillies dans la forêt ce matin, glisse Rita afin qu'elle les admire. Juste pour vous, Jeannie.

— Elles sont superbes, dit Jeannie d'une voix endolorie, comme si leur beauté la blessait. (Rita sourit en la voyant toucher une fleur. Mais la tige, aussitôt, se brise sur le drap. Les pétales s'éparpillent telles des violettes de Parme.) Oh, lâche Jeannie, oh…

Rita se crispe. Tous trois fixent, bouche bée, la tige nue et cassée, puis les grosses larmes qui roulent sur les joues de Jeannie et s'écrasent sur le drap blanc.

— Ça tourne toujours mal quand j'essaie de te faire plaisir, soupire Hera.

CHAPITRE 12

Sylvie

J'agite à nouveau le test de grossesse. Non, de même que les deux autres, il ne change pas d'avis. La ligne est ferme et bleu laser. Le fixant avec stupeur, assise dans la cuisine, je sens une énergie étrange crépiter dans mon corps, comme si la confirmation du test m'avait donné une secousse brutale, branchant un dangereux circuit enfoui au fond de moi.

J'étouffe un « merde » et jette un œil au balcon où Annie fait les cent pas, le téléphone collé à l'oreille, le visage gonflé à force d'avoir pleuré. Je l'entends juste répondre :

— Je ne sais pas…

Elliot. Ce doit être lui au bout du fil. Quoi qu'il dise, cela ne me plaît pas.

— Je ne peux pas promettre… désolée, ajoute-t-elle.

Une ardeur sauvage m'envahit. Je bondis, me faufile par la porte du balcon et tends la main vers le téléphone. À mon grand soulagement, elle me le donne sans protester et disparaît dans l'appartement. Peu après, la porte de sa chambre claque violemment.

Le combiné brûle ma main tremblante. Une grenade. Je me rends compte alors que je ne suis pas le genre de mère – libérale, rassurante et réaliste – que j'avais toujours cru être en pareille situation. Car je veux tuer ce garçon. Brandir les poings vers le ciel estival. Pourquoi ma fille ?

Je reprends mon souffle :

— Allô ? (Ne craque pas.) Sylvie à l'appareil, la mère d'Annie.

— Et moi Helen Latham. (Une voix BCBG. Un peu stridente.) La mère d'Elliot.

Je reste coite, vois s'ouvrir l'écoutille de la péniche en face. Tout se ralentit.

— J'aimerais finir ma conversation avec votre fille, dit sèchement Helen, impassible. Pourriez-vous me la repasser, s'il vous plaît ?

Me ressaisissant, je fais front :

— Mieux vaut discuter avec moi. Ma fille est trop bouleversée pour l'instant.

— Elliot, lui, est désespéré, réplique-t-elle, crispée.

— Je préférerais que vous ne parliez pas directement à ma fille.

Il m'est très difficile de rester polie. Le batelier s'assied sur le pont de sa péniche et gratte sa guitare. Un riff de Radiohead.

— Écoutez, Vicky…

— Sylvie.

Le héron, sculptural, m'observe de la rive. Les spores de lumière verte vomis par le canal semblent se mélanger aux notes de la guitare. Et tout vacille. J'ai le vertige. Mon Dieu, ma vie est un désastre… J'ai besoin de ma mère…

Helen s'éclaircit la gorge.

— Je veux que cette affaire soit réglée au plus vite.

Cette affaire ? Après quelques secondes, j'avance, tâchant de me contenir.

— Elle n'a pas eu le temps de réaliser.

— L'argent est un problème ?

— Quoi ? Non.

Ainsi, Helen est une de ces riches Londoniennes qui ont l'habitude de payer pour résoudre les problèmes. La colère commence à gronder en moi, noire, sourde, concentrée dans mon ventre. J'agrippe d'une main la rampe fraîche en métal et la serre.

— Puis-je vous rappeler que l'avenir d'un jeune innocent est en jeu ?

J'objecte d'une voix tremblante :

— Pas si innocent que ça.

— Elliot n'a que vingt et un ans. Il cherche à faire son chemin dans la vie. Si Annie s'imaginait… Eh bien, pour le dire gentiment, il n'est pas en mesure d'être père.

— Annie a dix-huit ans et on lui offre une place à Cambridge.

— Cambridge ? (Chose gratifiante, elle ne peut cacher sa surprise.) Eh bien, avance-t-elle en faisant un petit effort mental, nous sommes sur la même longueur d'ondes, n'est-ce pas ? Je rappellerai après le week-end. Quand elle aura pris son rendez-vous.

Un clic, puis la ligne est coupée. Zut.

— Quelle garce !

J'ai crié plus fort que je le voulais. Je plaque mes mains moites sur mes yeux.

— Ça va, là-haut ?

J'écarte les doigts et vois l'homme, penché sur sa guitare, lever la tête vers moi. Mon corps s'inonde de chaleur. Je lance :

— Je… non. Oui, bien sûr !

Sur quoi, je me sauve dans mon appartement.

— Annie ?

La porte de la salle de bains est fermée.

— La mère d'Elliot n'aurait jamais dû appeler, dis-je à travers la cloison. Quoi qu'elle t'ait raconté, n'en tiens pas compte. Hé, ça va ? Je peux entrer, ma puce ?

Annie ne répond pas. Je pousse la porte. Personne. Les tests de grossesse sont répandus autour du lavabo. Mon cœur s'arrête. En courant à sa chambre, j'avise le fouillis sur son lit, la trace des sous-vêtements partant de la commode – et j'éprouve, comme lors d'une perte d'altitude, un afflux de sang. Annie est partie.

CHAPITRE 13

Rita

4 h 45. L'esprit de Rita bourdonne comme une ruche. Le lit en fer tangue dangereusement lorsqu'elle se redresse pour attraper sa robe de chambre qui, dans la lumière pâle, ressemble à un pendu derrière sa porte. Inutile de rester couchée à tenter de retrouver le sommeil, à penser aux enfants, à Jeannie et aux périls de cette forêt qui assiège le mur du jardin. D'ailleurs, dirait crûment Walter, elle n'est pas payée pour penser mais pour protéger sa famille. Et, pour y parvenir, elle doit se repérer dans cet endroit. Le contrôler. Le maîtriser. Puisqu'elle a, chose rare, une heure de liberté, le moment paraît idéal.

En bas, la maison craque et gémit, telle une vieille dame qui s'installe dans un fauteuil. Rita traverse le carrelage de la cuisine sur la pointe des pieds, fauche un biscuit au passage, et ouvre la porte arrière. À l'est, le ciel est encore ensanglanté, comme embrasé par un lointain incendie de forêt.

Écartant cette association troublante, elle chausse les bottes d'homme que Marge a prises dans le hangar à bois – juste à sa taille, c'est agaçant – et resserre le cordon de sa robe de chambre.

Les dalles brisées de l'allée du jardin dansent sous ses pieds. Les arbres vibrent de chants d'oiseaux. Près du portail, elle s'arrête face à une touffe d'hortensias, dans son éclat laiteux de fin d'été, et jette un coup d'œil à la maison derrière elle. Telles des mains d'enfant, les minuscules fougères poussant dans le mortier lui font des signes. Foxcote paraît sûr et douillet d'ici. Au-delà du mur, pas vraiment. Elle soulève le loquet, puis se fige.

Elle tient à faire cela, à épingler la forêt comme un papillon dans son esprit, pour ne plus voir en elle une masse funeste derrière sa fenêtre. À réduire son échelle jusqu'à ce qu'elle semble aussi inoffensive que les arbres en plastique du circuit de train électrique de Teddy. En aura-t-elle la force ? Seule à l'orée des bois, elle s'aperçoit que la peur qu'elle ressent est gravée dans ses os, au creux de son bassin – et dépasse de loin les dangers évoqués par Marge. Ou ses craintes pour les enfants.

Quand elle était petite, mamie ne parlait jamais directement de l'accident de voiture qui avait tué ses parents – autant fixer le soleil en plein midi – mais disait que les forêts étaient des lieux où rôdaient « les méchants »… et « pire » (sans précision). Elle n'avait pas de voiture : des « cercueils sur roues ». Elle voulait que Rita reste à la maison. Sans bouger. Bien à l'abri sur le divan.

Pas une fois, elle n'avait déclaré : « Tu te rappelles que tes parents, Poppy et Keith, adoraient la route et la nature, les montagnes et les bois, dormir à la belle étoile, le crépitement d'un feu de camp ? »

Là, soudain, un souvenir lui revient : elle est assise

sur la poutre des épaules de son père, sous un feuillage percé par une lumière dorée. Elle ne sait ni où ni quand, si c'était le week-end de l'accident. Mais elle peut sentir l'étreinte de Keith – ses mains de géant solides sur ses chevilles – et entendre son rire résonner sous la voûte des arbres.

Elle referme le portail derrière elle.

* * *

La lune bondit entre les branches. Rita dérange les moutons dans leur sommeil. Elle perçoit aussi d'autres présences – un craquement sous un sabot, le vrombissement des insectes, le hululement d'une chouette. Le son reste suspendu dans l'air, comme un rond de fumée.

Elle hésite, puis emprunte le sentier qui serpente après la souche et la pyramide de rondins – oui, vraiment meurtrière – et décide de contourner la maison, le trajet qu'apparemment, les enfants prennent. Bientôt, un chevreuil la distrait. À sa droite, un renard flamboie, portant un lapin dans ses mâchoires. Elle s'arrête pour admirer des phalènes sur un immense arbre abattu. Des champignons vénéneux. Elle se baisse, les mains sur les genoux, en fronçant les sourcils : les terribles amanites phalloïdes ?

Autre chose attire son regard. Blanc Persil. Incongru. Elle le soulève avec curiosité : un chausson de bébé. Qui garde le renflement d'un pied minuscule. Fraîchement tombé. Une trouvaille étrange dans un bois aussi dense : aucun landau n'y entrerait. De plus, il lui rappelle les chaussons – à dentelle ouvragée, jamais portés – chéris par Jeannie. Rita l'accroche à une branche basse, de même qu'elle plantait de petits gants perdus sur les rampes à Londres.

Elle poursuit sa marche, mais le chemin a disparu et il fait plus sombre : les voûtes des arbres se sont refermées au-dessus d'elle, comme des parapluies dans une rue bondée. Des racines surgissent de terre et s'enroulent autour des rochers. Un trou s'ouvre brusquement sous ses pieds. Elle se rattrape à des fougères pour arrêter sa chute.

Après s'être ressaisie, elle s'agenouille contre le tronc d'un vieux chêne, replie les pans de sa robe de chambre comme des ailes, et sort son biscuit fourré. Elle se réjouit que les enfants ne soient pas là. Ils poufferaient de la voir égarée. Quand même, le gâteau la réconforte.

Sentant une présence dans son dos, elle tend l'oreille. Un bruit. Un craquement de brindilles. Des pas ? Elle frémit, se rappelant que Marge lui a dit que la forêt attire les excentriques. Ce type bizarre, Fingers. Craignant de se retourner, elle se plaque contre l'arbre et son tourniquet de lierre, se blottit dans sa robe de chambre dont le rose jure fâcheusement dans la nature. Les pas cessent.

Ce n'est pas son souffle court qu'elle entend à présent, mais celui d'un inconnu. Le défi se mêle à la peur. Elle n'a pas survécu à un accident de voiture, à un incendie, ni au jugement de Fred (« Aucun homme ne voudra de toi ») pour trouver la mort ici. Elle glisse une main vers un gros bâton sur les feuilles rêches. Un autre pas. Son cœur s'accélère. Ses doigts se crispent. Elle est prête.

CHAPITRE 14

Hera

La forêt s'anime derrière ma vitre fêlée. Je n'ai pas besoin de réveil à Foxcote. En allant aux toilettes, je vois la porte de Rita entrebâillée et jette un coup d'œil dans sa chambre : des draps froissés, une pile de romans sur la table de chevet, un chemisier sur le dossier de sa chaise. Mais pas de Grande Rita. Où est-elle ? Je pense à la nurse française qui a filé une nuit, à Paris, sans dire au revoir. La bonne de maman a fait pareil. Je mordille la peau autour de mon ongle, l'arrachant jusqu'à la chair à vif.

Rita n'abandonnerait pas son terrarium, pas vrai ? Et ne partirait pas sans faire son lit. D'ailleurs, elle n'a nulle part où aller. Ni famille. Ni foyer. C'est ce qu'il y a de bien aussi chez elle. J'ouvre le tiroir de son bureau pour vérifier qu'elle n'a pas pris les photos de ses parents morts et mon ventre se noue quand je les vois, souriants, l'air de croire qu'ils vivront éternellement. Il y a aussi un carnet. Je le feuillette : « Dimanche : Jeannie est toujours mal fichue. Elle a mangé trois toasts. » Une entrée pour chaque jour qu'on passe à Foxcote.

Pourquoi prend-elle des notes sur maman comme si c'était une patiente ?

Je ferme le tiroir, inquiète : maman est-elle plus malade que je le pensais ? Je vais la voir. Sa chambre est sombre et sent un peu le renfermé. Au moins, en dormant, elle ne ressemble pas à une femme qui fond en larmes en voyant une fleur sauvage se briser.

Je m'assieds en silence près de son lit, contente qu'elle soit là, et sa chambre juste à trois portes de la mienne. En tout cas, papa n'est pas ici pour la renvoyer aux Herbiers. Don non plus. Hier, j'ai réussi à faucher sa lettre sur le paillasson avant qu'on le remarque. J'avais reconnu l'écriture appuyée, avec ses pleins et ses déliés, des cartes postales qu'il nous envoie depuis des années. Je l'ai jetée, sans l'ouvrir, dans le feu de camp que j'avais allumé dans les bois. Le coin de l'enveloppe a pris dans les braises, faisant jaillir une flamme parfaite, bleu veine.

J'observe maman, tâchant de me souvenir ce qu'elle était avant de perdre son bébé, et sa joie de vivre. C'est difficile. Autant que d'évoquer une femme qui a déménagé il y a longtemps. Je sais pourtant qu'en partant à l'école, le matin, j'avais toujours hâte de rentrer. Je ne le craignais pas, comme toute cette année ; et si maman était dans une autre pièce, je sentais vraiment sa présence – chaleureuse, animée – et son pas léger. Maintenant, plus je l'approche, plus elle me manque. Elle fait un autre bruit en montant l'escalier.

Avant, tous les gens étaient attirés par elle. Ils ne traversaient pas la rue pour l'éviter. Quand elle coupait la glycine sur le perron pour la mettre dans un vase, des voisines venaient papoter. Elles glissaient un œil dans notre hall, espérant s'y faufiler pour avoir droit à son flan au caramel, qui fondait dans la bouche. Si ça ne marchait pas, elles prenaient une voie détournée : je savais que je serais invitée chez d'autres filles juste pour que leurs mères puissent rencontrer la mienne. Peut-être même assister à un de nos fameux dîners.

J'adorais ça, les rires, les bavardages et le tintement des verres, les braises des cigarettes dansant dans les ombres du jardin. Moi, j'étais chargée de planter des cubes de Cheddar sur les demi-pamplemousses, des tranches d'ananas sur des piques, et de prendre les manteaux des invités à leur entrée. Après, je m'installais dans l'escalier, le front pressé contre la rampe, m'amusant à voir des choses que je n'étais pas censée voir : l'arrogante Mme Pickering se tourner vers le mur pour pleurer, puis tamponner son mascara et regagner le salon en souriant, l'air de passer la meilleure soirée de sa vie ; la femme d'une grande maison de Regent's Park changer le plan de table pour s'asseoir près de Don. Quand j'ai raconté ça à maman, elle a ri à gorge déployée, craquelant l'argile du masque qu'elle aimait s'appliquer les lendemains de fête. Je me souviens qu'elle m'a fait un clin d'œil en pouffant : « Pas de secrets, Hera. Tu peux tout me dire ! » J'étais sur un petit nuage, nous croyant unies contre le monde.

Et puis tout a changé. Après le bébé, je ne pouvais plus lui parler. Enfin, de ce qui comptait. Je ne voulais pas ajouter à sa tristesse. Papa trouvait qu'on devait faire comme s'il n'était pas né, que c'était mieux pour elle.

En voyant maman aujourd'hui, son front ridé et ses coudes saillants, je ne suis pas sûre qu'il ait eu raison. En plus, une couverture de berceau pointe sous son oreiller. Dort-elle chaque nuit avec ça, comme Teddy avec son koala ? Même si la réveiller pour lui demander : « Toi aussi, tu penses tout le temps au bébé ? »

paraît une très mauvaise idée, je me surprends à lui chuchoter que ma petite sœur me manque énormément. Que cette nuit-là, j'ai regardé par ma fenêtre le paquet dans les bras de la sage-femme, mais que je ne peux toujours pas me rappeler ce que j'ai vu : mon esprit s'est embué, comme une vitre l'hiver, en effaçant toutes les images.

À ces mots, maman soupire et se tourne sur le côté. Je meurs d'envie de sauter dans son lit pour me coller à elle, en cuillère, comme quand j'étais petite.

Je me penche vers elle, les coudes plantés sur mes genoux, et une sensation chaude, agréable, s'étale en moi comme une couleur. Cela fait du bien d'être franche, de retrouver un peu nos anciens tête-à-tête, nos confidences… Et je m'entends lui parler du carnet que j'ai découvert dans la chambre de Rita. Je m'en veux tout de suite, craignant d'avoir trahi Rita. Pire, le souffle de maman s'accélère, faisant trembler la dentelle de sa chemise de nuit. Je plaque une main sur ma bouche, me demandant si j'en ai trop dit. Si elle n'est pas aussi endormie que je le pensais. Mais après, elle pousse un léger ronflement, presque un ronronnement. Alors, je me rends compte qu'elle n'a pas pu m'entendre et que tout ira bien.

CHAPITRE 15

Sylvie

Le cortège des vacanciers avance lentement vers l'ouest sous la chaleur. Je tambourine sur le volant, jetant un œil à la voie d'à côté, à toutes les voitures familiales bourrées de sacs et de duvets. Aux mères extenuées, se retournant vers leurs gamins pour tenter de les calmer avec des gadgets électroniques et des galettes de riz. Elles pensent encore que c'est le plus difficile.

Quand le trafic est bloqué, j'appelle Caroline pour lui annoncer la nouvelle. Au début, elle croit que maman est morte. Elle ne comprend pas mes paroles. « Moins vite, Sylvie. Quoi ? » Je répète. Non, elle n'a pas mal entendu. Enceinte. Pas moi, bon sang ! Annie. Un accident, oui, bien sûr, avec cet Elliot. Un sacré merdier. Steve est en miettes. Hier, l'affreuse mère d'Elliot a appelé pour dire Dieu sait quoi à Annie. Qui est partie furieuse. Aucun de ses amis ne l'a vue. Dans la soirée, elle m'a envoyé un texto : *Je suis en sécurité. J'ai juste besoin d'espace.* Depuis, elle a coupé son portable. Je suis folle d'inquiétude.

Je me demande si ce n'est pas un retour de bâton…

Jusqu'à cet été, la liberté d'Annie tenait à une sorte d'évaluation des risques. Steve pistait ses déplacements *via* son portable, la suivant sur son iPad avec un GPS. J'ai repéré, sur Google Earth, les maisons des copines qui l'ont invitée pour la nuit, cherchant des signes de mauvaise réputation et de bagarre – et appelé leurs mères, juste pour vérifier. Nous avons été surprotecteurs, nous l'avons rendue trop confiante…

— Elle est chez maman ? suggère Caroline, coupant court à mon autocritique. Si j'étais elle, j'irais là-bas.

— J'y ai pensé aussi, dis-je, soulagée de ne pas perdre complètement la tête. Je suis sur la route.

* * *

Le village est blotti entre de grosses falaises, ce qui force à serpenter sur une route côtière pour l'atteindre, en longeant l'exploitation laitière et ses vapeurs de fumier, le pub, puis la jetée du port d'où je sautais adolescente dans l'eau verte en criant. Plus bas sur la pente, je contourne la vieille église et ses tombes de pêcheurs qui regardent la mer, puis j'oblique dans l'allée de maman.

« Merde… »

La voiture d'Annie n'est pas là.

Le cottage ne m'a jamais paru plus vide. J'avance dans le couloir en passant devant les cartes anciennes encadrées sur les murs, le panneau « Retraite balnéaire de Rita » fabriqué par Annie pour maman il y a des années. Sur la console, un fatras de photos de famille et un bol en bois plein de clés inutiles. Par terre, le crève-cœur des vieux sabots de ma mère et du cale-porte de mon père : son gros filet de pêche, toujours dangereusement placé, au point qu'on trébuchait dessus en rentrant du pub éméché.

Aucune trace de la présence d'Annie.

Dans la cuisine, je reprends espoir. Un mug de thé à moitié bu traîne sur la table. Froid. Pas moisi. À l'étage, les lits sont encore faits. A-t-elle passé la nuit sur le canapé ? Elle a toujours aimé dormir sur les divans, comme un chiot. Je glisse un œil dans le salon. Oui, le sofa est en désordre, jonché de couvertures. Elle est venue ici. J'appelle Steve. Quand il décroche, j'entends une voix de femme derrière lui, qui se tait aussitôt. Cette fois, je me fiche de savoir qui c'est. Je suis réduite à une seule chose, la mère d'Annie.

Nous convenons que je ferais mieux de rester au cottage, pour ne pas la rater en sortant la chercher. Après avoir consciencieusement arrosé les plantes en train de se faner, je ne sais trop quoi faire de moi. L'absence de maman pèse lourdement sur cette maison. Les petites choses qu'elle a laissées : ses lunettes, ouvertes sur une étagère ; des livres de bibliothèque, qu'elle aurait dû rendre il y a des semaines. En remontant le temps, je songe à d'autres soirées d'été passées ici, sur le moment plutôt banales, plombées maintenant d'une émotion presque insupportable. Tout m'est si familier que cela me fait mal. Le parfum de nougat des rosiers Bourbon de ma mère. Le goût de l'eau du robinet.

En plus, Annie me manque physiquement, comme quand je la laissais à la crèche et que ma journée était rythmée par sa routine jusqu'à ce qu'on puisse à nouveau fusionner. À l'époque, j'avais du travail pour me distraire. Ici, chaque tic-tac de l'horloge murale me donne un coup de bec. Mon esprit ne cesse de buter sur des écueils : les cellules qui se multiplient dans le ventre d'Annie, l'impulsion électrique d'un cœur, la crevette d'un embryon, des ongles miniatures qui se forment, pareils à des bourgeons. Arrête. Ne commence pas. Elle ne peut pas avoir ce bébé.

J'erre nerveusement jusqu'au salon, puis je m'écroule dans un fauteuil, la tête dans les mains. Ce n'est qu'en levant les yeux que je le vois. Là, sur la table basse, un dossier jauni de format A4. Je relis l'étiquette sans comprendre, victime d'un choc différé. Écrite de la main sûre de ma mère, avec ses fioritures : « Été 1971 ». Mon Dieu… Où diable Annie a-t-elle trouvé ça ? Je ne l'avais jamais vu.

Le passé souffle sur ma nuque. Au bout d'un moment, je me risque à soulever le bord du dossier. Un froissement de vieilles pages de journal. Je vais les écarter, les doigts tremblants, quand on sonne à la porte. Mon cœur bat la chamade. Je jette le dossier sur la table.

* * *

Ce n'est pas Annie. Il mesure plus d'un mètre quatre-vingts. Porte un jean de skateur et une casquette de base-ball. Regarde avec espoir par-dessus mon épaule dans l'entrée.

— Annie est là ?

— Non. (Je le dévisage, interdite, écartant les cheveux de mes joues piquées par le vent marin.) Pardon, vous ne seriez pas…

— Elliot.

Il sourit, puis blêmit, devinant qui je suis.

Voilà donc le mystérieux Elliot. Il est impressionnant : beau, athlétique, avec ce charme ébouriffé des Anglais privilégiés et des yeux bleus de chanteur de *boys band*, ourlés de cils noirs broussailleux. Je vois bien comment des yeux pareils peuvent mettre une fille enceinte.

Je ne peux arrêter de le fixer. Je me surprends à me demander bêtement à quoi ressemblerait leur enfant.

— Moi, c'est Sylvie. La mère d'Annie.

Il lance un « salut » incongru, déglutit (va-et-vient de la pomme d'Adam), puis ôte sa casquette, révélant des cheveux duveteux, blond cendré.

— Vous voulez entrer ?

Je m'écarte déjà.

À l'évidence, il n'y tient pas, mais il est trop bien élevé pour le dire. Dans la cuisine, il est tout en épaules et pieds immenses, trop grand pour la pièce. Trop jeune pour le pétrin où il se trouve. De la sueur perle à son front.

— Vous avez soif ? (La question n'atténue en rien la gêne foncière de la situation.) Je peux vous offrir du thé, un verre d'eau…

— Non, merci.

Ses yeux semblent pris au piège. J'aperçois des marques de tension en demi-lune sous ses paupières. Un muscle tressaute au bord de sa mâchoire, semée de poils naissants. Il ne s'est pas rasé aujourd'hui.

— Je devrais y aller… reprend-il, confus.

Surfant sur une nouvelle vague d'angoisse, je lâche :

— Annie est venue ici. Mais là, elle est sortie, et son portable est toujours éteint. (Pourquoi Annie pense-t-elle à une vieille histoire de famille alors que son avenir la talonne ? Je reprends mon souffle.) Vous sauriez, par hasard, où elle a pu aller ?

— Pas du tout. Désolé. (Sous sa crânerie d'école privée, je sens une vulnérabilité désarmante. Une douceur mêlée d'une légère blessure. Ça a dû attirer Annie.) Elle m'a juste averti qu'elle descendait dans le

Devon. Elle était, enfin… plutôt sèche. Elle ne voulait pas discuter.

— Ah oui ? Attendez, revoyons la chronologie. (À voir son air méfiant, je me demande si je ne semble pas un peu détraquée. Mon esprit s'emballe.) Vous lui avez parlé après l'appel de votre mère, c'est ça ?

— De ma mère ?

À son tour de paniquer. Il recule et rentre dans le vaisselier, tel un animal pataud se heurtant aux bords de son enclos. Des plats s'entrechoquent.

— Ma mère a téléphoné à Annie ? fait-il, incrédule.

— Chez moi. Vous ne le saviez pas ? (Helen ne lui a pas demandé son accord. Ouah…) Son coup de fil a bouleversé ma fille. Elle aurait dû vous prévenir.

— Qu'est-ce que… ma mère a dit ?

Il tressaille, se préparant au pire.

— Vous devriez le lui demander.

— C'est pas vrai !

Il se tourne vers la porte, serrant son téléphone. Helen va sans doute recevoir un savon.

— Ne partez pas déjà ! (Je lui prends le bras. Il regarde ma main, que j'enlève aussitôt, craignant de dépasser les bornes.) Vu les circonstances… (Il a la décence de rougir. Je m'efforce de sourire d'un air encourageant.) Annie m'a dit que vous étiez de Londres ?

Il acquiesce en silence.

— Je viens juste de descendre.

— Cela ne me dérange pas que vous attendiez ici. Vraiment. Au contraire.

Aïe, je me suis mal exprimée. Il paraît terrifié, comme si je lui avais fait des avances. Je m'empresse d'ajouter :

— Je suis sûre qu'Annie ne voudra pas vous rater.

— En réalité… (Pendant un instant déchirant, il a l'air sur le point de pleurer. Il se mord la joue.) Elle ne voulait pas me voir. Je devais respecter son espace.

Il recule lentement dans l'entrée. Lui peut se sortir de toute cette histoire. Pas ma fille.

— Je suis désolé.

— Visiblement.

C'est ce que je trouve de plus gentil à dire. Au moins, il est sincère. Des mouettes ricanent au-dessus de nos têtes.

Dehors, dans l'allée, le crépuscule redouble mon niveau de stress. Combien d'heures de lumière reste-t-il ? Je pense aux falaises, à leurs bords qui s'effritent, aux roches tranchantes dessous. À ma fille en train de glisser comme maman. Devrais-je appeler le garde-côte ? la police ? aller la chercher moi-même ? Je lui donne encore vingt minutes. Non, dix.

Elliot se plie pour entrer dans son véhicule, le lot des hommes aux longues jambes. Un 4 x 4 gris métallisé. Le genre de voiture que les riches Londoniens croient essentiel dans le Devon, comme si toutes nos routes étaient des chemins de terre.

— Ravie de vous connaître, Elliot.

Me demandant si je le vois pour la dernière fois, je me penche vers sa vitre pour scruter l'habitacle : une planche de surf à l'arrière, un Pepsi vide, un polar écorné de Lee Child… et des baskets sales. Un petit aperçu du jeune homme avec qui ma fille a passé l'été – et dont, selon maman, elle était folle il n'y a pas si longtemps. En le voyant partir en trombe dans un nuage de poussière sous le ciel pommelé, je comprends pourquoi Annie est tombée amoureuse de lui. Mais pas pourquoi elle m'a caché ce garçon.

CHAPITRE 16

Rita

Rita glisse les pommes de terre dans l'eau bouillante avec une cuillère en bois.

— Personne n'a entendu ? lance-t-elle à la cantonade. Quelqu'un frappe à la porte !

Un instant plus tard, Teddy dérape dans la cuisine en faisant l'avion.

— Niii-omm… C'est Robbie. Il veut te voir, Grande Rita.

— Moi ? (Le sang lui monte à la tête. Ses jambes, fraîchement épilées, brûlent.) Je cuisine. Dis-lui… que je ne peux pas.

Comme si sa gaffe d'hier matin n'était pas assez humiliante. Elle ne sait toujours pas où se mettre : elle avait sauté sur Robbie avec une branche en hurlant, comme une sorcière : « Reculez, Fingers ! » Il n'avait même pas bronché, demandant juste poliment pourquoi elle portait ses bottes. Elle avait expliqué d'un ton sec, en tremblant :

— J'ai l'habitude des rues signalées par des plaques. Ici, tous les arbres se ressemblent.

Il l'avait enveloppée de son lourd ciré, à l'odeur forte.

Elle avait remarqué ses grandes mains de charpentier, pas très propres, aux ongles plats et carrés comme des fenêtres. Des mains disproportionnées par rapport à sa taille. Il lui arrivait au niveau du nez, de sorte qu'elle avait eu une vue plongeante, par le col bâillant de sa chemise effilochée, sur un torse mince, ferme et musclé. De plus, il avait surpris son regard. Et ses yeux tachetés, d'un brun boueux, étaient du genre plissé. Moqueur.

Il avait refusé de reprendre ses fichues bottes, dit qu'elles lui allaient bien mieux qu'à lui. Elle avait pris ça pour un sarcasme. Les hommes en lançaient toujours, surtout les petits. Pire, cette plaisanterie les avait conduits à regarder ses jambes qu'elle n'avait pas épilées depuis Londres. Qu'elles soient couvertes de poils aurait dû lui être égal – elle avait fait une croix sur les hommes –, mais bizarrement, non. Au contraire. Après ça, elle s'était engouffrée dans la maison, la robe de chambre hérissée d'épines de chardon, et s'était cognée à Hera, qui sortait de la chambre de Jeannie avec un air fuyant.

Toutes les deux semblaient être allées quelque part où elles n'auraient pas dû, cette nuit-là.

— Je vais lui dire.

Teddy pirouette sur ses talons, bras écartés, prêt à décoller.

Trop tard. Il est là. Debout sur le seuil de la cuisine, avec un sourire timide. Rita remue la casserole de plus belle. Elle espère que Teddy ne dira pas de bêtises. Au petit déjeuner, il l'a taquinée sur sa mésaventure et elle lui a ordonné de la fermer. Les enfants ont tellement ri de cette réplique lui ressemblant si peu qu'elle a eu peur que Teddy s'étrangle.

— Ça va, Rita ?

Elle lui coule un regard oblique. Il sourit (jubile ?).

— Bien sûr. (Elle note qu'il tient un objet à la main, dans du papier d'emballage, comme un jambon tranché.) J'ai trouvé seule le chemin pour rentrer, vous savez.

— Je vous ai apporté ça.

Il s'approche et tente de lui donner le paquet. Mais elle doit poser la cuillère et essuyer sa main sur son tablier, deux petits gestes qui semblent gauches et exagérés. Lorsque leurs doigts se frôlent, elle sent son ventre se nouer.

— Ce n'est pas grand-chose, ajoute-t-il.

Hera et Teddy se rapprochent, impatients de la voir ouvrir le paquet.

Elle déplie le papier en tentant de garder un air détaché. À l'intérieur : des feuilles ? Oui. Chacune nommée au crayon sur une étiquette fixée par une ficelle à sa tige : *bouleau argenté*, *chêne*, *houx*, *orme*, *hêtre*…

— Une carte de la forêt, si vous voulez…

Sa poitrine a rosi sous le col ouvert de sa chemise. Elle a soudain envie de la rafraîchir avec sa paume.

— Dès qu'on connaît les arbres, on a les plaques des rues, ajoute-t-il.

Elle ne sait que dire. Combien de temps lui a-t-il fallu pour cueillir toutes ces feuilles et les marquer ainsi ? Pourquoi se donner cette peine ?

— Ça permet d'apprendre aux enfants, explique-t-il, faisant éclater une tension en elle, comme une bulle.

Bien sûr ! Il aurait été si gênant que les feuilles soient pour elle ! Pourtant, elle sait qu'elle les disposera plus tard sur le sol de sa chambre, quand tous les autres seront couchés. Elle examinera leurs couleurs et leurs formes, chuchotant leurs noms jusqu'à ce qu'ils s'impriment dans son esprit.

— Merci. C'est parfait, hein, Teddy ?

L'enfant acquiesce en souriant.

Hera, guère impressionnée, saisit une feuille par la tige.

— Grande Rita, elle, a une forêt en miniature, lance-t-elle fièrement. Sous cloche.

— Vraiment ?

Robbie la fixe avec une vive curiosité, un sourire dans la voix.

— Quelques fougères dans un globe de verre, c'est tout. (Rita aimerait qu'Hera se taise. Elle se sent mise à nu.) Un terrarium.

Elle craint que ça révèle un trait bizarre en elle. Confuse sous son regard direct, elle range les feuilles dans leur papier et les pose sur une étagère. Se tournant vers la cuisinière, elle pique une pomme de terre avec une fourchette pour voir si elle est assez tendre pour être écrasée : la patate rebondit, dure comme une pierre, et cogne sur le côté de la casserole ; tout ça n'a pas duré une éternité, contrairement à ce qu'elle pensait.

— Il y a un bal ce soir. Vous aimeriez venir ? Avec moi, je veux dire.

La fourchette lui échappe, bascule dans l'eau bouillante. La chaleur de la cuisinière lui monte aux joues et avive les brûlures du rasoir sur ses jambes. Rita est en feu.

— J'ai du travail. Désolée.

Le silence, lourd et humide, sent la fécule de pomme de terre. Hera s'arrache un cil et l'examine.

— Teddy, tu veux bien raccompagner Robbie à la porte ? lance Rita d'un ton sec.

Un moment plus tard, il revient, l'air content de lui. Il rapproche deux chaises et s'allonge en travers, les mains sur l'une, les pieds sur l'autre.

Hera parcourt la cuisine en grappillant. Elle grignote la croûte brûlée du cake de Marge, pique un raisin de Smyrne et le jette dans sa bouche.

— Tu dois aller au bal, Grande Rita, glisse Teddy, tête en bas.

— Ne sois pas stupide.

Elle décroche du mur une passoire en cuivre.

— J'ai dit à Robbie que tu en avais secrètement envie…

Une bretelle de sa salopette se dégrafe et sa boucle tinte par terre. Il s'affaisse un peu entre les deux chaises.

— Bon sang, Teddy !

— Mais tu peux te faire belle ! proteste-t-il.

Hera pouffe, la bouche pleine de gâteau.

— Je ne suis pas là pour me distraire. Arrête. Tu vas te blesser. Hera, laisse ce cake.

Teddy s'écroule sur le carrelage. Rita lui tend la passoire.

— Toi, par contre, tu peux porter ça.

Teddy s'en coiffe, les yeux brillants à travers les trous.

— Je suis un chou !

Hera le nargue :

— C'est toi qui l'as dit !

* * *

— J'ai demandé qui était venu…

La voix de Jeannie plane jusqu'à eux.

Teddy écarquille les yeux. Hera est bouche bée.

Rita pivote sur ses talons… Et là, chose incroyable, apparaît Jeannie, le sourire vitreux, dans un négligé blanc nacré, frangé de plumes de marabout. Elle s'adosse à la porte, tremblant comme un papillon de nuit.

Rita est consternée par sa mine, sa peau gris porridge et ses cheveux secs, frisottants. Jeannie avait de grosses boucles brunes, brillant comme de la soie moirée. Des yeux tels des bijoux. Aujourd'hui, elle a l'air effacée.

— Maman !

Teddy se rue vers elle, la passoire toujours sur la tête. Elle l'étreint en riant, avec une maladresse fébrile. La passoire tombe à grand fracas.

— Alors, c'était qui ? répète-t-elle, le regard éteint.

— Robbie. Robbie Rigby, explique Rita, savourant le roulement des « r ».

Jeannie s'assombrit.

— Ah. (Ses doigts peignent tendrement les boucles de Teddy.) Il y a eu des lettres pour moi ?

— Aucune. En fait, je me demandais si on en recevait ici.

Jeannie jette un regard à sa fille, puis se retourne vers Rita.

— On devrait.

Du coin de l'œil, Rita voit Hera croiser les pieds, mal à l'aise, et se demande pourquoi.

— Désolée, Jeannie.

— Quelqu'un a téléphoné ? lance Jeannie avec espoir.

— Oui, hier soir. Mais ça a coupé dès que j'ai décroché.

Rita omet de dire qu'elle a reposé le combiné pour éviter à tout prix les questions de Walter. Ne devinant qu'après que ce pouvait être Don qui retentait sa chance, elle s'est doublement félicitée d'avoir raccroché.

— Tu iras à la fête demain, maman ?

Teddy prend la main de sa mère et l'agite, ravi de la voir. Hera est plus méfiante.

— La fête ? demande Jeannie en bâillant.

— Marge dit que les noix de coco sont déjà clouées au stand de tir.

Il se tapote le nez. Hera l'ébouriffe.

Jeannie tourne vers Rita un regard alarmé.

— Marge ? Elle est venue souvent ?

— Oh, elle aime bien passer, répond Rita avec diplomatie, tâchant de la protéger.

— Tous les jours, insiste Hera. Deux fois par jour.

— Je lui ai expliqué que vous étiez souffrante. Que vous aviez des migraines. (Rita se sent gênée de répéter le mensonge devant les enfants.) Le rhume des foins…

— Oui, oui, un rhume terrible. (Jeannie s'appuie contre le pilier de l'escalier.) Oh oui…

— Maman, prends ma main. (Teddy la tire en avant doucement, la ménageant telle une vieille dame.) C'est ça. Attention.

Dans la cuisine, Jeannie grignote un biscuit salé. Les enfants l'observent, fascinés, comme si une licorne s'était invitée pour le thé.

— Que voulait Robbie ?

— Oh, rien de particulier…

Rita plonge les mains dans l'eau savonneuse, cherchant les couverts qui nagent au fond de l'évier.

— Il a invité Grande Rita à un bal ce soir.

Teddy monte prudemment sur les genoux de sa mère, craignant de les briser.

— Alors, vous devez y aller, Rita.

— Oh, non. Je n'en ai pas envie, bredouille-t-elle, les mains toujours dans l'eau.

— Vous n'osez pas me laisser les enfants, c'est ça ? reprend Jeannie d'une voix sourde. Je veux m'occuper d'eux, Rita. Je suis leur mère, après tout. Pas vous.

Rita s'empourpre. Il a été trop facile de l'oublier, ces derniers jours. Elle ne sera jamais que la nurse, le coucou dans le nid – et Jeannie tient à passer un peu de temps seule avec ses enfants. C'est assez naturel. En vidant l'évier, elle enroule la bonde sur sa chaîne autour du bac, se sentant bizarrement à plat.

— Il ne faut jamais refuser une occasion de danser. Ne vous inquiétez pas, Rita. On va s'amuser. (Au sourire de Jeannie, Rita voit qu'elle veut désespérément plaire à ses enfants.) Qu'aimerais-tu faire ce soir, Teddy ? Et toi, Hera ? Qu'est-ce qui vous tente ?

— Un feu de joie, répond Hera sans hésiter.

Teddy applaudit.

CHAPITRE 17

Sylvie

Je suis près de l'église, au-dessus des ossements d'un pêcheur mort depuis longtemps, scrutant fébrilement l'horizon, quand je vois la voiture d'Annie zigzaguer sur la route de la côte. Mon cœur bondit. Je déboule du cimetière jusqu'au bas de la colline en me marchant sur les pieds. Elle se tourne et rit à ma vue. Et, en plus, elle rit !

— Maman !

Je la serre dans mes bras. Je m'attendais tellement à un nouveau drame qu'une part de moi n'arrive pas à croire qu'elle soit vivante.

— Qu'est-ce que tu fais ici ? (Elle se dégage, étonnée.) Tu as l'air affolée. Qu'est-ce qui s'est passé ?

— Tu me poses la question ? (J'essaie de garder mon calme.) Merde, Annie ! Hier, tu as quitté l'appartement sans dire au revoir ni où tu allais. Tu m'as envoyé un texto évasif. Et ton portable est coupé !

— Tu me dis toujours de l'éteindre. Pour la « pause numérique »…

— Pas maintenant. Papa et moi avons grimpé aux murs.

— Pardon.

Elle grimace, comprenant l'émoi qu'elle a causé.

La tenant par les bras, je cherche des signes de détresse. Mais elle semble déborder d'hormones et de jeunesse – et d'une folle insouciance dans sa situation.

— Ça va ?

Ses yeux brillent de lumière marine.

— Très bien.

« Pas du tout, me dis-je. Tu es enceinte jusqu'au cou. »

— Viens, entrons dans la maison.

Annie lâche :

— Maman, je garde le bébé.

Je me retourne lentement.

— Quoi ?

Elle pose une main sur son ventre plat.

— Je n'avorterai pas.

— Mais… mais…

Le monde bascule, change, tel un objet soulevé et reposé sur le côté.

— Tu n'as pas à prendre une décision tout de suite.

— C'est fait.

— Quoi ? Mais… (Ma voix tremble. Je reconnais à peine ma fille. Elle ne m'a jamais paru aussi peu mienne, autant elle-même. Craignant de la pousser dans ses retranchements, je choisis soigneusement mes mots.) L'accident de mamie t'a beaucoup ébranlée. Quand la mort semble proche, on est facilement attiré par de nouveaux départs… une nouvelle vie.

Elle secoue la tête. Je continue à divaguer :

— Il est naturel pour une fille de ton âge de vouloir un bébé, même inconsciemment. C'est hormonal. Le besoin de l'humanité d'assurer sa survie. Un… un truc biologique.

Annie devient écarlate, comme toujours avant de fondre en larmes. Elle détourne la tête en se mordant les lèvres.

— Je savais que tu flipperais.

— Je ne flippe pas. (Faux.) Annie, je t'en prie…

— Je n'avais pas envie de tomber enceinte, OK ? C'est une calamité mais c'est arrivé. Et je ne peux supporter l'idée de… Ce n'est pas une question morale, maman. Seulement le bébé devient réel pour moi. Je… ne m'y attendais pas. (Annie reprend son souffle, épuisée par ses efforts pour s'expliquer.) Écoute, on peut aller se promener sur la plage ? Je préférerais parler là-bas. Je me sens mal à l'aise chez mamie quand elle n'y est pas.

Les rayons du couchant vernissent les crêtes fermes et ondulées du sable. On marche en balançant nos chaussures. Si notre vie de famille n'était pas devenue un sac de nœuds, ce serait l'image parfaite d'un moment mère-fille. Et ça rend les choses plus poignantes : j'ai les larmes aux yeux en écoutant Annie.

— J'ai cherché sur Google, déclare-t-elle sérieusement, ravivée par l'air marin. Maintenant, il y a des crèches pour les étudiantes à Cambridge, des bourses, ce genre de trucs. Franchement, je ne suis pas la première. Je peux encore tout faire. Juste d'une autre manière, et un an plus tard.

Tout faire ? Sa naïveté et son courage me nouent la gorge. Ma petite fille… Pas complètement finie…

— Annie, tu as dix-huit ans.

— Presque dix-neuf.

— Tu as la vie devant toi. Je ne saurais te dire à quel point c'est grave, la maternité. C'est juste énorme. Ça limitera tes choix, ta liberté. Et c'est… irrévocable. (Je n'ose lui parler du jour de sa naissance où, encore cireuse, elle m'a regardée dans les yeux, posée sur mon ventre, l'air de dire : « Alors, te voilà. » Que ç'a été l'instant le plus profond de ma vie.) Personne ne le sait. Pas avant que ça n'arrive. On croit comprendre. Mais après, ça vous percute comme un train de marchandises.

— Merci.

— Oh, Annie, j'ai adoré être ta mère. T'avoir a transformé ma vie. Je…

Sur ce, horreur, je fonds en larmes, lui donnant l'impression de tout ramener à moi. Il y a tellement de forces en jeu, trop de sentiments indicibles derrière cette discussion. En plus, je suis coupable. Fautive. Si je n'avais pas quitté Steve à ce moment-là, elle n'aurait pas fui ici pour l'été, ni rencontré cet Elliot aux yeux ravageurs.

— Ça va marcher, maman.

Cela me tue.

— Ce devrait être à moi de te rassurer.

— Mais tu ne peux pas, hein ? explose-t-elle.

Je sens sa colère sourde, aussi dense que les amas d'algues qui noircissent sur la plage. Nous reculons d'un bond devant la marée qui s'écrase à nos pieds. Je crie par-dessus le vacarme des vagues :

— Je ne prétends pas que ce sera facile, Annie ! Je ne vais pas te mentir ! (Elle s'ébroue. Son jean est mouillé. Une goutte d'écume tremble sur un de ses longs cils.) Annie…

— Tu ne t'inquiètes donc pas du jugement de tes amies ?

— Non !

Enfin, maintenant qu'elle l'a dit, je ne me vois guère en future mamie claironnant la nouvelle sur Facebook. Pas de liberté à l'horizon de ma quarantaine. Je me demande à qui Annie en a déjà parlé, si le mot est lâché, si les mères se sont déjà envoyé des textos fébriles, masquant leur effarement sous une fausse compassion avant d'obliger leurs filles à se faire poser un implant. Il y a toujours eu une peur tacite que la grossesse, comme les troubles alimentaires ou le suicide, puisse être contagieuse. Nos brillantes filles chéries, prêtes à changer le monde, pas des couches.

— Tu m'as toujours dit d'écouter mon instinct, en me moquant de l'avis des autres. (Je le regrette aussitôt.) Mamie, elle, comprendrait…

Sa voix se brise.

Que ferait maman ? L'accepter, sans doute. S'installer avec Annie si elle le voulait, offrir ses services de nurse et d'arrière-grand-mère. Il n'y a rien que maman aime plus qu'un bébé.

Nouveau grondement de la marée. Je hasarde prudemment :

— Et où est Elliot dans tout ça ?

Annie fixe la mer qui s'assombrit, bras croisés, cheveux au vent.

— Pas avec moi.

Je me demande si, dans mes efforts pour prouver que je m'en sors, je lui ai donné une image trop facile de la vie de célibataire.

— Nous ne sommes pas des îles, Annie.

— Il s'agit de mon corps.

— Bien sûr.

— Sa mère m'a dit au téléphone qu'il avait déjà une autre copine. (Elle détourne la tête en ravalant des larmes.) Je ne me fais aucune illusion.

— Il est quand même passé tout à l'heure. Voir comment tu allais.

Annie me regarde, bouche bée.

— Tu as rencontré Elliot ?

— Il a fait tout le chemin depuis Londres. Mais il n'a pas voulu attendre. Pour ne pas rester avec moi, je suppose. C'était assez intense. Pardon, j'aurais dû t'en parler tout de suite. (J'essaie de sourire.) Tu m'as un peu désarçonnée…

Son visage semble accuser une myriade de petits chocs.

La marée monte plus vite maintenant, prenant mes chevilles au lasso dans son courant. Mes orteils sont gourds de froid.

— Autre chose, Annie… (J'inspire profondément.) Tu as laissé un dossier ouvert sur la table basse. (Elle bat des cils, sa peau pâlit sous ses taches de rousseur.) Avec « Été 1971 » marqué sur la couverture…

— Je… je l'ai trouvé dans le bureau de mamie. (Ses yeux brillent d'une lueur défensive. L'horizon s'obscurcit en formant une ligne sepia.) Je n'ai pas le droit ?

La méfiance gagne du terrain, tout comme la mer. Je m'en veux d'avoir mentionné ce dossier. Pourquoi n'ai-je pas simplement feint de ne pas l'avoir vu ? ignoré sa présence ? Notre histoire familiale est emmêlée, truffée de barbelés, encombrante comme le tas de filets de pêche plus haut sur le rivage – sûrement pas pour Annie à ce moment de sa vie. Elle se hérisse et remonte la plage. Courant à ses côtés, je lance, pour enterrer le sujet :

— Rentrons ! Il faut que tu manges.

J'entends le mugissement trop tard. À peine s'est-elle écriée : « Voilà, tu recommences ! Ne parlons plus jamais de cet été-là… Faisons comme s'il n'existait pas… » qu'une vague scélérate explose dans notre dos, nous projetant dans un tourbillon d'eau salée.

CHAPITRE 18

Rita

Un couple à bicyclette file à côté d'elle, la femme étreignant la taille de l'homme, sa robe rouge gonflée comme une voile. Ils jettent le vélo contre un mur et courent, main dans la main, dans la salle des fêtes du village. Une autre femme la dépasse en tanguant sur des talons aiguilles vert pomme.

L'impression familière de s'être trompée sur toute la ligne envahit Rita. Pourquoi a-t-elle cru bon de mettre sa triste jupe marine et ses chaussures plates ? de laisser dans le tiroir son seul cardigan flatteur, rose tendre ? Elle ne voulait pas sembler chercher à s'apprêter – et essuyer des regards moqueurs en échouant. Elle ne tenait pas non plus à se faire remarquer. Mais elle a l'habitude de résoudre un problème en en créant un autre, et maintenant elle détonne par sa banalité, comme un navet dans un parterre de fleurs. Elle se rend compte à quel point elle s'est retranchée dans son travail, éloignée des gens insouciants de son âge. Robbie, note-t-elle en lui glissant un regard en coin, a fait un effort, même s'il a l'air d'un garçon habillé par sa mère. Sa chemise est repassée. Ses cheveux ondulés sont gominés et ramenés sur le côté, rebiquant déjà.

— On y va ? demande-t-il.

Elle acquiesce, même si elle a envie de dire : « Non merci, surtout pas. » Ils entrent dans la salle sous la guirlande des drapeaux de l'Union Jack, happés par la musique, la sueur et les rires.

— Ne l'abats pas par erreur, hein, Robbie ! lance un jeune en chemise à carreaux, qui enlace une blonde frêle comme un moineau, en soufflant sa fumée de cigarette dans ses cheveux.

— Ou ne la taille pas sur mesure ! hurle un autre.

— Arrête, Alf ! pouffe la blonde. Juste parce que tu aimerais avoir quelques centimètres de plus.

C'est déjà pire que ce qu'elle avait imaginé.

— Que voulez-vous boire ? (Robbie ne la défend pas, n'envoie pas de vannes à ces types. Fred aurait déjà fait jaillir ses poings de boucher : il aimait se battre. À l'inverse, Robbie lui sourit. Ses yeux, observateurs et réceptifs, semblent recueillir des informations.) Ils sont seulement jaloux.

Elle met un moment à comprendre qu'il ne la taquine pas, qu'il est parfaitement sincère.

— Du cidre. Merci.

Elle préfère la bière. Brune, celle que buvait son père. Mais les filles ne peuvent pas en commander – surtout les grandes perches – sans avoir l'air vulgaires.

Le bar, une table à tréteaux près des toilettes, est pris d'assaut. Robbie attend longtemps pour être servi. Elle doit faire le pied de grue, se sentant comme une bête de foire. Seul un homme dégingandé, à la tignasse platine et aux yeux rosâtres, lui sourit et la salue à l'autre bout de la salle. Elle lui rend son sourire, contente de voir un visage amical.

— Fais gaffe ou tu ne t'en débarrasseras jamais… lui chuchote la fille en rouge venue à bicyclette. C'est Fingers Jonson…

— Ah. Merci.

L'Homme Vert ? Il est blanc comme un linge. Elle éprouve une certaine pitié pour ce type solitaire, qui fait craquer ses doigts et ne tient pas en place.

— De rien. (La fille sirote son verre, le petit doigt tendu dans un geste distingué, exhibant son vernis flamant rose. Elle n'est pas belle mais éclatante de santé, d'autant plus séduisante qu'elle ne peut dompter ses rondeurs. Elle a le sourire des femmes conscientes de leurs attraits.) Je m'appelle Casey.

— Moi, c'est Rita.

Des fils pendent de l'ourlet de la robe de Casey, ce qui donne l'impression qu'elle l'a cousu en hâte. Rita, elle, se borne à coudre les boutons des enfants. Ou à rapiécer leurs chaussettes. Une envie troublante de se confectionner une robe aussi aguichante que celle de Casey monte en elle. Elle la repousse très vite. Quoi qu'elle porte, elle est toujours pareille. Grande et disgracieuse. Mal faite.

— Tu as trouvé une bonne place, là-bas. (Casey hausse un sourcil ourlé de noir. Rita n'a jamais songé à ombrer les siens. Maintenant, elle se demande si elle devrait.) Chez les Harrington. Sympas et respectables. Pas dans une famille de forestiers barjots qui te paieraient en poulets.

Rita éclate de rire. « Si seulement tu savais… » pense-t-elle.

— N'empêche, moi, je n'aimerais pas travailler

avec des gamins. (Casey frissonne.) On finit toutes assez tôt avec des gosses braillards, non ?

Le sourire de Rita se fige. Cet avenir-là est mort, anéanti. Elle est juste un cœur à prendre.

— Du moins, si on reste ici. (Casey tapote son nez.) Pas moi. J'ai de grands rêves. Et des projets. Hollywood… Broadway…

Rita l'imagine en haut de l'affiche. Sur un tapis rouge, envoyant des baisers. Du coup, elle-même se sent médiocre, comme si elle devait aussi avoir un idéal, l'ambition de laisser son empreinte dans le monde. Elle voit avec soulagement Robbie manœuvrer à travers la foule, leurs boissons à la main, en renversant sa bière.

Casey le montre discrètement.

— Vous deux formez un drôle de couple.

— Oh, ce n'est pas ça du tout, lâche aussitôt Rita, gênée, lissant sa mèche rebelle, toujours soumise par une épingle.

Elle tente vainement de trouver une digression drôle, entre filles, pour changer de sujet.

— Alors prudence, glisse Casey par-dessus le bord de son verre, en fixant la salle d'un œil amusé. Ici, il y a un truc dans l'air.

Rita sourit, sans comprendre.

— On tombe très vite enceinte. Dans la forêt. Je ne suis pas sûre qu'il y ait un seul bébé dans ce village qui ait été conçu dans un lit.

— Ah.

Elle rougit. Son fard s'étend de ses joues à son cou et se répand sur son décolleté comme une tache de vin. Pensant au chausson de bébé qu'elle a trouvé dans les bois, elle regarde autour d'elle les femmes dans la salle. Elle imagine le rejet d'une fille mère dans cette communauté rurale (et songe à la pauvre Penny, la belle de l'école : quand on apprenait son histoire, on gardait les jambes serrées). Fred et elle l'avaient fait deux fois – quelques minutes trépidantes avant qu'il se retire et qu'elle tente de finir le travail à la main – mais seulement après leurs fiançailles. Parce qu'il était vieux jeu, prétendait-il. Alors qu'il l'avait moins été avec d'autres copines, ce qui lui donnait l'impression déprimante de ne pas être irrésistible.

— Je pense que je suis de trop…

Casey fait un clin d'œil à Robbie et s'éloigne en paradant dans sa robe rouge.

Robbie ne la suit pas des yeux, contrairement aux autres hommes. Il tend un verre à Rita et l'observe pendant qu'elle le sirote, l'air d'y prendre un secret plaisir. Elle aimerait à moitié que Casey revienne combler le silence par son bagou. Mais Casey danse à présent. Comme la plupart des filles de la forêt : ardentes et fougueuses, elles guident les garçons, qui sont clairement sous leur emprise, les yeux voilés par… Aucun homme ne l'a encore regardée ainsi. Jamais. Puis la musique ralentit. Les hommes prennent les filles par la taille et les plaquent contre eux, pelvis contre pelvis, ce qui semble, franchement, très grossier. Pourtant, Rita ne peut pas détourner la tête, se demandant ce qu'on ressent quand un type vous serre d'aussi près.

Fred ne voulait jamais danser. À l'entendre, cela lui donnait honte parce qu'elle était grande et tout ça.

Robbie ne l'a pas non plus invitée sur la piste. Même si c'est un sacré soulagement (elle le dépasse de dix centimètres !), ça l'attriste. Elle ne sait plus trop ce qu'elle fait là. Prise d'une terreur soudaine de fondre en larmes, elle songe à feindre un malaise pour mettre fin à leur supplice. Des maux de ventre, par exemple, dus au cake de Marge. Plausible.

— Rita. (Robbie se penche vers elle. Son haleine sent le houblon. Curieusement, cela réveille un vague souvenir de son père.) Vous voulez danser ?

Pas question. Mais les filles ne peuvent pas refuser quand elles ont accepté de venir au bal. Elle est coincée ; Robbie aussi. Ils doivent faire semblant.

— D'accord.

Robbie ne bouge pas. L'observant plus attentivement, il semble arriver à une conclusion.

— Ou bien, on pourrait juste finir nos verres et marcher dans les bois ?

* * *

Sa jupe s'accroche à une ronce. Quand elle se baisse pour la libérer, Robbie sort un canif de sa poche et tranche la tige robuste, puis dégage les épines du tissu avec une étonnante dextérité.

— Ne les laissons pas abîmer votre jolie jupe.

Il semble qu'il soit sérieux, qu'il ne voie vraiment pas qu'elle est mal fagotée dans cette jupe C & A et qu'elle se cache dedans. Quand un doigt, par hasard, frôle son mollet, un frisson parcourt toute sa jambe.

Dans sa tête, elle entend la voix de mamie : a-t-elle perdu l'esprit ? Que fait-elle à rentrer avec cet homme fruste armé d'un couteau, dans une forêt en plus, et à le laisser toucher sa jupe ?

L'avantage, c'est qu'au moins, elle ne se perdra pas (et n'aura pas à danser en public). D'ailleurs, elle doit retourner à Foxcote : elle ne peut réprimer plus longtemps sa peur du feu de camp. Peut-elle se fier à Jeannie en matière de feu ? à sa fille ?

Bientôt, ils marchent au même rythme. Rita n'est pas gênée comme elle peut l'être avec les timides : l'assurance de Robbie la met à l'aise. Elle commence à se détendre. Elle se permet la petite satisfaction d'avoir des chaussures plates. (Jusqu'où la femme aux talons verts serait-elle allée ?) Même sa jupe prend un mouvement sensuel au fil de ses pas ; l'étoffe raide semble s'adoucir. Des bergeronnettes décrivent des boucles dans l'air en chassant des mouches. Au-dessus des arbres, un autour s'élève, les ailes déployées.

Il est aussi plus facile de parler en marchant, sans se regarder. Robbie glisse des questions dans la conversation, comme des messages sous une porte, et elle les remarque à peine. Elle se surprend à y répondre avec trop de détails. Notamment sur son enfance à Torquay : la cabine de plage délabrée où elle se cachait pour lire ses livres de bibliothèque ; son premier cactus, nommé Rot. Elle se reprend trop tard, il s'est déjà tourné vers elle avec un sourire ravi :

— Rot ?

— Parlez-moi de la forêt, demande-t-elle d'un ton ferme, pour changer de sujet.

Robbie n'étale pas son savoir, contrairement à Fred. (Il pouvait pétrifier n'importe qui avec ses histoires horribles sur les abattoirs.) Sa science s'échappe plutôt de lui par bribes, comme des pièces par une poche trouée. Tirant un bois de velours d'une branche, il frotte son duvet sur la main de Rita, faisant jaillir d'étranges sensations sur son bras. Il souffle au bord d'une feuille de hêtre pour imiter l'appel d'un chevreuil en rut. (Elle rougit bêtement au mot « rut »). Il explique que les parties mortes d'une forêt sont aussi précieuses que les vivantes, que les matières en putréfaction abritent des millions d'insectes, formant tous une nourriture essentielle pour les oiseaux. Dans une forêt, « la vie et la mort s'embrassent ». (Elle s'empourpre encore plus.)

— C'est un lieu séculaire, Rita, ajoute-t-il avec une pointe de respect. Une ancienne chasse royale des Anglo-Saxons, des Normands et des Tudors, où l'histoire se niche parmi les chouettes et les pouillots siffleurs. Ici, les chênes ont servi à construire des bateaux à partir du XVIIe siècle, et Nelson, craignant que leurs réserves s'épuisent, a ordonné de planter trente millions de glands. Voilà pourquoi ces bois contiennent autant de chênes, ceux de Nelson, toujours présents. Les troncs d'arbres sont structurés comme des toiles d'araignées, ajoute-t-il. On peut manger les freux comme des lapins. Ils sont même délicieux avec une bonne cuillerée de ketchup.

Il parle des braconniers et de l'abattage, de la difficulté de tirer en forêt, car les arbres coupent le champ de vision et qu'une balle peut poursuivre son trajet après avoir traversé le corps d'un cerf. On ne doit jamais faire feu sans savoir jusqu'où elle ira.

Rita écoute, avide d'apprendre. Lentement, Robbie démonte la forêt pour elle en la détaillant. Il lui montre les pins douglas d'une hauteur prodigieuse, puis les châtaigniers et les chênes dont les branches planent au-dessus de ce qu'il nomme « le sous-étage » – cela l'enchante car les étages abritent souvent des soubassements insoupçonnés –, composé de sureaux, de bouleaux blancs et de noisetiers. Elle se retrouve à contempler les couches de sous-bois à travers le lacis des rameaux et des brindilles, pour voir les minuscules formes de vie qui s'y lovent : les hépatiques, la mousse, l'herbe de Saint-Laurent, les étoiles de lichen sur le nœud d'une écorce, le revers pelucheux d'une feuille. Même les spores des bactéries par terre, qui forment une riche pâte noire en digérant les morts.

— Regardez, dit-il en s'arrêtant sur le sentier. (Il lève la main. Les poils dorés de son bras musclé attrapent les rayons bas du soleil. Elle a envie d'y faire courir ses doigts, émue par son amour pour cette forêt.) Un nid. Vous voyez ?

Elle s'incline en arrière – contre lui – pour percer des yeux les plus hautes branches, jusqu'à une sorte de corbeille qui flotte au vent. Alors, tout commence à tourner, les branches à tournoyer. Ils forment le seul point immobile. Elle pouffe.

— Vous tanguez. (Il a un sourire dans la voix.) Vous feriez mieux de vous asseoir.

Il montre une branche horizontale poussant au ras du sol.

— Je n'ai pas l'habitude du cidre, répond-elle, bien qu'elle sente que c'est autre chose qui fait tourner sa tête, affluer son sang entre ses cuisses. Peut-être est-ce la forêt qui lui a jeté un sort ce soir, la remplissant d'une euphorie bizarre et d'un… manque, comme si elle avait faim ou soif.

— Ce n'est pas le chemin le plus chic pour rentrer. Pardon, Rita. (Il n'a pas l'air très désolé. Son sourire est étonnamment beau. Il a les lèvres pleines, galbées. Fuyant ce sourire charmeur, elle feint d'être captivée par des champignons tachetés.) La prochaine fois, je vous raccompagnerai en camion.

Il ramasse un petit bâton, puis tire le canif de sa poche. Cette arme n'inquiète plus Rita. La « prochaine fois », si. (Flirte-t-elle avec lui ? Et alors ?) Elle regarde ses doigts dénuder l'écorce, le bois vert émerger, pâle comme la chair d'une poire. Il a de belles mains.

— Vous devez regretter Londres, les soirées et tout ça ? reprend-il.

Trop gênée pour avouer qu'elle n'est jamais allée à une fête dans la capitale, enfin, pas en tant qu'invitée, elle répond : « Oui, beaucoup », se demandant si « tout ça » veut dire « petit copain ».

Robbie se lève et jette le bâton dans les broussailles.

— Alors, je vous ramène.

Ils marchent en silence. Quelque chose a changé. Un sujet s'est réglé, une infime possibilité, mouchée comme la flamme d'une bougie entre leurs doigts. Au moins, ils ne sont plus des étrangers. Elle espère qu'ils puissent être amis. Ce serait bien d'avoir un ami ici.

Une pluie fine libère l'odeur des aiguilles de pin, leur parfum de Noël. Bientôt, Rita reconnaît des repères : l'arbre calciné par la foudre ; le wigwam de brindilles construit par Teddy la veille. Puis les restes fumants d'un feu de camp, où tremblent encore au centre des lueurs orangées. Pas un brasier, Dieu merci. Elle s'inquiétait pour rien.

Quand le mur du jardin surgit entre les arbres, une sensation diffuse répand, à l'égal d'une ombre, un froid dans sa poitrine. Après avoir entrevu un autre monde de robes rouges, de jeunes gens qui dansent, pelvis contre pelvis, et où une main d'homme enlève des épines de sa jupe, elle aimerait attraper Robbie pour lui dire : « Ramenez-moi là-bas. » Dans un instant, le portail du jardin se fermera. La soirée ensoleillée s'achèvera. Robbie disparaîtra. Et elle se retrouvera coincée dans la grande maison, avec ses corvées : la vaisselle ; compter les pilules de Jeannie ; repousser Marge ; les appels de Walter ; écrire dans ce maudit carnet.

— Chut… (Il lui touche légèrement le bras, et des fourmillements le parcourent.) Vous entendez ?

Elle s'arrête pour écouter. Le son est faible. Il serpente vers elle, la traverse, l'hameçonne sous la peau : un vagissement, un souffle, puis… juste le bruit des gouttes de pluie.

— Qu'est-ce que c'est ?

Elle ne sait pourquoi elle chuchote. Ni pourquoi les poils de ses bras se hérissent, droits comme des épingles.

Robbie plisse les yeux en observant les arbres, filtrant les sons de la forêt.

— Un jeune, dit-il après quelques secondes. Beaucoup d'animaux ont des cris de bébé. Et il doit avoir une maman féroce dans les parages. Venez.

Rita regarde par-dessus son épaule : il n'y a rien à voir. Le petit, quel qu'il soit, est parti. Pourtant, le cri s'attarde dans ses oreilles. Elle doit vérifier pour en avoir le cœur net.

— Robbie, il faut que je rentre… commence-t-elle.

Mais il a déjà posé les mains sur ses hanches, ses lèvres sur les siennes, et la serre contre lui.

CHAPITRE 19

Hera

Un cri de renard. Pourtant, il n'y a pas de renard. Le ciel est strié par les rayons du crépuscule et la forêt s'embrume, ses ombres pareilles à des cavernes. Des oiseaux minuscules filent entre les branches, comme s'ils cherchaient un abri avant que la nuit tombe et que les chouettes fondent sur eux, les yeux en boutons, les serres déployées. Je regrette un peu de quitter mon feu de camp, un chef-d'œuvre de brindilles, de pommes de pin et de pages de journal roulées en boule.

Mais ça ne rimait pas à grand-chose de rester après le départ de maman et Teddy. Elle s'est levée soudain, perplexe, les mains dans les cheveux, l'air de ne pas savoir comment elle était arrivée là. Elle a lissé sa robe, en disant qu'elle était fatiguée et qu'elle voulait rentrer. Qu'il lui fallait son cardigan et un thé chaud. Je me suis mordu la joue en comprenant qu'on n'allait pas s'allonger dans l'herbe, pour voir les colliers d'étoiles d'Orion et de la Grande Ourse, comme elle l'avait promis. Elle a pris la main de Teddy et m'a permis de rester, si je voulais, tant que je ne me bourrais pas de guimauves.

Alors je les ai mangées, cherchant à grossir pour la contrarier, suçant leur enveloppe carbonisée jusqu'à me cloquer le voile du palais. Après, je me suis détestée un peu plus et tracassée pour la soirée de Grande Rita. On peut attraper l'amour plus d'une fois. Ce n'est pas comme la rougeole. Maman a fait une bêtise en l'envoyant au bal avec Robbie Rigby. Et s'il plaisait à Rita ? Plus que nous ? C'est là que j'ai entendu ce drôle de cri. Un son bizarre ici.

Je l'ai suivi comme des miettes de pain dans les bois. Jusqu'à la grande souche, pas loin de la maison, à quelques mètres de l'entrée du domaine.

Un paquet repose sur la souche, enveloppé dans une couverture. Il remue. Un sac de chatons ou de chiots dont on n'a pas voulu ? Un petit bras s'agite faiblement dans l'air.

Je regarde autour de moi pour chercher une mère. Une nourrice. Un landau. Tout ce qui pourrait donner un sens à ce bébé bien réel, qui brille dans un cône de lumière où zigzaguent les moucherons, comme éclairé par Dieu. Personne. La seule trace du passage d'un adulte est un sac de courses au pied de la souche. Il a peut-être laissé le bébé et le sac après s'être perdu dans les bois. Improbable. Enfin, le bébé aussi.

L'air s'épaissit, crépitant d'ennuis. Mon ombre s'allonge, telle une poupée en paille tressée. Je me demande si on m'observe, si c'est une sorte de test. La nurse française mettait des pièces de dix pence sur le buffet pour voir si je les prenais. (Oui.) Maintenant, quoi qu'il arrive, ce sera ma faute. Je sais que je devrais partir, laisser quelqu'un d'autre trouver ce bébé. Je m'approche quand même.

Une fille, je pense, puisqu'elle est en rose. Sa face de singe est couverte de piqûres d'insectes, rappelant l'urticaire. Elle grouille de fourmis. Une membrane creuse palpite sur son crâne, là où il n'y a pas d'os.

Je touche sa main. Sa peau est soyeuse et ferme, comme le blanc d'un œuf dur. Ses doigts s'enroulent autour de mon pouce et ne le lâchent pas. Je murmure :

— Salut, toi.

Au son de ma voix, la petite étouffe un cri et me fixe avec des yeux brillants, pareils à ceux des merles. Son visage change de teinte par endroits. Il pâlit, rougit, puis blêmit à nouveau, l'air agité par la météo. J'aimerais la contempler pendant des heures. Mais la nuit tombe. Je ne sais pas quoi faire, ni où est Grande Rita. Et je ne suis pas prête à partager ce bébé avec maman.

En plus, une voix chuchote dans ma tête : « Les trésors appartiennent à ceux qui les trouvent. » Elle est à moi. Comme ma petite sœur ne l'a jamais été.

Arrachant le mot épinglé à sa couverture, je le fourre dans ma poche pour le lire plus tard et ramasse le sac au bas de la souche. Le bébé hurle et se raidit. Ses pieds ruent hors de la couverture, tels des blocs de bois. Je le supplie :

— Chut… Quelqu'un va t'entendre. On va nous trouver.

Sou cou vacille, l'air prêt à se briser et, soudain, je me souviens qu'il faut soutenir la tête des bébés. Son crâne est froid. Je serre la fillette contre mon tee-shirt pour la réchauffer. Elle est aussi douce au toucher qu'un chat.

Mais ses cris reprennent, faibles d'abord, puis plus forts, telle une flamme courant vers une bombe de bande dessinée le long d'une ficelle. Je la berce. Pas de réaction. Je glisse un doigt dans sa bouche, ornant sa lèvre supérieure d'une moustache de suie. Sa langue s'enroule autour de mon index, puis elle suce. Silence. Plus de bruit.

Je commence à m'éloigner, le doigt dans sa bouche, fredonnant à voix basse. Bizarrement, je ne me rappelle pas les paroles d'une seule berceuse. C'est comme dans un rêve où on cherche les mots et qu'ils vous échappent.

On arrive près du ruisseau, qui bouillonne dans son lit étroit, excité par la pluie. Je m'assieds, les bras endoloris. Le bébé s'emboîte parfaitement dans le berceau de mes jambes croisées, la pâte de mes cuisses, telle une pièce manquante retrouvée.

J'extrais le mot de ma poche : *S'il vous plaît, occupez-vous de moi. Je suis un gentil bébé qui a besoin d'un foyer.* Juste ça. Comme si elle était l'ours Paddington. Pas de conseils pratiques ! Pas même un nom. Si j'étais une mère, j'aurais écrit un manuel détaillé, au cas où.

Le sac est plus utile. J'étale son contenu dans l'herbe : poudre de lait, grenouillères, couches, deux biberons de verre aux tétines en caoutchouc. Et si elle avait faim ? C'est peut-être pour ça qu'elle étire bizarrement sa bouche ainsi qu'un nageur. Je vais sauver cette mignonne. Parce que je n'ai pas pu sauver ma petite sœur.

Je la pose sur la berge moussue. Elle est bien là, à écouter le bruit de l'eau, et tourne lentement ses mains devant ses yeux, stupéfaite, comme si c'étaient des soucoupes volantes. Plus je l'observe, plus je remarque certaines choses : ses minuscules oreilles en forme d'ammonite ; les micropoints blancs autour de son nez ; la croûte sur son cuir chevelu, qui s'écaille comme de la cire. Je presse mon doigt dans le creux tendre sur son crâne, imaginant le sang qui afflue en dessous.

Là, je me souviens. Il lui faut du lait.

Le ruisseau ? Il est assez propre. Je plonge un biberon dans le courant. Puis j'y verse la poudre, mais elle vole partout, et celle qui tombe à l'intérieur se mélange mal, flottant en gros morceaux aux allures de cratères. La petite crache la tétine et commence à gémir. Là, je renonce au lait et la serre contre moi jusqu'à ce qu'elle s'arrête, en plein cri. Elle se détend dans mes bras. Ses paupières se ferment.

Enfin, je suis la meilleure grande sœur du monde. Le contact de sa chaleur provoque une chose étrange. Je me sens remonter le temps, jour après jour, mois après mois, tel un rouleau de parchemin, jusqu'à me retrouver dans ma chambre à Londres, la nuit où ma sœur est née.

L'ambulance attend. La sage-femme descend lourdement le perron. Je regarde, à travers la glycine, la couverture qu'elle tient dans ses bras, éclairée par la lanterne au-dessus de la porte, et soudain, je peux voir ce que j'ai été incapable de me rappeler depuis un an : il y a une balafre là où devraient être sa bouche et son nez. Je sais aussi une chose : ça n'aurait rien changé. Avec ou sans visage normal, elle aurait été ma petite sœur. Je l'aurais autant aimée.

CHAPITRE 20

Sylvie

« Tu as été trouvée par une charmante jeune fille dans une forêt magique par une chaude nuit d'été, à l'abri sur une souche… » me chuchotait ma mère à l'heure du coucher. Je réclamais d'emblée qu'elle répète cette histoire, qui m'enchantait autant que le Père Noël ou l'idée que des fées hantent le fond du jardin. Elle semblait irréelle, mais elle paraissait juste, comme toutes les bonnes histoires. Mes parents me l'ont racontée pour la première fois quand j'avais cinq ans : « Il y a une chose que tu dois savoir… » Il semble que j'aie haussé les épaules, perplexe, et demandé un gâteau. Pas seulement parce que je ne pouvais comprendre cette notion abyssale – et n'y arriverais pas avant de nombreuses années. Mon père et ma mère m'avaient recherchée et tellement aimée qu'ils m'avaient adoptée : j'aimais ça. Caroline ayant été adoptée aussi quelques mois plus tard, pour nous, c'était normal. Nous savions toutes les deux ce que c'est d'être « choisi », pas simplement né.

J'avais toujours su qu'une veine de sauvagerie courait en moi. Alors que ma sœur aimait les poupées, j'étais attirée par les arbres. Chaque jour, j'escaladais le vieux pommier au fond du jardin, m'asseyais sur les plus hautes branches et respirais la mer. En classe, je n'arrivais pas à me concentrer : mon esprit sautillait partout comme un moineau, mais dehors, dans un arbre, quelque chose en moi se calmait.

Aussi, j'en ai conclu qu'il n'était pas donné à toutes les filles d'être la star de leur histoire du soir, ni d'entendre le frôlement d'une aile de chouette ou des hérissons fouiller les feuilles sèches quand elles ferment les yeux, bordées dans leur lit douillet ; ni de voir une forêt lorsqu'elles fixent les murs de leur chambre, tel le héros de *Max et les Maximonstres*, ou d'être découvertes, comme moi, ainsi qu'une espèce rare : Sylvie, nom d'origine française, voulait dire « forêt ». J'appréciais à un niveau puéril mon histoire d'enfant trouvé. Ce que je ne comprenais pas, c'était pourquoi la voix de ma mère s'enrouait en la racontant ni, s'il m'arrivait de la questionner, pourquoi l'air se chargeait d'électricité.

Vers ma neuvième année, tout a changé. C'était en récréation, il pleuvait et les gouttes dansaient sur le toit de la cour en tôle ondulée. Bizarrement, j'ai cru bon de confier l'histoire de ma naissance à Donna – pas une alliée – qui, debout près de moi avec des tresses blondes à la Heidi, se vantait de son poney. Elle a écarquillé les yeux. « Alors, ta vraie maman n'a pas voulu de toi et t'a laissée mourir ? » J'avais surpassé son poney. Non sans y laisser des plumes. Ce soir-là, j'ai dit à maman que je ne voulais plus qu'elle me raconte cette histoire. (Je n'oublierai jamais son air soulagé.) De même, je n'ai plus jamais grimpé au pommier. J'ai sorti de la boîte à jouets mon unique poupée, longtemps négligée. J'ai brossé ses cheveux emmêlés, les ai noués de rubans roses, et l'ai bien habillée pour qu'elle semble propre et nette, pas sauvage ou sylvestre. Je m'étais « déboisée ». Et j'ai pensé que la vie commence seulement à partir du moment où l'on peut l'évoquer.

Mon premier vrai souvenir – celui avec des photos grainées pour le prouver, des ombres de pouce et l'œil rouge de rigueur – est celui d'une sortie à la plage. Papa, courbé en deux, gratte le sable avec une pelle. Caroline hurle de plaisir, cramponnée à ses épaules velues. Ma mère porte un minuscule bikini au crochet, à franges ornées de perles, le haut en forme de sandwichs triangulaires, et tient le grand appareil photo noir que j'adorais. Une glace dégouline sur mon bras. J'ai trois ans. C'est le début de Sylvie – moi.

Pourtant, la peur ne me quitte pas. Y a-t-il quelqu'un d'autre en sommeil lové au fond de mon esprit, comme une jeune noix verte dans une coquille ? Mon cerveau pourrait-il remonter plus loin si je le laissais faire ? Dans ce vide entre ma naissance et ma découverte ? Et Caroline ? Pourrait-elle se rappeler aussi des trucs ? Même à son insu ? Caroline n'y tient pas. Elle ne l'a jamais voulu. Sa phobie du passé l'emporte sur la mienne, ce qui en dit long. Nous avons fait un vœu. En agitant nos petits doigts pour le renforcer. Des sœurs. Fortes et loyales. Pas des victimes.

J'ai lu un jour que l'hippocampe, où les souvenirs sont stockés, n'est pas complètement développé dans le cerveau d'un bébé. Au contraire, l'amygdale, où siège la mémoire émotionnelle, est déjà au point, le moteur en marche. Cela m'inquiète que la mémoire tienne peut-être plus de l'extraction que du stockage, que les souvenirs puissent y loger comme des livres non lus enfouis dans des bibliothèques souterraines.

Heureusement, la plupart du temps, imaginer mon abandon revient à fixer un bloc de glace grise. Il n'y a rien à voir, juste la glace. Ce n'est que rarement, dans des moments à vif, où tout s'écroule, comme ces derniers jours, après un grand choc – et qu'Annie garde le bébé est un séisme dans mon cerveau –, que des formes commencent à apparaître, moins des souvenirs que l'ébauche d'une histoire indicible.

Je la sens à présent, puissamment, tandis que je rampe hors de l'écume avec Annie.

— Ça va ? Tu es sûre ?

Je l'aide à se relever. Elle est ébranlée. Aucune de nous n'était préparée à ce qu'un rouleau lui coupe les jambes. Nous sommes trempées, les cheveux pleins de sable. Ç'aurait pu être bien pire. Je regarde nerveusement par-dessus mon épaule. La vague scélérate s'est réduite à une mince langue mousseuse. Mais je devine déjà sa grande sœur au large, ronflant dans les ténèbres, prenant son élan avant de déferler… et je songe aussitôt au dossier de coupures de presse qui attend au cottage, caché par ma mère pendant toutes ces années. Pareil à cette vague, une énergie courant à travers la matière, prête à se libérer.

CHAPITRE 21

Rita

Le revoilà. Le cri qu'elle a entendu tout à l'heure avec Robbie. Son cœur s'accélère, bat la chamade, comme si son corps avait conscience d'une chose encore inconcevable. Elle ne peut rebrousser chemin. Sous la carapace d'un if énorme, elle s'arrête pour écouter. Rien. Peut-être l'a-t-elle imaginé. Son esprit est brouillé par le baiser.

Elle a repoussé Robbie, bien sûr. Rita, la grande perche, bonne à tripoter, pas à faire danser ! Puis elle a couru à la maison, juste au moment où Jeannie disait qu'Hera n'était pas rentrée. Or, celle-ci, contrairement à ce qu'elle pensait, n'était pas près du feu de camp quand elle y est passée, et il était bien trop tard pour qu'elle soit seule dehors. Rita a tout de suite pensé à Fingers, maudit sa négligence. Elle n'aurait jamais dû laisser les enfants seuls avec Jeannie… L'angoisse lui serre les côtes.

Elle hésite au croisement du sentier : le ruisseau ou la pile de rondins ? À gauche. Hera adore le ruisseau. Elle reprend sa marche en pressant le pas. Où est cette gamine ?

Sentant venir la pluie, elle pose ses mains en coupe sur sa bouche.

— Hera ?

— Par ici ! lance une voix.

Rita plisse les yeux dans le noir en fronçant les sourcils. Oui, elle est là, la coquine. Dieu merci. Mais pourquoi a-t-elle une poupée sur les genoux ?

Hera lui fait signe, insouciante.

— Qu'est-ce qu'il y a ? (Rita se précipite. Un bébé ? Ici ? Elle touche le nourrisson. Vivant, mais son front a la froideur du plastique.) La petite est blessée ? Où est sa mère ? Bon sang, donne-la-moi. Vite, vite…

Le bébé, qui n'a que quelques semaines, est gracieux, très léger dans ses bras. Il a le bout des doigts blancs, comme si des poches de givre se formaient sous ses ongles, et le visage grêlé de piqûres d'insectes. Rita caresse doucement sa joue irritée, tâchant de lui offrir un peu de réconfort. L'enfant gémit et observe sa grande bouche, intriguée, l'air d'y chercher un indice sur ce qui se passe, ce qu'elle doit faire à présent pour survivre. Rita l'enveloppe dans son cardigan pour la réchauffer, tenant la courbe de son dos dans sa main étalée.

— Enfin, Hera…

Celle-ci bredouille une explication improbable : le bébé aurait été abandonné sur la souche.

— Regarde.

Rita ne la croit qu'en voyant le mot froissé tiré de sa poche. Les affaires de l'enfant dans le sac. Un maigre bagage. On se croirait dans une nouvelle de Dickens.

— Mon Dieu… (La cruauté du monde lui coupe le souffle. Elle frotte le dos du bébé, soulagée par la chaleur de son corps.) Tu es sûre qu'il n'y a personne dans les parages ?

Hera secoue la tête.

— J'ai vérifié.

Rita écarte son cardigan pour jeter un regard à la fillette, qui la fixe avec des yeux écarquillés, bleu-noir. Sa vulnérabilité éveille quelque chose en elle. Elle le sent physiquement, comme l'étirement d'un muscle, l'ouverture d'une valve. Malgré les ravages des piqûres et du froid, le nourrisson est d'une rare beauté, pas un de ces bébés au visage aplati qui ressemblent à Churchill. Il se tait à présent, comme si le corps de Rita était tout ce qu'il lui fallait.

— Tu aurais dû aller chercher un adulte sans tarder, reproche-t-elle à Hera.

— J'ai pensé qu'on me gronderait.

Hera ne dit pas que Jeannie était le seul adulte à la ronde. Rita non plus.

La pluie commence à tomber à grosses gouttes.

* * *

Jeannie les attend dans l'entrée.

— Te voilà, Hera ! Je t'avais pourtant dit de ne pas faire de bêtises. Par ta faute, je passe pour une mère déplorable. Et maintenant, Rita a dû courir à ta recherche et s'est fait tremper jusqu'aux… (Elle s'arrête, et regarde, hésitante, la bosse dans le cardigan de la nurse.) Qu'est-ce que c'est ?

Rita déglutit avec difficulté, ne sachant comment Jeannie va réagir. Le silence s'étire. Leurs habits mouillés dégouttent sur le parquet. Le bébé gigote contre ses côtes, agrippant des poignées de laine.

— Un lapin ? Un petit faon ? (Jeannie fronce les sourcils et lance un rire fragile. Ses yeux passent d'Hera à Rita, puis reviennent à sa fille.) Le dîner ? Montrez-moi.

Comme pour lui répondre, le bébé pleure, poussant un faible « areuh ».

Une mini-décharge électrique traverse Jeannie.

Hera sourit.

— Je t'ai trouvé un bébé.

— Non, halète Jeannie en secouant la tête. Ne dis pas des choses pareilles.

Rita soulève un pan du cardigan. Le bébé glisse un œil dehors, tel un animal dans un sac.

— Pour l'amour du ciel ! (Jeannie plaque une main sur sa bouche.) Hera, qu'as-tu fait ?

* * *

Derrière la fenêtre de la cuisine zigzague un éclair argenté. Mais le bébé, qui a survécu (« de justesse », pense Rita), est à l'abri sur ses genoux et tète fébrilement le biberon, les orteils recourbés. Hera et Teddy se pressent contre lui, fascinés, le regard tendre et protecteur, comme s'il était à la fois une merveille jusqu'alors inimaginable et quelqu'un dont ils attendaient l'arrivée. Seule Jeannie garde une distance respectueuse, terrifiée. Ses yeux, ronds de surprise, laissent voir trop de blanc au-dessus des iris. Elle ne peut les détacher du bébé.

Les sons légers, humides, de son repas remplissent la pièce. Tous écoutent en silence, envoûtés comme le public d'une exquise musique de chambre. L'enfant boit une dernière grande gorgée, puis ses yeux se ferment lourdement. Le calme s'installe dans la cuisine, pareil à ceux qui règnent après une nuit de neige.

L'espace d'un instant magique, tous ont l'air soudés autour du bébé, dans un monde à part.

— Je peux ? demande Jeannie, la voix tremblante.

Elle s'approche lentement.

Rita lui passe la petite avec appréhension, à contrecœur. Elle a l'impression étrange qu'elle se rappellera toujours ce moment, qu'un sort déchire l'étoffe de sa vie telle qu'elle l'a toujours connue. Le bébé laisse une fine empreinte sur sa jupe marine, et sa chaleur demeure quelques secondes après qu'il l'a quittée.

— J'avais oublié, souffle Jeannie, émerveillée, serrant timidement le bébé dans ses bras en fermant les yeux. Complètement oublié…

Une demi-heure plus tard, elle ne veut toujours pas le lâcher. Elle est couchée dans le canapé, rêveuse, le nourrisson étalé sur son buste. À la lumière du feu, son visage rayonne d'un doux éclat, d'une quiétude empourprée, comme si la force vitale du bébé lui était transfusée. Les enfants aussi paraissent le sentir. Assis par terre contre la nappe soyeuse de sa robe de chambre, ils regardent les doigts du bébé se fermer et s'ouvrir, semblables à des étoiles.

Seule Rita remarque le vif mouvement derrière la vitre. Un visage ? Un éclair. Une ombre pâle. Elle gagne la fenêtre et s'appuie contre la peinture écaillée du rebord, le courant d'air froid perçant le châssis délabré.

Dehors, l'orage se déchaîne contre les arbres, tel un être vivant, les secouant jusqu'à la racine. Le ciel luit d'un gris anthracite, piqué de furieuses braises orangées. Rita plisse les yeux pour scruter le jardin. Mais l'être ou la chose qui était là est parti. Sans doute un animal, conclut-elle, ou une branche cassée.

Malgré elle, ça lui fait penser au monde extérieur et les poils de ses bras se hérissent.

— Dois-je appeler la police ? demande-t-elle en se tournant vers Jeannie, dont les yeux s'ouvrent aussitôt.

— Quoi ? Non !

Rita ne comprend pas.

— Mais elle saura quoi faire.

— Je sais, moi, ce qu'il faut faire. (Jeannie se redresse en serrant la fillette, dont les cheveux noirs s'étalent sur son bras blanc.) Elle vient juste d'arriver. Elle ne peut pas déjà s'en aller. (Jeannie pose son regard sur le bébé, les yeux brillants d'une lueur farouche et protectrice.) N'est-ce pas, trésor ?

La pendule à coucou pousse un cri strident. Même si l'enfant semble avoir complètement arrêté le temps, elle est là depuis plus d'une heure. « Une femme, quelque part, doit être folle d'angoisse », pense Rita. Son cœur commence à s'emballer.

— Alors, le médecin du village ?

Hera secoue la tête.

— Il appellera la police, hein, maman ?

— C'est vrai. (Jeannie lance un sourire chaleureux à sa fille.) Bien dit, chérie.

Celle-ci paraît grandir de cinq centimètres. Rita est encore plus perplexe.

— Pas de police. Pas de médecin.

Jeannie lève le bébé et souffle légèrement sur ses cheveux duveteux, les regardant bouger avec délice.

— Elle est peut-être malade, insiste Rita dans un accès de panique. Et quelqu'un, sa mère, va forcément la chercher.

— Les bébés malades ne mangent pas, Rita. Et celle qui l'a déposée sur la souche sait très bien où elle est. N'oublions pas que cette sale femme l'a abandonnée, ajoute-t-elle, les traits plus durs. Elle aurait pu être emportée par un renard, avoir les yeux crevés par des corbeaux, n'importe quoi. Mieux vaut ne pas y penser.

— Elle l'a laissée là exprès, ajoute Hera, ravie de faire cause commune avec sa mère. À côté de Foxcote. De chez nous.

— Pour nous, renchérit Teddy en agitant le pied du nourrisson. Comme un cadeau. Bébé Forêt.

— Oh, Bébé Forêt ! J'adore, Teddy ! s'extasie Jeannie. Ça me plaît beaucoup.

— À moi aussi ! s'exclame Hera, ce qui réjouit son frère.

Elle répète « Bébé Forêt » à voix basse, telle une incantation.

Rita imagine ce que penserait Walter. Le couteau que Jeannie cachait sous son matelas clignote dans sa tête comme une mise en garde. Puis l'entrée des Herbiers, les piliers de pierre et les hautes grilles de fer, aux piques menaçantes.

— Jeannie, il faut contacter la police. Je peux la conduire au commissariat.

— Conduire ? Vous ? Je ne crois pas. Mon Dieu, regardez par la fenêtre, Rita. Le temps est déchaîné. Meurtrier ! Toutes ces branches qui volent… (Jeannie caresse la joue du bébé. Il commence à geindre, inquiet.) Allons, allons… Tu es à l'abri avec nous, mon ange. (Elle observe Rita.) Juste une nuit, d'accord ? Pour donner à cette malheureuse une chance de se remettre d'une telle épreuve.

Rita sent qu'une chose inextricable, immorale, commence à prendre forme.

— Mais…

— Chut. Vous entendez ? (Jeannie pose un doigt

sur sa bouche.) Vous voulez sortir ce bébé par ce vent ? Vous tenez vraiment à prendre le volant ?

Rita écoute le son affreux, dangereusement proche, d'une plainte profonde, comme si la terre elle-même se divisait en deux, puis l'arrachement et le fracas du premier arbre qui s'abat.

— Il faut peut-être attendre que ça se calme, admet-elle, méfiante, sentant couver un nouvel orage, non pas hors de Foxcote, mais entre ses murs.

CHAPITRE 22

Hera

L'arbre gigantesque est couché en travers du chemin, renversé avec une grande jupe de terre, ses racines blanches remuant comme des jambes. J'ai beaucoup de peine pour lui, mais je suis contente qu'il tienne à distance Marge – et tous les autres visiteurs. Cela fait deux jours que j'ai trouvé le bébé et personne ne sait encore qu'il est à la maison. Le seul problème, c'est Rita, qui agit un peu bizarrement, l'air d'avoir son avis sur la question. De ne pas aimer Bébé Forêt autant que nous. De risquer de moucharder.

Elle aurait appelé la police ce matin si je n'avais pas débranché le téléphone hier soir, en prétendant qu'il avait été coupé par l'orage. Elle pourrait même être en route pour le village si je n'avais pas fait le guet par la fenêtre de ma chambre et prévenu maman. Juste au moment où elle pose le bébé dans la voiture, je lui crie du porche :

— Attends !

Maman me dépasse en courant – je ne peux me rappeler la dernière fois où elle a couru quelque part – et l'arrache du siège passager.

— Qu'est-ce qui vous prend, Rita ? Le chemin est bloqué.

— Je… je pensais que je pouvais contourner l'arbre en voiture, marmonne-t-elle. Emmener la petite chez le médecin.

— Quelle idée ridicule ! Elle n'est pas malade, Rita ! Vous voulez que cette enfant soit jetée dans un orphelinat ?

Maman est redevenue si combative que j'ai envie d'applaudir. Elle s'est rétablie. Je l'ai guérie. Délivrée de sa tristesse. En trouvant le bébé.

Elle enchaîne :

— Avez-vous la moindre idée de ce à quoi ressemblent ces asiles ?

Grande Rita se tait. Pourtant, sa façon de baisser les yeux en dit long. Je vois ses poumons se gonfler et se dégonfler sous son chemisier. Elle pince les lèvres, pour tenter de ne pas pleurer.

— Des bébés dans des lits en métal ! Par rangées ! Des couches sales. Une infirmière en chef qui… qui la confiera à la garde d'une vieille brute. Dans un HLM ! N'importe où !

Je suis presque sûre que Rita a grandi dans un HLM mais elle ne répond pas.

— Franchement… (Maman regarde Bébé Forêt et ses yeux s'adoucissent : elle ne peut s'empêcher de le contempler. Nous sommes tous sous son charme. C'est le plus beau bébé du monde.) Vous n'avez pas eu d'enfants, Rita. Vous ne pouvez pas comprendre.

Quelque chose se froisse dans le visage de Grande Rita. Elle fixe ses mains sur le volant. Au bout d'un moment, elle lâche :

— Ce n'est pas bien, Jeannie.

— Bien ? (Maman recule d'un pas, le regard plus

dur.) Vous voulez dire « moral » ? À propos de morale, si on parlait un peu de la vôtre ?

Les mains de Rita se crispent. À nouveau, l'air se charge d'électricité.

— Je sais que vous prenez des notes sur moi pour Walter, murmure maman d'une voix tremblante. Que vous m'espionnez.

Mon corps s'inonde d'une chaleur coupable : je me rappelle le jour où, assise près de son lit, j'ai cité le carnet de Grande Rita pendant son sommeil. Mais elle l'a peut-être découvert d'une autre manière. Marge a bien pu fouiner dans les affaires de Rita. Elle cavale sans cesse à l'étage, d'une chambre à l'autre, une pile de draps serrée sur la poitrine.

— Si je n'avais pas accepté, Jeannie, il m'aurait renvoyée sur-le-champ pour engager une autre nurse, bégaie Rita. (Ses mots se bousculent dans sa bouche, maladroits et caoutchouteux.) Je ne voulais pas abandonner les enfants.

Maman secoue la tête.

— Je sous-estime toujours mon mari. Il a profité de votre gentillesse. De votre manque d'assurance. Vous en avez conscience ? (Ses yeux se changent en pierres.) Avez-vous noté des choses depuis deux jours ? parlé à Walter ?

Grande Rita hoche la tête. Elle semble au bord des larmes et son cou se couvre de taches.

— Oui, un soir. Il a dit que la maison serait bientôt prête, que les peintres y étaient déjà. Et qu'il allait revenir la dernière semaine d'août.

Je vois maman calculer les dates, comme moi : il nous reste moins de quinze jours. Elle observe Rita.

— Vous avez parlé du bébé ? fait-elle d'une voix moins dure, un peu inquiète.

— Je… je ne savais pas quoi dire. Puis la ligne s'est coupée.

Maman respire.

— Vous avez bien agi, Rita. Mieux vaut ne pas révéler sa présence à Walter. Pas encore. J'ai votre parole ?

Rita se touche le front, comme si elle avait la migraine.

— Rentrez à la maison. S'il vous plaît…

Maman se penche dans la voiture, le bébé sur l'épaule.

Elle ajoute, d'une voix caressante :

— Cette enfant a besoin de vous. Elle est affamée. Regardez-la. Elle suce mon cou. Une vraie petite pieuvre. Et si vous lui prépariez un biberon ?

Maman ne s'occupe pas des biberons. Je ne suis pas sûre qu'elle sache le faire. Elle ne change pas non plus les couches et ne les lave pas dans le seau, comme Rita qui, chaque matin avant le petit déjeuner, les pétrit dans l'eau puante avec ses longs bras.

Finalement, lentement, Rita sort de la voiture et retourne au manoir, avec un air de réprobation.

— Vous êtes une chic fille.

Au déjeuner, maman mange trois pommes de terre entières et la moitié d'une côte d'agneau. Grande Rita se tait, fait roter le bébé par-dessus son épaule et chipote dans son assiette, ce qui ne lui ressemble pas. Dans le jardin, le portail claque sur ses gonds, signe qu'on vient de le pousser. De peur que ce soit Marge, je cours dans la forêt et regarde à gauche et à droite. Rien. Pourtant, je jure que je sens quelqu'un. Qui n'a pas pris la route, toujours bloquée, mais s'est faufilé par l'arrière dans le dédale des bois.

Après un gâteau roulé, gorgé de la confiture

écœurante de Marge, j'oublie le portail, l'impression étrange qu'on nous observe. Tout a repris son nouveau cours normal. J'aide Rita à changer le bébé dans le salon avec Teddy, qui se bouche le nez. Une longue plume tachetée entre par la fenêtre et atterrit par terre. Je la ramasse – sans doute une plume de chouette – et caresse le pied de l'enfant avec ses barbes soyeuses. Elle courbe les orteils. Maman arrive, tout excitée, avec des chaussons à volant et un hochet en argent tintant à son doigt. Les affaires de notre bébé. Celles que Rita a repêchées sous le lit de mes parents à Londres. Maman lance :

— Je crois que le moment est venu !

Rita en a le souffle coupé.

— Ils lui vont à merveille, non ?

Maman se baisse pour lacer les petits chaussons, fourre le hochet dans le poing moite, serré, du bébé et l'agite. Alors, la pièce se peuple de sons argentins, de fantômes d'enfants mort-nés et du sourire de ma mère. Je la suis avec Teddy quand elle berce Bébé Forêt autour du salon. Je ne vois pas Grande Rita monter au premier. Mais, comme elle ne redescend pas, je vais la chercher.

Elle est penchée sur sa valise et y flanque des vêtements à toute allure. Elle me jette un regard – les yeux rougis – puis continue ses bagages, tassant des romans policiers dans une poche intérieure. Pourtant, son terrarium est par terre, à côté d'un sac de voyage, ce qui me rassure un peu. Tant qu'il est là, prêt à être emballé, Rita n'est pas partie.

Soudain, je me rappelle un soir à Londres l'an dernier où, en me couchant après une mauvaise journée – je m'étais fait prendre à voler, à l'école, les bonbons acidulés d'une autre fille –, Rita a lissé mes cheveux en disant que petite, une nuit, elle s'était mise au lit toute triste et en colère et qu'au matin, elle avait trouvé à son réveil un tapis de boutons d'or poussant dans son terrarium. Elle n'avait pu trouver qu'une seule explication à ça : l'esprit de sa mère morte les avait arrosés pendant son sommeil. Je ne connais personne d'autre que Rita qui dise juste ce qu'il faut, ce qu'on attend le moins. La panique me reprend.

— Ne t'en va pas…

— Je ne peux pas rester, Hera. (Elle glisse des chaussettes marine dans son sac.) Quelque part, il y a une fille qui pleure toutes les larmes de son corps en regrettant ce qu'elle a fait. Quelqu'un doit la connaître. Quelqu'un parlera.

Je me rappelle le bruit du portail du jardin. L'impression d'être observée.

— C'est un petit village. Si on garde le bébé plus longtemps, on aura des ennuis… de gros ennuis, Hera.

Des larmes me piquent les yeux. Elle paraît si certaine. Je pense aux Herbiers, inquiète et en boule.

— Ce n'est pas bon non plus que Teddy et toi cachiez une chose aussi grave à votre père.

— Mais les familles sont comme ça.

— Pas toutes, Hera, murmure-t-elle.

Je m'enflamme :

— Je parie que tu as des secrets, toi aussi !

Elle tressaille. Je l'ai eue.

— C'est quoi, ton secret, Grande Rita ? dis-je en la taquinant pour l'empêcher de faire ses bagages.

Ses lèvres tremblent.

— Laisse-moi tranquille, Hera.

Je fonce sur sa valise, rabats le couvercle et atterris dessus. Le côté en carton craque.

Elle lève les yeux au ciel.

— Bon sang, Hera… Je n'aurais jamais dû venir ici, d'accord ? C'était une erreur. Maintenant, file.

— De toute façon, tu ne peux pas conduire dans le chemin.

— J'ai des jambes. Je marcherai.

Je lance désespérément :

— Et Robbie ? Je sais qu'il te plaît !

— Ne dis pas de bêtises, lance-t-elle, reprenant une voix aigre.

— Tu n'as aucun endroit où aller. Et… et on va te manquer.

Elle me regarde. Quelque chose passe dans ses yeux, peut-être une ombre.

— Terriblement, dit-elle, presque dans un murmure.

Je me tourne vers son terrarium, avec un désir quasi irrésistible de sauter sur lui aussi, pour qu'il se brise, et cette idée m'effraie par sa force destructrice. Chaque fois que je me sens abandonnée – avec une colère impossible à digérer –, j'ai envie de tout casser.

— Plus tard, tu deviendras une jeune femme fantastique, ajoute-t-elle, capable de sentir ma peur de moi-même. (Elle a un don pour ça.) Tu t'en sortiras très bien sans moi, Hera.

Mes larmes commencent à rouler derrière mes oreilles.

— Mais je pense toujours que je vais faire un truc grave, vraiment grave, qui blessera quelqu'un. Tu es la seule personne qui peut empêcher ça.

Ce n'est pas totalement un mensonge. Elle me fixe, se battant avec quelque chose. Dehors, le pivert perce de tout petits trous dans le silence.

CHAPITRE 23

Sylvie

Après avoir vérifié qu'Annie est endormie, je descends à pas feutrés l'escalier étroit du cottage. L'obscurité devient fibreuse, intime. Je distingue, dans le calme, le pouls des vagues dehors, le reflux de la marée haute, d'innombrables grains de sable dansant dans son sillage. Mon souffle s'accélère. Des sentiments s'agitent aussi en moi.

Dans le salon, j'allume la lampe d'un coup sec, créant un monocle de lumière, et tire timidement le dossier « Été 1971 » de sous un magazine sur la table basse. Mes doigts laissent des traces humides sur le carton délavé. J'hésite, songeant à appeler Caroline, mais je sais qu'elle dira : « Bon sang, ne l'ouvre pas. Maman ne l'a pas caché pour rien. De toute façon, nous avons fait un vœu, tu te souviens ? » Et je me rappelle que j'ai attendu toute la journée cette communion privée avec mon passé, un passé peut-être assez moche. Je dois la faire seule.

Les mains tremblantes, je sors délicatement les coupures de journaux que ma mère a planquées pendant toutes ces années. Le papier semble vieux, tacheté, bien entretenu plutôt qu'oublié. Je lis sous la lumière, en m'accrochant, attendant que la douleur frappe.

La police lance un appel pour retrouver la mère d'un bébé abandonné. L'appel va échouer. Plus de quarante ans après, elle ne s'est toujours pas présentée et n'a pas cherché à prendre contact. Elle aurait pu. Elle s'est abstenue. Le passé reste le passé et ne peut pas être sauvé. La boule dans ma gorge est un petit rocher. *On rapporte que le bébé a été recueilli par une famille locale,* dit l'article, aussi peu factuel que le conte de fées de ma mère ; et pourtant, d'une certaine manière, il éclipse le reste de ma vie – aussi grande et complexe que celle de n'importe qui –, me réduisant à une tragique ligne d'encre.

J'essuie avec mon bras une crise de larmes amères. Ne pouvant tenir plus longtemps, je jure tout bas, lèche mon doigt et passe à une autre coupure de presse : *Un cadavre dans les bois.* Je reste clouée sur place. Même la mer semble se pétrifier et les vagues se taire. Le cœur battant, j'approche le papier craquelé pour le relire. Note qu'il date de trois jours avant l'article sur l'enfant trouvé. Maman n'avait jamais parlé de *ça.* Au fil de ma lecture, je commence lentement à comprendre pourquoi.

La mort est jugée suspecte. Un meurtre ? Quelle est la victime ? Je balaie la page, cherchant des précisions. Mais le reportage a été écrit à chaud. *La police ne divulguera pas d'autres détails à ce stade...* Le cadavre n'est pas nommé. Juste la maison, le manoir de Foxcote, et ses propriétaires, les Harrington, la famille qui m'a recueillie.

J'arpente les ombres du salon, portant le journal à mon nez, comme si je pouvais flairer ce qui s'est passé ensuite.

Maman cherchait-elle à me protéger ? mais de quoi ? Tournée vers la fenêtre, je regarde la mer, le clair de lune onduler sur les vagues, et m'efforce de penser de façon rationnelle. Les dates suggèrent que j'étais dans cette famille au moment de la mort, ce qui pourrait expliquer la réticence de ma mère. Après tout, elle m'a fait croire à la version féerique (« Tu as été trouvée par une nuit d'été magique… ») et, de même qu'une photo peut se changer en souvenir, remplaçant la scène qu'elle immortalise, cette histoire est devenue la mienne. La dernière chose qu'aurait voulue maman, c'était entacher de meurtre cette belle fable, lui donner la tournure d'un film terrifiant des années soixante-dix, avec tous les ciels sulfureux et les pins noirs de *Shining*. Et si le crime était, en quelque sorte, lié à mon arrivée chez les Harrington ? Et si l'un de mes parents était la victime ? Cette idée se déchaîne dans ma tête.

M'éloignant de la vitre, je regagne le divan et me penche sous la lumière. Des photos. Découpées dans de plus grands articles, comme si ma mère voulait garder leur souvenir à l'abri du scandale qui les entourait. Étrange, vu qu'elle n'a jamais parlé de cette famille. Elle ne m'a pas non plus montré une seule photographie. Ai-je demandé à en voir ? Non, bien sûr. J'ai rangé les Harrington dans les tiroirs de mon esprit, où les pensées refoulées grattaient et se terraient, comme des souris.

Jeannie Harrington. L'épouse. Un portrait miniature. Tout en cheveux de jais et peau laiteuse. Ce pourrait être un modèle vintage pour une crème Elizabeth Arden s'il n'y avait une lueur malicieuse dans ses yeux, suggérant une nature moins docile. Il y a aussi un instantané de Walter Harrington, un grand maigre en costume élégant, mitraillé avec son attaché-case dans sa course éperdue de la voiture au tribunal, ébloui par les flashs des photographes. Pas une image très flatteuse. L'a-t-on gardée pour une raison différente, moins sentimentale ?

La plus belle photo, la plus manipulée et froissée, montre la famille devant un hôtel particulier orné de stuc, dégoulinant de glycine. Jeannie affiche une grossesse épanouie. Un garçonnet tire sur sa robe. À sa gauche pose une adolescente quelconque, potelée, au sourire incertain et au regard intense, braqué sur l'objectif. Est-ce la fille qui m'a trouvée dans les bois ? Une sombre possibilité commence à me ronger. Serait-ce la victime ? Elle, ou son mignon petit frère ? Si oui, le crime a peut-être été si poignant que ma mère a préféré le passer sous silence.

Mal à l'aise, je feuillette les trois dernières coupures de presse. Plus d'articles sur moi ni sur les Harrington. Juste quelques photos de la forêt de Dean. Je lisse la plus grande, avec une soif puérile de rentrer dans l'image. C'est un cliché grainé d'arbres sculpturaux évoquant des sorciers – de ceux à la face déformée qui semblent prêts à parler. Une forêt empruntée aux antiques *ex-libris* et aux films sur les hobbits ou les satyres. Tout un autre monde, saisi entre sept centimètres carrés d'encre, un portail vers mon passé. Et l'endroit, je m'en rends compte avec un petit sanglot étouffé, où ma vie a commencé.

* * *

Le lendemain matin, je me réveille dans mon ancienne chambre au cri lancinant des mouettes, en sentant l'odeur familière de mon lit aux draps blanchis.

Puis cela me revient. *Un cadavre trouvé dans les bois*. Ce n'est pas la même enfance. À présent, il existe une version différente.

Je me frotte les yeux et m'adosse aux oreillers. Mon corps est raide, gagné par le stress de ces deux derniers jours, mes jarrets perclus par le choc de la déferlante. Au-dessus de ma tête tourne un vieux mobile très aimé : des arbres en bois suspendus par des ficelles, prêts à trembler à la moindre brise, qui me rappellent encore la photo de la forêt.

J'écarte les rideaux. Dehors, le ciel est d'un bleu pur de coton imprimé, couvert de traces d'avion. La mer, aussi plate que du verre, ne semble pas capable de sa malice de la veille. Comme c'est étrange d'attaquer une journée si radicalement différente de la précédente.

— Salut.

Annie paraît, bâillant, ensommeillée. L'air d'avoir douze ans.

Sa déclaration d'hier, « Je garde le bébé », me frappe à nouveau, tel un coup sur la nuque. Changera-t-elle d'avis aujourd'hui ? Ma fille merveilleuse, têtue, déterminée. Cherche-t-elle inconsciemment à corriger les erreurs de l'histoire en gardant cet enfant, en faisant ce que ma mère biologique a clairement refusé ? Cette possibilité me terrifie.

Un psy dirait : « Parlons-en. » L'habitude crie : « Surtout pas ! » J'ai simplement envie de presser la touche pause. De revenir en arrière. De tresser les cheveux d'Annie ou d'y chercher des poux, de l'essuyer après le bain en chantant une comptine. De rire quand elle chausse mes talons hauts avec ses petits pieds et trébuche dans la chambre, son monde encore sûr, protégé.

* * *

Les vêtements qu'on a posés sur le radiateur hier soir sont encore humides. Du coup, nous fouillons dans la penderie de maman, tirons sur ses jeans trop longs et nageons dans ses pulls, ce qui est à la fois drôle – ça l'amuserait – et insupportablement triste. Je cours à l'épicerie du coin, ses manches de cardigan claquant au vent, imaginant ce que mes clientes privées, toutes ces dames élégantes de Chelsea, penseraient si elles me voyaient. J'achète des croissants et du lait. Mon portable vibre de textos de Steve, en pleine déroute patriarcale : *Putain ! DIS-lui juste qu'elle ne peut pas avoir un bébé !*

À la table de la cuisine, face à la place vide de maman, Annie dévore deux croissants. Je bois du thé fort, trop crevée pour manger, consciente de la fragilité du moment. Annie m'en veut peut-être de ne jamais lui dire la vérité, fâchée par mon besoin de l'étouffer, mais c'est mon tour de poser des questions ce matin.

— Alors, où as-tu trouvé ce dossier ? (Je l'observe par-dessus le bord de ma tasse, insistant quand elle baisse les yeux en silence.) Annie ?

— La veille du jour où elle est tombée… (Elle lève la tête avec un regard insondable.) Mamie ne m'a pas entendue entrer. Elle était assise à son bureau, penchée sur une coupure de presse. Quand elle m'a vue, elle l'a rangée très vite dans le dossier, qu'elle a fourré dans un tiroir avec un air coupable. J'ai pensé : « Tiens ! Qu'est-ce que c'est ? » (Des larmes lui montent aux yeux. Elle se mord la lèvre.) J'allais le lui demander, mais je n'ai jamais pu.

Les mots me manquent. L'image de ma mère seule, feuilletant ces vieux journaux, suggère qu'elle vivait bien plus près du passé que j'en avais conscience. Je souffle d'une voix rauque, tâchant de ne pas pleurer :

— Continue.

— En revenant ici, il y a deux jours, sans savoir ce que j'allais faire pour le bébé et le reste, j'avais envie d'être proche d'elle…

Sa manière de dire ces mots sonne un peu faux. Son regard dérape. Elle pique une croûte de croissant dans l'assiette et la mange.

Derrière la fenêtre, un murmure de petits oiseaux noirs s'élève et enfle – des caractères d'imprimerie sur une page.

— Pourquoi ne m'as-tu jamais parlé du cadavre dans les bois ?

Je sens une tension dans sa voix, de vieilles rancunes refaire surface.

— Chérie, je ne savais pas.

— Je… je supposais… (Ses yeux s'écarquillent.) Ouah…

Un ange passe. Dehors, une nuée d'oiseaux se disperse et se reforme en virevoltant. Mes pensées font de même. En voyant l'expression d'Annie, je m'aperçois que j'avais tort de penser qu'elle était trop absorbée par l'école et ses copines pour s'intéresser aux années soixante-dix.

— J'ai cherché sur Google, reprend-elle, plus prudente, craignant ma réaction. Il n'y a rien en ligne.

— C'était un autre monde. Sans Internet.

— Tu ne parlais pas de tous ces trucs avec mamie ?

— Pas vraiment. (Je me force à esquisser un sourire désinvolte, consciente du décalage avec une génération habituée à ouvrir son âme aussi nonchalamment qu'un sachet de pop-corn.) Rassure-toi, Annie. À l'époque, ça passait pour une approche éclairée d'un sujet tabou.

— C'est encore le cas chez nous, marmonne-t-elle.

— Eh bien, j'avais un fort instinct de conservation. Je ne voulais pas savoir. Ce qui allait très bien à mamie.

Quand j'avais l'âge d'Annie, des questions virevoltaient pourtant dans ma tête. Mais les poser revenait à penser à « ça ». À la menace de ma dissolution. Finalement, je disais toujours à « ça » d'aller se faire foutre (« Je ne suis pas ce bébé, ce n'est pas mon histoire ») en me défilant, les mains dans les poches de mon Levi's délavé. Je préférais le présent au passé : Madonna, une blonde platine qui s'était faite toute seule ; les garçons ; le clinquant de la mode. L'explication la plus simple : ma mère naturelle était partie. Elle m'avait laissée sur une souche et elle s'était barrée. J'avais donc entrepris de refouler ce chapitre de ma vie – comme elle m'avait rejetée. Mais c'est trop pénible à expliquer, même à Annie. Je dis très vite :

— On devait parler de toi, pas de mon passé. C'est de l'histoire ancienne.

— Tu as l'art de changer de sujet. (Annie recule sur sa chaise et lève les yeux au ciel.) C'est toujours la même chose.

Je sens mes défenses se dresser.

— Papa a toujours dit : « Ne pose pas de questions à maman sur ce truc », réplique-t-elle énervée. « Ne la bouleverse pas. » C'est comme, je ne sais pas, fermé par une clôture électrique.

Je blêmis. Je ne peux le nier. Seuls mes plus proches amis savent que j'ai été abandonnée, et la plupart n'oseraient pas en parler. Je ne peux réduire l'énormité de ce fait à une simple anecdote. Ni affronter leurs regards de pitié.

À la naissance d'Annie, la conduite de ma mère

biologique est devenue plus incompréhensible, et terriblement moins abstraite. Je débordais d'amour pour mon bébé. Comment avait-elle pu ne pas éprouver le même sentiment ? Ne s'était-elle pas émerveillée devant la perfection miniature de mes ongles ? de mes oreilles ? de mes orteils ? Ne m'avait-elle pas observée pendant mon sommeil ? embrassée ? reniflée ? considérée comme une partie de son corps ? Non, de toute évidence, car elle m'avait larguée dans les bois et elle s'était barrée.

Lorsque Annie était petite, j'ai décidé de ne pas transmettre cet héritage. Comme tous les jeunes parents, je voulais l'exposer juste au miel de la vie, pas à ses piques, croyant naïvement pouvoir la garder dans un cocon. (Ce que ma mère avait aussi tenté de faire pour moi, bien sûr.) J'ai donc caché l'histoire de ma naissance aussi longtemps que j'ai pu. C'était trop dur à concevoir pour une enfant sensible : cela fausserait sa vision du monde, du sens de la famille.

Steve a toujours entretenu ce mystère. Même s'il ne l'admettrait jamais, je suis sûre que mes débuts dans la vie lui semblent un peu sordides et honteux, façon Jerry Springer[1]. Une tragédie que j'ai surmontée – avec son aide, la stabilité du mariage – et que je ne dois pas laisser me définir. Malgré tous ses tics de publicitaire urbain, au fond, c'est un banlieusard assez conventionnel, issu d'une longue lignée de familles nucléaires et de matriarches sacrificielles, restées avec leurs maris volages « pour le bien des enfants ». Il voyait tout en noir et blanc. Ce qu'avait fait ma mère biologique était « contre-nature et impardonnable »,

1. Animateur de télévision américain, fils de réfugiés juifs, né en 1944 dans une station de métro londonienne. (*N.d.T.*)

a-t-il dit un jour (reléguant mon père naturel au statut de spermatozoïde sans scrupule et irresponsable). « Il ne faut pas y penser », lançait-il si jamais nous effleurions le sujet, tressaillant telle une jambe qui frôle un radiateur brûlant. « Rappelle-toi que ce n'est pas toi. » Moi, je hochais la tête et remplissais la bouilloire, me demandant qui j'étais vraiment.

— Et voilà ! (Annie rit jaune.) Tu as pris ton air « je me ferme comme une huître ».

— J'ai un air pour ça ?

Je tente de l'effacer par un sourire, mais ma voix est en dents de scie.

— Oh, oui ! affirme-t-elle, le regard inflexible, celui des ados équipés d'un détecteur de conneries. C'est pour ça que j'ai commencé à interroger mamie sur l'histoire de notre famille – entre parenthèses, la mienne aussi – quand je suis venue ici la première fois en juin. (Elle se rembrunit et détourne la tête.) J'en avais marre qu'on ne me dise jamais rien.

J'ai beau savoir que ma mère risque bien plus de parler d'une cystite que de l'été où j'ai été trouvée, mon cœur cogne sous sa chemise à carreaux. J'ajoute, tâchant de faire passer la chose pour un joyeux polar :

— Elle t'a parlé du mystérieux corps dans les bois ?

— À peine. Elle est presque aussi fuyante que toi.

Experte dans l'art des pieux mensonges. De changer les vieilles trames laides en beaux fils de soie. Les cauchemars en contes de fées. Voilà ma mère…

— Mais bizarrement… (Annie croise les doigts sur son ventre encore plat. Et je le sens venir, comme un lointain battement, déformé, porté par les eaux.) Le peu qu'elle m'a dit m'a conduite à Elliot. (Elle désigne ses mains, et un frisson me traverse.) Donc aussi, j'imagine, au bébé que je porte.

CHAPITRE 24

Rita

Une mèche noire sur la nuque du bébé, en forme de point d'interrogation – et il y en a beaucoup. Rita ôte les peluches qui se logent entre les doigts et les orteils de l'enfant. Elle la pose sur un drap blanc sous le pommier, pour qu'elle puisse contempler les fruits rouges. Mais le regard de la fillette reste sur son visage, comme toujours. Elle n'est là que depuis quatre jours et, pourtant, elle s'accroche à Rita d'une manière déconcertante. Elle lui fait penser à un caneton qui, dès qu'il sort de l'œuf, s'attache à la première créature qu'il voit, la prenant pour sa mère. Et chaque plaisir donné par sa présence est gâché par la tristesse brutale de cette idée fausse.

Rita se tourne vers son panier de lessive sans fin et commence à suspendre les couches en éponge sur la corde à linge. Ses pensées flottent vers Robbie. Sa bouche. Le lent rayonnement de son sourire. Les poils dorés sur ses bras. L'intense concentration de son visage quand il a débité, la veille, cet arbre abattu par l'orage. La violence envoûtante de la tronçonneuse.

L'adresse du jeune homme pour lier les billes à son camion et les traîner hors du chemin.

Elle sourit, se demandant si c'est l'ennui de sa tâche qui la porte à s'égarer dans des rêveries secrètes, un peu torrides. Si c'est ce qui permet aux femmes d'échapper à leur vie domestique. Si Jeannie s'est évadée ainsi, mais en laissant ses pensées déborder dans son lit. Elle sort la dernière couche, une pince à linge dans la bouche, quand une ombre froide s'étale sur sa nuque.

— Aucun défaut chez cette petite, hein ? Très jolie.

Rita se retourne d'un bond et voit Marge penchée sur le bébé, le titillant de son gros doigt. La femme relève la tête, les yeux brillant d'une lueur triomphale.

— Vous pensiez me la cacher éternellement ?

Rita panique. D'instinct, elle fond sur le bébé, le soulève et le serre sur sa poitrine. Que dire ? « Tout ce que vous direz pourra être retenu contre vous… » Ce ne peut pas être vraiment un rapt, si ?

Elle s'attend toujours à ce qu'un policier frappe à la porte. Au cliquetis des menottes sur ses poignets. Elle est si tendue qu'elle craint sans cesse qu'on les observe, les suive dans les bois, les épie par les trous du mur. Mais tous ses sens paraissent décuplés – elle se demande si elle n'imagine pas ces choses-là. Elle aurait mieux fait de guetter le sifflement de la guimbarde de Marge.

— Eh bien, ne restez pas plantée là, Rita. Vous avez l'air d'une carpe, à ouvrir et à fermer la bouche comme ça. Ne vous inquiétez pas. Je ne dirai rien. (Marge se tapote le nez.) Vous pouvez vous fier à moi.

Rita ne fait aucune confiance à Marge. Pas la moindre. Cette femme a un côté sans-gêne et borné, une aigreur qu'elle trouve repoussante. Marge regarde fixement l'empreinte qu'a laissée le bébé sur le drap, tel un ange dans la neige. Même ça lui serre le cœur. Elle aurait dû partir pendant qu'elle le pouvait.

Hera l'a retenue. Hera et le mal qu'elle avait menacé de faire et que seule sa présence pouvait empêcher. Comment aurait-elle pu filer après que cette graine a été plantée ? À présent, elle se doute qu'Hera savait parfaitement ce qu'elle faisait.

— Une enfant trouvée, hein ?

Rita tressaille.

— Je n'ai pas dit ça.

— Pas la peine de le dire, mon chou.

Rita juge le sang-froid de Marge crispant. Des armes à feu dans les boîtes à gâteaux… Des bébés abandonnés dans les bois… Elle a l'impression d'être aspirée par un portail dans un tout autre monde, qui échappe à la normalité. Pas étonnant que des brutes se cachent dans cette forêt. Tout est permis.

— Pas si rare qu'on pourrait le penser, par ici. (Marge lâche un « pff » réprobateur.) Les belles, en général. Ça leur monte à la tête.

Du coin de l'œil, Rita voit le visage d'Hera, blanc et rond comme une lune, à la fenêtre de sa chambre, puis l'adolescente reculer fébrilement, sans doute pour avertir Jeannie.

— La moitié du temps, elles ne s'aperçoivent de leur grossesse que lorsque la tête du bébé pointe. (Marge fait claquer sa langue.) Pour moi, c'est la faute de leur mère, non ? Trouvez-moi une fille engrossée dans la région et je vous montrerai une mère qui ne l'a pas surveillée. (Elle pince le pied du bébé.) Quand même… Une chance folle pour les Harrington, non ?

Une chance ? La chance, ce serait de gagner à la tombola. De faire moins d'un mètre soixante-dix. Pas ça.

— Je ne comprends pas très bien…

— Perdre un bébé… (Marge lève les mains au ciel comme un prédicateur.) Et en trouver un autre !

Rita est de plus en plus mal à l'aise. En début de matinée, elle a vu Jeannie, dans sa chemise de nuit en dentelle, montrer le jardin au bébé, désignant les oiseaux et les fleurs. Ça lui a fait penser aux femmes qui erraient dans le parc des Herbiers.

— Voyons, ce bébé ne peut pas rester ici, Marge.

— Pardon ? s'écrie Marge, comme si elle avait dit qu'elle allait le jeter aux sangliers.

— Évidemment, on va contacter les autorités.

Rita entend sa voix, et sa foi en l'idée que cela arrivera, vaciller légèrement. « Juste encore un jour », ne cesse de dire Jeannie. Mais ensuite, la nuit tombe, puis vient le premier biberon poignant de l'aube, et les jours se succèdent.

— Surtout pas ! Rita, écoutez-moi. Vous voulez gâcher les chances de cet ange dans la vie ? Bien sûr que non. Alors gardez-le en secret ici, vous m'entendez, jusqu'à la fin de l'été. (Marge l'empoigne par la manche.) N'en parlez à personne.

Est-ce le monde ou elle qui est devenu fou ?

— Enfin, Marge… commence-t-elle avec un rire incrédule.

— Vous êtes trop jeune.

Marge renifle avec dédain. Une bouffée d'air moite atterrit sur la joue de Rita.

— Mais on enfreint sûrement la loi…

— La loi ? répète Marge, comme si elle n'avait jamais rien entendu d'aussi ridicule. Nous, les forestiers, nous avons nos propres lois. Vous pensez qu'un fouineur du conseil municipal sait ce qu'il vaut mieux pour ce bébé ? Je vais vous dire, Rita. (Elle agite un doigt boudiné.) Ces bureaucrates, tous des incapables, des coincés ! Respectez l'autorité qu'il y a là. (Elle se frappe la poitrine si fort que son buste charnu vibre sous sa blouse.) Et là. (Elle se touche la tempe.) Et là-bas. (Elle pointe un doigt vers la forêt.) On ne peut pas se fier à grand monde, mais on peut faire confiance à un chêne.

Rita étouffe un rire. Pourtant, rien n'est drôle. Tout est calamiteux et, franchement, assez dingue.

— Vous craignez d'avoir des ennuis, hein ? (Marge balaie l'idée d'un geste si énergique que Rita bondit en arrière, protégeant la tête du bébé.) Inutile ! Vous pourrez toujours affirmer que vous avez téléphoné et laissé un message. Qu'une secrétaire du conseil municipal n'a pas dû le transmettre. Ah, et que vous avez envoyé une lettre, qui n'est jamais arrivée. On ne pourra pas prouver le contraire. Le courrier s'égare tout le temps ici. La main droite ne sait jamais ce que fait la gauche.

La bouche ventouse du bébé s'accroche au cou de Rita.

— Je ferais mieux d'y aller. La petite a faim.

— Vous savez ce qu'on dira ? (Marge se rapproche en traînant les pieds.) Comme elle est propre ! Et bien nourrie ! Si attachée à sa nouvelle famille ! Regardez, elle a même une nurse dévouée ! (Quelque chose tourne au fond de ses yeux.) Alors, les Harrington pourront l'adopter officiellement. (Elle enroule une mèche autour de l'oreille du bébé, avec l'air d'une grand-mère satisfaite.) Personne ne rejettera des gens aussi bien nés, un foyer aussi riche. Si Walter Harrington pétait, le maire applaudirait.

— C'est comme ça que marchent les services sociaux ? lâche faiblement Rita. Ça ne paraît pas juste.

— C'est le cas ici, mon chou.

— M. Harrington n'est pas au courant pour le bébé, dit Rita, forcée de l'avouer. Et il va bientôt rentrer. Dans une semaine, sans doute.

— Ah. Au moment idéal. Vous pourrez le lui montrer avant d'appeler les autorités.

— Mais… bégaie-t-elle.

— Je connais Walter Harrington depuis qu'il est petit, Rita. Je vous promets, dès qu'il verra que sa femme est beaucoup plus heureuse, il accueillera cette enfant à bras ouverts. Contrairement aux apparences, il n'a pas une âme de pierre. (Marge en paraît si sûre que Rita s'interroge.) Tenez. Passez-la-moi. Il faut qu'elle rote. Je ne peux pas supporter de vous voir ergoter plus longtemps.

Marge la jette par-dessus son épaule et lui frappe le dos, bien plus fort que Rita l'aurait fait. Elle brûle de la lui arracher. Un rot explose.

— Mieux vaut que ça sorte, dit Marge d'un ton approbateur. (Elle lève l'enfant au-dessus de sa tête et la secoue au point que ses pieds se balancent.) Un jour… (Nouvelle secousse. Le bébé pousse le ouin-ouin qui, Rita l'a appris, précède un cri à percer les tympans.) Notre petite fleur de la forêt sera grande, riche et aussi heureuse que n'importe quel Harrington. N'oubliez pas cela. (Sentant peut-être le doute de Rita, qui n'a jamais rencontré une enfant plus perturbée qu'Hera, Marge fige le bébé dans l'air et ses yeux s'étrécissent, formant des fentes minces comme des ailes de scarabée.) Alors, c'est quoi, le plus important, Rita ? Vendre la mèche pour soulager votre conscience ou bien faire ce qu'il faut ?

CHAPITRE 25

Sylvie

Ma mère tombe en tourbillonnant. Jupe parachute gonflée. Dans une spirale de journaux déchirés, comme une Mary Poppins désaxée. Mon estomac se noue. Je recule du chemin de la falaise, clignant des yeux très vite pour chasser du ciel bleu cette image. Jusqu'ici, ma promenade avec Annie – pour nous dégourdir les jambes avant de reprendre la route de Londres – n'a pas bien réussi à calmer mon esprit ébranlé.

Quand je regarde à nouveau ma fille, elle est quelques pas derrière moi, les mains sur les genoux pour reprendre son souffle – un symptôme qui me rappelle soudain ma propre grossesse, l'impression de manquer d'air qu'on a en altitude. Je la rejoins et lui suggère, l'enlaçant par l'épaule :

— On s'assied, chérie, au lieu de continuer à trotter sur ces falaises ?

Elle sourit et acquiesce avec gratitude.

Le vieux banc, face à la mer, a toujours été le préféré de maman : branlant, constellé de lichen, il est dédié à un couple du village mort depuis longtemps, « qui adorait ce lieu ». Je pense, si maman meurt, je ferai aussi poser un banc à sa mémoire, puis j'écarte cette idée pénible. Elle ne va pas mourir. Ce n'est pas son heure.

Je me concentre sur la lumière. Sa beauté. C'est ce qui me manque le plus du Devon quand je suis à Londres. Il n'y a pas de brume ici. Les couleurs chantent. Comme une toile de maître dépouillée de son vernis sombre.

Mon portable émet un bip dans mon sac. Mes doigts se crispent. Flairant un nouveau texto paniqué de Steve, je n'ai pas envie de lui parler ni de rompre le charme. Ce matin, Annie semble enfin s'ouvrir à moi, révélant son amour de vacances pétale par pétale, comme un bourgeon qui se déploie. Je l'encourage, veillant à ne pas paraître trop curieuse.

— Alors, tu disais comment tu as rencontré Elliot…

— J'étais…

Elle s'arrête pour me taquiner. Je cogne mon genou contre le sien.

— Continue !

— Au début de l'été, mamie a laissé échapper le nom de l'entreprise des Harrington. (Elle hausse un sourcil, marque une pause théâtrale.) Harrington Glass.

— Intéressant. Je ne savais pas ça.

Incapable de voir en quoi ce pourrait être lié à Elliot, je me demande si elle part dans une digression.

— Ça ne m'aurait pas mis la puce à l'oreille si elle n'avait pas eu l'air si bizarre, poursuit-elle, enroulant une mèche autour de son pouce. J'avais l'impression d'avoir frôlé sous l'eau un truc mystérieux. Tu vois ce que je veux dire ?

Ce genre d'instants fébriles a peuplé mon enfance : une certaine inflexion dans la voix de ma mère si jamais je l'interrogeais sur son travail de nurse, un brusque changement de sujet. Ou des réactions étonnamment tendues, excessives. Comme le jour où j'ai mis le feu aux rideaux de ma chambre en fumant une clope en cachette et où elle a hurlé, vraiment hurlé – elle haussait rarement le ton –, m'accusant presque d'incendier la maison.

— Oui, Annie.

— Donc, bien sûr, j'ai cherché l'entreprise sur Google. (Elle lève son visage vers le soleil et me jette un regard de biais sous ses longs cils.) La boîte existe encore.

— Ah oui ?

Une main sur les yeux, j'observe la mer pour repérer des phoques ou des dauphins, ces ombres semblables à des enfants glissant sous la surface, comme dans notre échange.

— Et c'est là que j'ai vu pour la première fois la photo d'Elliot. Sur le site de Harrington Glass.

— Quoi ?

Me tournant vers elle en commençant à rire, je m'aperçois qu'elle ne plaisante pas. Donc, voilà pourquoi elle m'a caché comment elle l'a rencontré et ne m'a rien dit sur lui. Pas un homme marié. Ni un ancien taulard. Je devrais être soulagée, et pourtant non.

— Son portrait se détachait. (Elle s'anime en parlant d'Elliot. Ses yeux brillent.) Il ne ressemblait pas aux autres : tous des vieux en costard. La liste du personnel le disait « ambassadeur de la marque numérique » et donnait un lien vers une page Twitter qui m'a fait rire. Là, euh… j'ai fini par tomber dans une faille spatio-temporelle. Ne me regarde pas comme ça, maman ! C'était juste pour me distraire de ce qui t'arrivait. (Une vague s'écrase sur les rochers en contrebas : l'écho de ma culpabilité.) À toi et à papa, ajoute-t-elle après coup, diplomate.

— Et tu as trouvé quoi ? (J'ai la bouche sèche.) Dans cette faille…

— Un sombre trafic de drogue…

Elle sourit gentiment et je m'aperçois qu'elle me fait marcher.

— Il postait des vues de plages du Devon. Regarde. (Elle montre une baie au loin, un coin de sable doré.) En fait, il venait surfer ici chez un ami le week-end. Ses photos m'ont plu et on s'est mis, tu sais, à tchatter.

Non, je ne sais pas. À l'entendre, ça paraît si facile.

Elle se tait un moment et rougit. Ce n'est sans doute pas tout. Oh, merde…

— Il travaillait chez Harrington Glass pendant quelques semaines : sa mère avait ses « entrées » dans la boîte. (Ses doigts miment des guillemets.) Un contact. Ce n'est pas un drame, non ? (Elle cherche à se rassurer.) Je veux dire, il ne bosse plus là-bas…

— Pas grave. (Une de ces mauvaises surprises créées par un monde digital reliant des gens qui, normalement, ne devraient jamais se croiser.) Mais, Annie, ça m'inquiète qu'il soit juste un inconnu trouvé par hasard sur le Net.

Elle fronce les sourcils.

— Euh… De quelle autre façon peut-on faire une rencontre ?

— À une soirée ? Dans un train ?

Un bateau. Une péniche… Enfin, qu'est-ce qui me prend ? J'ai quitté mon mari. Ma gamine est enceinte. Ma mère plane dans un no man's land cauchemardesque entre la vie et la mort. Je n'ai pas travaillé depuis longtemps. Pas même poli mes ongles. Ni refait mes racines. Et je fantasme sur un type qui a dix ans de moins que moi ? Tragique.

— Un train ? pouffe-t-elle.

— OK, je suis un dinosaure. (Je lève les mains, gagnée par son rire, m'apercevant combien ses confidences m'ont manqué.) Que s'est-il passé quand tu l'as vu en vrai ? Il t'a plu tout de suite ?

Elle hoche la tête.

— Il y avait cette attirance, ce truc. (Sa voix est mouillée de désir.) J'avais l'impression que… que c'était le bon.

Cette sensation. Je l'ai éprouvée aussi, une fois, mais il y a des années. Le week-end où j'ai rencontré Steve, on a passé toute la nuit à parler dans un festival sous la pluie. Je me rappelle la douce lueur dans la tente qui fuyait, qui sentait les sacs de couchage et la bière. Les heures couchée à ses côtés sur le tapis boueux. Les moucherons tournoyant autour de nos têtes. Nous être endormis à l'aube, main dans la main. Et réveillés sous un soleil éblouissant, riche de promesses. Nous étions si jeunes. D'autres gens.

— Je sais que ça paraît cucul.

Je souris.

— Tu as l'air amoureuse.

Elle ne le nie pas. Mais elle gratte une croûte de lichen sur le banc, gênée comme si je l'avais prise au dépourvu. Des vagues grondent sous nos pieds. La marée va changer.

— Mamie l'a rencontré, n'est-ce pas ?

Annie étire ses longues jambes lustrées, au bronzage noisette après avoir surfé tout l'été, sans autant de crème solaire que je l'aurais aimé.

— Deux ou trois fois.

Je demande prudemment :

— Elle savait où il travaillait ?

Je suis sûre que maman craignait que la boule de

démolition du passé heurte de quelque manière sa petite-fille chérie.

Elle hoche la tête en se mordant les lèvres.

— Je le lui ai dit pendant la balade. (Un nuage couvre le soleil, faisant virer la mer turquoise à un bleu marine insondable.) Juste avant sa chute, murmure-t-elle, d'une voix qui grince encore au souvenir du drame.

— Oh, Annie… (Je lui prends la main, me rappelant ce qu'elle m'a dit quand ma sœur était là : « Mamie est tombée à cause de moi. ») Tu n'en es pas responsable pour autant.

— Je ne sais même pas pourquoi j'ai sorti ça.

Elle se met à pleurer. Doucement, j'écarte de sa joue des cheveux collés par ses larmes. J'aimerais tant la soulager de ce poids et changer sa place sur le chemin côtier, ce jour-là.

— C'est trop bête… chuchote-t-elle en secouant la tête. Ça m'a échappé et elle a sursauté, comme si je lui avais envoyé une décharge électrique. (Elle plisse les yeux. Le souvenir tremblote sur les petits muscles de son visage.) Puis mamie… a fait un pas en arrière. Et elle a disparu.

* * *

Une demi-heure plus tard, Annie descend l'escalier du cottage, son sac sur l'épaule et le vieux mobile de mon enfance, les petits arbres en bois pendus à des ficelles, dansant à son doigt.

— Je peux avoir ça ? Pour mon bébé.

Mon bébé. Un sentiment de perte, et d'impuissance, m'envahit. Je dois me rappeler qu'au fil de la croissance d'Annie, chaque phase me semblait insoluble et figée. J'avais l'impression que je serais toujours enchaînée à une poussette difficile à plier, à des heures de biberon et de sieste, à la peur de la méningite, des vaccins, d'étouffement avec des raisins, de ne jamais plus fermer l'œil. Mais après, une nouvelle Annie apparaissait : à la crèche, en maternelle, au collège… J'ai adoré passionnément chacune d'elles, pleuré en m'émerveillant des métamorphoses de ma fille, jamais complètement finie, jamais assez prête. Ce qu'elle vit à présent est aussi une phase, un point de transformation. Je dois juste garder mon calme.

— Évidemment, Annie. Prends-le.

Elle sourit.

— Il ira bien avec le terrarium, je pense. (Le mobile commence à tourner et à s'entortiller.) Les bébés aiment regarder ces choses-là, non ?

La petite forêt sous verre laissée à l'hôpital pour maman. Dans le tourbillon de ces deux jours derniers, je l'avais totalement oubliée. Je réponds distraitement « Oh, oui… », tracassée par une pensée inachevée.

— Maman… (Elle tripote sa clé de voiture.) Je n'ai jamais dit à Elliot que mamie avait travaillé pour les Harrington.

— Ah bon ?

Je ne peux cacher ma surprise. La façon dont Annie parle de lui – avec une telle lumière dans les yeux – suggère que leur union a été une alliance des esprits comme des corps.

— Ni que je l'ai vu pour la première fois sur le site de leur compagnie.

— Je croyais que vous étiez proches…

— Oui. Enfin, c'était parfait. Voilà le problème. Je… je ne voulais pas gâcher les choses en donnant l'impression de l'avoir traqué. Ça semblait, euh… compliqué. Et ça l'est toujours. (Elle grimace.) Ne dis rien non plus, s'il te plaît. Ni à lui, ni à Helen, ni à personne d'autre. Tu promets ?

J'hésite, pensant à la photo de la famille Harrington devant la belle maison ornée de stuc. Qu'il y ait un lien, même ténu, entre eux et la situation d'Annie est comme un élancement dans mon cerveau.

— Si tu n'y tiens pas, non, bien sûr, mais…

— Il ne veut pas de ce bébé… coupe Annie, balançant légèrement le mobile. Sa mère croit que je suis une aventurière. Pourquoi aggraver les choses ?

— Hier, il a fait toute la route depuis Londres. Je parie qu'il t'a appelée.

Elle pince les lèvres, signe que j'ai vu juste… et qu'elle n'a sans doute pas répondu.

— Il semblait sincèrement inquiet pour toi.

— Non. Sa monstrueuse mère l'a délégué pour me forcer à changer d'avis, c'est tout.

Elle souffle sur le mobile, une fois, deux fois, plus fort. Il se met à tourner.

— Je suis toute seule dans cette galère, ajoute-t-elle avec véhémence.

L'ombre d'une forêt tremble sur le mur pâle. Tandis que les arbres miniatures s'arrêtent lentement, je sens une anxiété se calmer aussi en moi, une prise de conscience naissante. Le corps d'Annie n'est pas le mien : je ne peux pas plus modifier ses rouages que changer le cours d'un satellite de la lune. Et si je n'étais pas incapable d'affronter mon passé, elle n'aurait jamais éprouvé le besoin d'enquêter sur lui… Je suis donc responsable de ce gâchis.

Je me penche pour souffler sur le mobile. À nouveau, il valse entre ses doigts.

— Tu n'es pas toute seule, Annie. Je t'aiderai, d'accord ?

CHAPITRE 26

Rita

La nurse contemple le rébus des ficelles, du câble et d'une demi-douzaine d'arbres, chacun de la taille de sa paume, mais fin et lisse comme un ongle. Ils sont fixés par un large crochet en cuivre, qu'elle ramasse d'instinct, de sorte que les fils pendent à une monture circulaire centrale, telles ces méduses qui s'échouaient sur la plage près de Torquay. Les yeux du doux colley hirsute, assis près de Robbie, passent d'elle à son maître, l'air de suivre une conversation muette. Le cœur de Rita se cabre dans sa poitrine. Marge a-t-elle déjà parlé ? divulgué le projet fou de garder un bébé caché à Foxcote jusqu'à fin août ? Sa peur se mêle à l'odeur des copeaux frais.

— Je l'ai fabriqué hier soir. (Son sourire la transperce. Elle l'imagine ponçant et découpant, ses longues cuisses écartées, penché sur une table d'atelier : un alchimiste tirant une œuvre exquise d'un bout de bois où elle s'était cachée.) Pour le bébé.

— Le bébé ? bégaie-t-elle.

— Celui que j'entends par-dessus le mur du jardin.

(Il montre le col de Rita.) Qui a laissé une tache de lait sur votre chemisier.

Oh non… Elle frotte éperdument la peau morte grumeleuse, là où se blottit Bébé Forêt. Elle se demande si c'est Robbie qu'elle a senti dans le parc la veille ou l'avant-veille, si cela expliquerait pourquoi elle ne peut s'affranchir de l'idée d'être observée. Parfois, en marchant dans les bois, elle entend un bruit, jette un œil autour d'elle – personne – et en reste ébranlée. L'autre soir, en arpentant le salon pour faire roter le bébé, elle aurait juré voir une ombre derrière la fenêtre. Mais quand elle a couru à la vitre, il n'y avait personne. Juste un rayon de lune. Elle s'est sentie un peu bête, abrutie par un sommeil entrecoupé.

— Une seconde. (Elle laisse retomber le mobile dans le papier et ferme la porte du manoir. Du coup, ils se retrouvent seuls, empruntés, sur le porche, le lieu du baiser tâtonnant quelques jours plus tôt et, pourtant, à des années-lumière.) Une amie de Jeannie est tombée enceinte. Nous lui rendons service. Tout ça est top-secret.

Il hoche la tête. Seul son regard plus aigu la porte à se demander s'il la croit.

— Ne dites rien. Ce serait un sacré scandale. Il y a beaucoup de choses en jeu…

Ça, au moins, c'est vrai. Dieu sait ce que fera Walter…

Il a téléphoné la veille, lui posant des questions comme un commissaire : « Jeannie a-t-elle mangé correctement et réussi à prendre un peu de poids ? Combien ? », « Ses yeux paraissent-ils gonflés le matin, signe qu'elle a pleuré ? » Et la pire : « Ma femme a-t-elle parlé de moi ? »

Elle a fait son rapport : oui, Jeannie l'a souvent cité

(un mensonge éhonté) et son moral est bien meilleur. Vrai. Quand il a demandé s'ils avaient eu des visiteurs « distrayants » (elle a compris, à sa voix, qu'il entendait par là Don Armstrong), elle l'a senti soulagé qu'elle ait répondu non. « Je vous avais dit que Foxcote la rétablirait, n'est-ce pas, Rita ? » a-t-il lancé, clairement réconforté. « En marquant une rupture dans… » Un silence, où Don s'est glissé. « … Sa routine londonienne. Je suis impatient de vous voir tous. »

Sa sœur Edie a aussi appelé. Cette discussion-là s'est moins bien passée. Rita n'a pas couvert le combiné à temps avec sa manche : le bébé s'est mis à gémir derrière elle. « Vous avez des animaux dans la maison ? » a fait Edie avec un petit rire, avant de s'interrompre. « Merde, Rita, vous n'êtes pas tombée enceinte, si ? » Un bruit de voitures, klaxonnant près de la cabine, a rempli Rita d'une nostalgie fébrile, d'une crainte de ne jamais revenir à Londres. De l'impression qu'un fossé infranchissable s'était ouvert entre ce monde-là et Foxcote. « Rita ? Vous êtes toujours en ligne ? Vous avez besoin d'aide, chérie ? » Elle a donc dû lui mentir aussi. À contrecœur. Edie lui avait toujours plu, avec sa gentillesse brusque, terre à terre. En l'entendant raccrocher, Rita est restée à écouter les bips avec un sentiment de solitude.

— Je ne dirai rien à personne, Rita. (Elle le croit. Elle ne peut imaginer que Robbie moucharde. Le silence s'épaissit.) Je ne jugerais pas si… (Il s'arrête.) Enfin, si je peux faire quelque chose pour aider.

— Ce n'est pas mon bébé ! (Elle étouffe un cri de surprise.) C'est ce que vous croyez ? Bien sûr ! Je le vois à votre air.

— Je ne savais pas quoi penser. Désolé.

Cette affreuse ironie la fait rire. L'idée qu'elle soit

la mère de Bébé Forêt. Pourtant, elle est touchée par la gentillesse de Robbie – et le paquet qu'il vient d'apporter. Tout est si déroutant. Elle l'avait détesté pour s'être jeté sur elle comme une brute après le bal, les mains comme des pinces de charpentier sur ses hanches. Mais il n'est pas une brute. En fait, les gens ne ressemblent jamais à l'idée qu'elle s'en fait. Elle se demande si elle est l'exception, ou si elle s'étonnera aussi elle-même.

— Merci, dit-elle, bizarrement émue. C'est beau.

Il détourne timidement les yeux, ne pouvant s'empêcher de rayonner.

— Grande Rita, Bébé Forêt a besoin de toi ! crie Hera de la maison. (La porte s'ouvre à toute volée et la jeune fille paraît, l'enfant geignant dans ses bras.) Oh !

— Tout va bien, Hera. Robbie sait qu'on s'occupe du *bébé de l'amie de Jeannie*, énonce lentement Rita.

Hera, comprenant, hoche la tête.

— Regarde. Il a fabriqué un mobile. Tu le portes à l'étage pour le montrer à ta mère ? Je vais prendre la petite. (L'enfant empoigne ses cheveux.) Aïe…

Rita sourit, dénouant les petits doigts.

— Salut, bébé…

Robbie sourit à son tour, penchant la tête sur le côté, puis enveloppe le crâne de l'enfant de sa main pas très propre. Le chien, jaloux, frôle ses jambes pour réclamer son attention.

Fred prétendait adorer les bébés, se souvient Rita. « J'ai hâte qu'on ait des gosses », disait-il en lui tapotant le ventre comme si c'était le capot de sa Ford Cortina. Mais il courait toujours au pub au lieu de jouer avec ses neveux en bas âge, qu'il appelait des « lardons ». « Oncle Fred reviendra quand tu seras assez grand pour l'aider à tuer un agneau, mon garçon. »

— C'est une beauté, Rita.

Rita se sent gonflée de fierté, comme si Bébé Forêt était sa fille, puis elle se reprend. Elle s'est promis de ne pas s'attendrir, de ne pas devenir trop proche de cette enfant qui va bientôt partir. Elle doit être professionnelle. Mais c'est difficile. Pas étonnant que Jeannie s'y soit autant attachée.

— Comment s'appelle-t-elle ?

— On la surnomme Bébé Forêt. (Elle a gentiment dissuadé Jeannie de lui donner un vrai prénom, pour éviter le sentiment de possession que cela crée. Elle s'éclaircit la gorge.) Par discrétion, vous comprenez.

Robbie ne dit rien, digérant ce curieux détail. Il caresse la tête du bébé avec une tendresse qui pousse Rita à détourner les yeux, confuse.

— Elle a faim, observe-t-il.

— Toujours.

Il rit, et une tension dont elle n'avait pas conscience se dissipe. Elle s'autorise à jeter un œil vers sa bouche irrésistible. Comment le baiser a-t-il pu être une collision aussi gauche ? un désastre si total ?

— Rita, je suis désolé. Pour cette soirée. (Il fonce dans des excuses, tel un homme qui veut fendre une foule tête baissée.) Je ne… je ne suis pas comme ça.

Elle s'absorbe dans la contemplation des croûtes de lait sur la tête du bébé.

— Je ne sais pas ce qui m'a pris. Enfin, si… je veux dire… Ah, faites-moi taire…

Elle ravale un sourire en brûlant de lancer : « Non, ne vous arrêtez pas. Dites-moi exactement ce que vous ressentiez, dans votre cœur, votre pantalon. Qu'est-ce qui vous a conduit à me serrer contre vous ainsi ? » Elle veut l'entendre prouver qu'elle était l'objet de son désir, pas juste un corps de femme qui le tentait par hasard, après quelques bières par une chaude nuit d'été.

Il se dérobe.

— Je ferais mieux d'y aller.

Elle le regarde. Leurs yeux se croisent. Quelque chose grésille entre eux comme une émission de radio dans une langue inconnue.

— Alors, au revoir.

Elle le regarde monter dans son camion, avec une folle envie de le rappeler pour lui demander de l'aide. Le bébé, agité par l'accélération des battements de son cœur, fond en larmes.

CHAPITRE 27

Hera

La souche exerce un étrange pouvoir d'attraction. Je ne cesse de retourner à ce billot trapu, aux racines pareilles à des orteils, pour revivre le moment où j'ai trouvé Bébé Forêt couché joliment là, tel un pudding sur un plateau. C'est un bon endroit pour s'isoler des autres, assez loin de la maison pour qu'ils ne me voient pas, un poste d'observation sur l'ombre tachetée des bois. Si on reste parfaitement immobile, comme je le suis maintenant, on peut voir des chevreuils, les faons confiants, les mères nerveuses. Quelque chose bouge ! Un éclair roux ! Un cerf ? Je place ma main en visière sur mes yeux. Mais les arbres hachent la perspective, si bien qu'on voit par tranches et qu'on peut seulement combler les blancs en se déplaçant… et en se montrant. La créature s'enfuit.

J'attends un peu – elle ne revient pas –, puis je balance les jambes, frôlant de mes pieds nus les fougères piquantes. Mes pieds me plaisent aujourd'hui. Ils ne ressemblent plus aux pattes de cochon d'une grosse fille. Ils sont bronzés – ou un peu sales –, c'est assez dur de distinguer entre les deux. Leurs plantes s'étoffent, durcissent, s'habituent à marcher sans chaussures. Cela me donne un sentiment de liberté. Bientôt, ma frange en zigzag rentrera derrière mes oreilles, et je ne penserai plus que maman va crier : « Mon Dieu, qu'as-tu fait à tes cheveux ? » dès que je passe devant un miroir. Le soleil brille, ruisselle entre les arbres. Et la lumière est belle, douce et ambrée. Comme si on regardait le monde à travers un pot de miel.

Je souris. On dirait que la petite a tout changé. Elle éclaire les zones d'ombre de Foxcote et remplit la maison avec ses drôles de bruits, d'odeurs et d'accessoires : des biberons et des tétines sur l'égouttoir ; le hochet en argent sur le divan ; des vêtements de bébé drapés sur le pare-feu, tels de joyeux fantômes. Elle a eu un effet magique sur maman, qui est très différente de la semaine dernière. Elle n'est plus somnolente, éteinte comme une cave sombre et froide. Elle n'a plus remis une seule fois ses lunettes de soleil. Je me sens fière : c'est moi qui ai trouvé cette enfant, après tout. Je suis sûre qu'elle le sait. Hier soir, elle m'a souri : Rita a dit que c'était à cause du vent, mais non.

Bébé Forêt trône au milieu de mes pensées et les tape si elles vont dans le mauvais sens. D'abord, il chasse mes envies de voler des sucreries. L'élastique de ma culotte ne me serre plus en me laissant une marque rouge. Ce matin, mon ventre a même gargouillé. Il paraît soudain possible de ne pas être vraiment coincé dans sa nature. Ni piégé dans la famille où on naît, comme les plantes du terrarium de Grande Rita, pressées contre la vitre. Parfois, des familles se forment sans liens du sang. De bonnes choses peuvent arriver. Par exemple, la découverte d'un beau bébé quand on marche dans les bois.

— Grande Rita t'appelle ! (Teddy surgit entre les

arbres, torse nu et en nage, doré comme un biscuit.) À la maison ! Viens !

Je saute au bas de la souche, cours dans le jardin… et trouve Rita en train de babiller et de faire des grimaces idiotes au bébé, qu'elle change sur la pelouse. Dès qu'elle nous voit, elle s'arrête, prise en défaut. Elle dit que maman se repose à l'étage et qu'on ne doit pas rester dans ses pattes. Pourquoi ne pas faire un pique-nique ?

C'est Grande Rita qui a besoin de souffler. Elle a des cernes sous les yeux et ne cesse de briquer les plans de travail ou de frotter à la paille de fer. À l'entendre, « pour les bébés, il faut que tout soit impeccable ». Mais elle semble vouloir faire disparaître un truc qu'elle est la seule à voir.

Dès qu'elle a nous ordonné de nous rechausser, nous partons. Elle porte le bébé dans ses bras, « lourd comme un sac de patates », râle-t-elle. Pourtant, elle ne le confie à personne. Moi, je suis chargée de tenir le panier de pique-nique et de surveiller Teddy, qui se sauve toujours pour tenter de grimper aux arbres. La lumière crémeuse s'épaissit quand nous nous enfonçons dans les bois.

Teddy s'arrête pour ramasser des bâtons : Robbie va lui apprendre à les tailler – en fait, c'est juste une ruse pour venir voir Grande Rita. Le projet a réjoui maman. « Quelle bonne idée ! Tu ne finiras pas comme ton père, Teddy, un homme qui peine à découper le rôti ! »

Cette pique a tout rappelé, nos désastreux déjeuners du dimanche : papa voûté sur le gigot d'agneau, les dents serrées, sciant la viande avec acharnement comme si c'était Don Armstrong.

Nous choisissons un coin près du ruisseau, où les merles et les alouettes fuient la chaleur de l'après-midi, et chantent sur les plus hautes branches. Rita étale une vieille couverture trouée. Je place le gâteau sur une assiette, léchant du doigt le fourrage à la confiture. Teddy se déshabille et saute nu dans la rivière, ce qui nous fait rire. Ses fesses bleu pâle brillent sous la ligne du slip où s'arrête son bronzage. Il a de l'eau jusqu'aux cuisses, mais elle est cristalline, ondule autour de lui, et les petits poissons s'éparpillent ou zigzaguent entre ses genoux.

J'enfile mon maillot de bain sous une serviette, comme dans le vestiaire de l'école, pour qu'on ne voie pas mes seins en forme de museaux de souris et mon ventre flasque. Je bondis dans le ruisseau, haletant sous la morsure du froid, et me cache sous l'eau.

Grande Rita retrousse sa jupe et barbote avec nous. Très lentement, elle trempe les pieds du bébé, puis le sort. Nous retenons notre souffle, craignant qu'il se mette à crier. Non. Sa jolie face de singe devient sérieuse, attentive, semblant considérer cette chose étrange, l'eau. Plusieurs fois, nous mouillons son pied et il commence à gazouiller de plaisir. Nous éclatons de rire. Le soleil tape sur notre dos et le cuit. Teddy plonge sous la surface, puis émerge tout fou, ses boucles aplaties sur son crâne. J'oublie ma dégaine en maillot pour me laisser porter par le courant. On dirait que ça va continuer éternellement – ou que je le vois déjà comme un lointain souvenir : le soleil, les lys jaunes sur la berge, les libellules bleutées, le gâteau de Savoie qui attend dans le panier d'osier.

Après le pique-nique, Rita sèche le bébé avec un torchon, change sa couche et le saupoudre de talc. Elle annonce qu'il est temps de partir.

— Il y a trop de moucherons. Plus on reste, plus

ils piquent, dit-elle en fixant les pressions de la grenouillère.

Je proteste avec Teddy : il y a longtemps que nous ne nous sommes pas autant amusés. Mais elle n'écoute que le bébé, qui la regarde avec de grands yeux en faisant de mignons petits « ohh », l'air de vouloir parler. Nous profitons de ce moment d'inattention pour sauter encore dans le ruisseau. L'eau nous gicle au visage.

— Pour l'amour du ciel ! lâche Rita en étouffant un rire.

Elle pose le bébé sur la couverture, près du panier de pique-nique. Il tend la main pour gratter l'osier avec ses ongles minuscules, tranchants comme des rasoirs.

Je nage avec Teddy dans le courant, vite et sans effort. Nous sommes bientôt loin de Rita. Le lit du ruisseau s'incline et nous passons dans une eau plus froide. Mon frère se met à nager comme un chiot. J'entends Rita crier sans comprendre ses paroles, tant l'eau gronde dans mes oreilles et mon nez, laissant un goût de vase au fond de ma gorge.

Je pouffe quand Teddy pique une tête, en pensant : « Ouah… il sait vraiment retenir son souffle ! » Puis, soudain, l'eau explose, m'éclabousse, et Grande Rita est dans le ruisseau, toute en bras, jambes et jupe flottante.

Elle hisse Teddy, haletant, sur la berge et lui demande en boucle si ça va. Il hoche la tête en toussant. Elle monte avec peine sur la rive boueuse et s'accroupit près de lui, trempée, la bretelle de son soutien-gorge visible sous son chemisier.

— Mince, tu m'as fait une de ces peurs… (Elle a l'air bien plus ébranlée que lui.) Ne recommence pas.

M'en voulant de n'avoir pas remarqué qu'il a failli se noyer, je jette un œil à Bébé Forêt. Quelque chose a changé. Au début, je ne sais pas trop quoi. Puis je m'aperçois qu'il est de l'autre côté de la couverture. Il ne gratte plus le panier, mais le bord opposé, et fouille l'herbe avec ses orteils.

— La petite a bougé.

Grande Rita se retourne lentement et cligne des yeux, pas sûre d'avoir bien entendu. Puis elle s'approche du bébé, soudain anxieuse.

J'offre à Teddy de le porter sur mon dos, puis je rejoins Rita, zigzaguant sous son poids.

— Elle marche déjà à quatre pattes. Je savais qu'elle était superfutée.

Rita fronce les sourcils et marmonne que le bébé est trop jeune pour ramper. Elle regarde autour de nous en scrutant les arbres. Mais on ne peut rien voir car le soleil vif rend le sous-bois tout noir.

— Elle a dû réussir à pivoter sur elle-même et… (Rita secoue la tête et fixe le panier, puis le bord effiloché de la couverture, comme s'ils faisaient partie d'un mystère insoluble.) Je n'aurais pas dû la laisser seule. Pas une seconde. (Là, Grande Rita fait une chose qu'elle ne fait jamais, du moins devant nous : elle embrasse le bébé.) On y va.

Nous marchons en silence. J'ai mal au dos à force de porter Teddy, qui oublie de s'agripper, à moitié endormi, le menton sur mon épaule. Je suis contente de voir la pile de rondins entre les arbres, tel un vieux monument. Le mur du jardin. Je lève les yeux vers la chambre de maman, impatiente de lui raconter notre après-midi. Ses rideaux sont encore fermés. La vitre semble embuée. Elle doit être très fatiguée.

Nous remontons vers l'avant de la maison en causant de ce qui lui ferait plaisir pour dîner. Primo : du gratin au haddock de Marge. De la laitue iceberg.

Secundo : une salade de jambonneau. Rita dit que nous avons besoin d'un bon bain avant de mettre les pieds dans la cuisine. À nouveau, tout semble gai et parfait… jusqu'à ce qu'on tourne le coin qui mène au porche. Là, on s'arrête net – et le temps avec nous –, le regard fixe, incrédule.

Une voiture de sport gris argent est garée n'importe comment dans l'allée. Elle a freiné si vite qu'elle a laissé des traces de dérapage dans le gravier – et sur notre après-midi ensoleillé.

CHAPITRE 28

Rita

— Il ne faut jamais tirer entre les arbres sans savoir où la balle s'arrêtera, dit Rita le lendemain, répétant le conseil de Robbie.

Elle est encore choquée par la vue de la voiture de Don dans l'allée, son éclat sinistre et ses bosses rappelant le casse-cou qui conduit comme il vit – et tire probablement de la même façon.

— C'est vrai, John Wayne ?

Don arme le pistolet et fait feu à nouveau. Le coup, ricochant au fond des bois, résonne aux oreilles de Rita. Un arbre, au loin, perd une pluie de feuilles. Don se tourne vers elle avec un sourire de loup, exposant le tissu rose, intime, de ses gencives.

— La balle peut poursuivre sa course. Pour tirer sans risque, on doit connaître sa trajectoire. (Malgré elle, Rita prend plaisir à évoquer le savoir de Robbie.) Ce qui n'est pas votre cas.

— Je vois…

Il hausse un sourcil, d'une façon qui parvient à être à la fois humiliante et vicieuse. Elle détourne la tête et se penche pour murmurer à Teddy, qui est captivé par le bruit et la menace de la violence :

— Rentre à la maison. Tout de suite.

Le sourire du gamin s'évanouit.

— Mais Don m'a promis de m'apprendre à tirer…

— Je ne le répéterai pas.

— Enfin…

Don lui adresse un clin d'œil.

— Une autre fois, bonhomme.

Rita regarde Teddy regagner rageusement le manoir, pestant contre cette injustice. Il fait voler des brindilles pour impressionner Don. Envoie valser le portail du jardin. Bang. Elle devra huiler ses gonds ou un truc du genre – ce qu'on fait aux portails. Bang. Soudain, elle se rappelle l'avoir trouvé grand ouvert ce matin à son réveil, alors qu'elle s'assure toujours que la maison est protégée du mieux possible – vu les trous dans le mur – avant de se coucher. Elle a aussi remarqué des plates-bandes écrasées sous la fenêtre du salon et une trace de marguerites aplaties remontant jusqu'au sentier pavé. Elles ont pu être laissées par un chevreuil curieux. Elle préférerait. Mais elle ne cesse de penser à Fingers, l'Homme Vert albinos – et, avec un frisson, à la vue du bébé la veille, pas là où elle l'avait laissé sur la couverture de pique-nique. Comme si quelqu'un l'avait soulevé pendant qu'elle surveillait Hera et Teddy. Il a sûrement trouvé le moyen de se traîner tout seul. Rita est épuisée, elle a l'esprit confus. Elle doit sortir cette idée de sa tête.

— J'aimerais que vous me parliez sur ce ton-là, Rita, glisse Don, dispersant l'essaim de ses pensées.

Ses yeux incroyablement bleus étincellent sous des paupières lourdes, indolentes, et son sourire suggère qu'il l'a prise pour une autre sorte de femme, plus séduisante.

Il a aussi enlevé sa chemise blanche, de façon totalement gratuite – il ne fait pas chaud ce jour-là – et un grand V de poils bouclés pointe vers le bas de son torse tanné, comme pour signaler la masse bulbeuse de son entrejambe, sa topographie évidente à un point alarmant dans son jean moulant à pattes d'éléphant. Elle tâche de ne pas regarder, mais elle a l'impression que Don a conscience de son effort et qu'il l'excite.

— Vous donnez aussi des fessées ?

Le feu monte aux joues de Rita. Les cachant de sa main, elle jette un œil au manoir en craignant que Jeannie, à l'étage avec le bébé, ne pense qu'elle veuille s'attarder seule avec Don si elle se penche à sa fenêtre. Ou, Dieu l'en garde, flirter avec lui. (Elle ne peut pas flirter, de même qu'elle ne sait pas danser, mais Jeannie l'ignore peut-être.) Pourtant, elle ne partira pas avant qu'il ait rangé ce pistolet.

— S'il vous plaît, on peut cesser de tirer ? Teddy risque de revenir à tout moment et Hera s'éclipse très souvent dans le jardin.

Il rit.

— Étonnant que cette fille puisse s'éclipser quelque part.

Elle lui lance un regard noir.

— Ce n'est pas prudent !

Elle ne peut contenir sa colère. Comment ose-t-il parler ainsi d'Hera ? Et sa soif de sang lui fait horreur. Par chance, malgré toute sa bravade et son arrogance, il ne semble même pas capable d'abattre un écureuil.

— Vous pourrez être prudente quand vous serez morte, miss Rita. (Il vise entre les arbres et tire encore.

Nouvelle pluie de feuilles. Pas d'autre victime.) De toute façon, Teddy doit apprendre à manier une arme.

Rita aurait pu tuer elle-même Teddy quand, au petit déjeuner, il a informé Don d'un air ravi : « On a un pistolet dans la boîte à gâteaux. Et des fusils dans la cave. » Les yeux de l'homme se sont illuminés. Il lui a fait un salut militaire, sans lâcher son toast. « Toi et moi, Teddy, on est des chasseurs, hein ? »

Teddy a presque explosé de joie.

Avec un sourire narquois, Don désarme le pistolet sur son genou.

— Là, vous êtes contente ?

Non. Hier, elle était parvenue à calmer ses craintes – et une Hera au bord de l'hystérie – en disant que Jeannie ne ferait rien pour compromettre le bébé et enverrait très vite Don balader.

Aujourd'hui, ça paraît un peu moins probable. Elle a dû laisser la télévision allumée presque toute la matinée pour masquer les bruits qui fusaient de la chambre de Jeannie. En fait, Jeannie couinait, comme un chat à qui on a marché sur la queue. (Lors de ses ébats avec Fred, Rita avait été bien trop gênée pour pousser un seul cri. Encore moins couiner. Franchement, il n'y avait pas de raison.) Au petit déjeuner, comme dans un mauvais rêve, Don était dans la cuisine avec son rire sonore. Détendu sur une chaise, les bras derrière la tête, il dévoilait d'épaisses touffes de poil, tels des hérissons, sous ses aisselles. Pire, en s'inclinant pour poser son café devant lui, elle a senti… l'odeur du sexe. Vraiment, du sexe. Elle ne peut s'empêcher d'y penser.

À présent, Rita surprend la même odeur aigre-douce… et se souvient, rouge de honte, que, la nuit dernière, tout en maudissant la transgression commise à quelques pas sur le palier, elle a senti son corps s'enflammer.

— Le déjeuner est prêt, dit-elle sèchement, puis elle repart vers la maison.

Don la suit. Il piétine le sous-bois et l'écrase bruyamment, à l'inverse de Robbie, que l'on entend à peine.

— Tirer me donne toujours une faim de loup. Qu'est-ce qu'on mange, miss Rita ?

— Je ne sais pas encore.

Des bâtonnets de poisson, probablement. Du crumble aux mûres du jardin. Il est bien plus dur de faire des courses depuis l'arrivée du bébé.

— Vous ne savez pas ? répète-t-il, faussement indigné. Ce n'est pas votre rôle ? Les listes et les menus. (Il s'interrompt.) Les complots…

Elle s'empourpre à nouveau : Jeannie a prévenu Don. Sa présence va créer une autre omission flagrante dans le carnet. Rita aimerait que ses pages s'écrivent toutes seules, comme tracées par une main invisible sur une planche de ouija[1], puis volent jusqu'en Afrique et se glissent, anonymes, sous la porte de la chambre d'hôtel de Walter.

Quand elle franchit le portail du jardin, Don lui touche le bras pour lui faire signe d'attendre. Il a le bout des doigts étonnamment doux, tels ceux d'une petite fille, comme s'il n'avait jamais frotté un parquet ni fendu une bûche de sa vie. Elle sent alors le parfum des dernières roses de l'été. L'odeur piquante, salée,

1. Planchette de bois employée dans les séances de spiritisme – portant les lettres de l'alphabet latin, les dix chiffres arabes et les mots « oui », « non », « bonjour » et « au revoir » –, censée permettre à l'esprit invoqué de se manifester de façon intelligible. (*N.d.T.*)

de la sueur de Don. Voit les rides gravées par le soleil des tropiques au coin de sa bouche, ses lèvres si pulpeuses qu'elles dévoilent leur intérieur humide – elle se demande où celles-ci ont vagabondé, se reprend vertement – et les points formés par la barbe du matin sur sa joue burinée.

— Le bébé. Enfin… (Ses yeux bleu piscine deviennent doux et sérieux, ce qui la distrait un moment de ce qu'il est, de ce qu'il fait.) Ce n'est pas la meilleure idée, vu les circonstances, hein ?

— Jeannie ne veut pas me laisser appeler les autorités et refuse d'écouter…

Elle n'arrive pas à dire « le bon sens ».

— Eh bien, je suis là maintenant, déclare-t-il, avec une note de permanence alarmante. (Il change d'humeur. Balayant l'inquiétude, une cruauté s'imprime sur ses traits et pousse Rita à s'écarter d'instinct.) Cette femme a intérêt à m'écouter.

* * *

— Le bébé n'est pas ton problème, Jeannie, affirme Don, qui sert théâtralement le thé dans la porcelaine blanche ébréchée.

Walter n'a sans doute jamais touché une théière de sa vie, se dit Rita, encore moins servi une tasse à sa femme. Elle se demande si Don le fait justement pour ça, pour mieux embobiner Jeannie.

— La petite n'est pas un problème, Don, mais un cadeau. (Jeannie sourit au bébé, qui dort dans le panier à légumes sur le sol de la cuisine.) N'est-ce pas, trésor ?

Don se renverse sur sa chaise.

— Bon sang, tu es folle ! lâche-t-il avec un mélange

si agaçant d'affection et de mépris que Rita regarde ses mains… et voit leurs pieds nus se caresser fébrilement sous la table, comme des loutres qui forniquent.

Après, lorsqu'ils sont montés pour une « sieste » à l'étage – de celles qui font s'effriter le plâtre au plafond et plongent Rita dans la vaisselle jusqu'aux coudes, Hera entre en courant, jetant des étincelles comme une prise électrique.

— Il se prend pour qui ?

Teddy, assis à table, répond en léchant l'assiette de crumble :

— Don est un chasseur de gros gibier. Il a tué sept lions. Il va m'apprendre à tirer les lapins.

— Ce n'est qu'un idiot ! crache Hera. Les lapins riront de lui.

— Teddy, donne-moi ce plat. Merci. Et ne dis pas de bêtises. Va jouer un peu dans le jardin. C'est bien.

Elle glisse le plat sous la mousse, rêvant de gants en caoutchouc. Ses mains semblent avoir dix ans de plus que son corps.

Hera s'appuie à l'égouttoir.

— Fais-le partir, supplie-t-elle. (Comme l'avait soupçonné Rita, la nouvelle Hera gentille était aussi fragile qu'un œuf de rouge-gorge, et elle a craqué.) S'il te plaît, Grande Rita…

Elle frotte plus fort, songeant à toutes les fois, à Londres, où elle a voulu dire à Jeannie d'être prudente. Lui confier que Don la frôlait quand il la croisait et qu'un jour, il l'avait humiliée en la traitant d'« échasse ». Elle n'a jamais osé. Elle se sentait bizarrement complice, coupable, même si elle ne comprenait pas ce qu'elle avait fait pour l'encourager. De plus, se plaindre de telles vétilles était dangereux pour une nurse. Tout le monde savait qu'elles étaient monnaie courante, et les jolies nourrices calaient sagement une chaise derrière leur porte avant de se coucher. On devait juste garder l'esprit clair et la tête baissée. Maintenant, elle regrette de n'avoir pas dit ce qu'elle pensait.

— J'essaierai.

* * *

Prendre Jeannie à part est délicat. Durant tout l'après-midi moite, elle et Don restent inséparables. Une tension électrique les entoure. La manière dont Jeannie contemple Don, si avidement, est presque virile.

À Londres, ils ne pouvaient jamais être aussi libres. Ils n'osaient pas non plus. Pas devant les enfants. Ici, dans la forêt, l'inhibition semble être tombée, comme une robe de soie. C'est fascinant, choquant, et Rita ne peut s'arracher à cette vue. Ils n'en ont pas conscience. Elle n'a jamais eu autant l'impression d'être un meuble, un buffet de cuisine peut-être, circulant sans bruit sur des roulettes.

Elle écarte discrètement un rideau, jette un œil par la fenêtre du salon. Oui, ils sont là, dehors, sur la pelouse piquée de pâquerettes, vautrés sur une couverture, le bébé entre eux. Deux verres. Une bouteille de vin. Vide. On dirait une nouvelle famille – c'est ça le pire. Elle éprouve une pointe de compassion pour le mari, bientôt suivie d'une crainte. S'il savait, elle n'ose imaginer ce qui arriverait. Et si Marge les voit, elle sera fixée sur ce qui se passe sous le toit affaissé de Walter.

Elle regarde Teddy foncer vers eux, prendre la main de Don en parlant de tirer dans les bois. Don rit et proteste. Jeannie leur fait au revoir de la main.

L'angoisse perle, goutte à goutte, sur le dos de Rita. Elle espère qu'ils n'iront pas trop loin. Ne cueilleront pas de champignons. Ne tomberont pas dans une mine désaffectée. Elle va porter le linge sec à l'étage, garder son esprit et ses mains occupées jusqu'à ce que Teddy revienne sain et sauf. Une demi-heure plus tard, elle entend les pas légers de Jeannie dans l'escalier.

C'est l'occasion rêvée. Elle frappe doucement à la porte de sa chambre.

— C'est moi, Rita.

— Entrez ! lance gaiement Jeannie.

— Je voulais juste… Oh, pardon… (Jeannie s'habille, se battant avec une bretelle de soutien-gorge et une robe en satin couleur d'huître.) Je reviendrai plus tard.

— Ne dites pas de bêtises. Nous sommes entre femmes.

Rita a sans doute beaucoup plus en commun avec la brouette du jardin qu'avec Jeannie dans ce dos-nu fluide, plus ravissante qu'elle ne l'a vue depuis des mois.

— Je tenais à être présentable, pour une fois (Jeannie se tourne et soulève de son cou des boucles huilées, crêpées.) Vous voulez bien m'aider ?

Rita bataille avec le petit bouton en perle. Elle ne peut s'empêcher d'effleurer la peau de Jeannie, lisse et parfaite, avec ses doigts rugueux.

— Je me demandais combien de temps Don allait rester.

Jeannie fait volte-face et lui jette un regard appuyé.

— Quelques jours. Ensuite, il partira en Arabie saoudite. (La chaleur fraternelle a disparu.) Je l'attacherai toute seule.

Comment vont-ils tenir quelques jours de plus ?

En outre, le mois d'août s'achève dans une semaine. Walter doit revenir au pays, et le plan consiste à contacter les autorités. Se peut-il que Jeannie n'envisage pas vraiment son retour ? Elle semble refuser de penser à tout ce qui pourrait nuire à son idylle.

Le temps leur glisse entre les doigts. Les saisons changent. Des guêpes furieuses ont remplacé les papillons blancs. L'air de la fin août est chaud de sang, le ciel las et maussade. Et, à l'heure de la première tétée, Rita a commencé à sentir l'automne s'insinuer par les fentes des fenêtres, aigre-doux comme la chair brune talée des pommes tombées. La mer lui manque.

— Ne parlez pas à Walter de la visite de Don. (Jeannie tente de paraître désinvolte.) Il ne faut pas en faire un plat.

Rita fixe le bord effiloché du vieux tapis persan, avec l'impression de se déliter, elle aussi.

— Que dois-je dire à Marge ? demande-t-elle calmement, sans lever les yeux.

— Juste qu'on reçoit un ami de la famille.

Comme si elle allait croire ça. Marge est un limier. Rita jette un œil au lit défait de Jeannie, aux draps entortillés, et l'imagine les porter à son nez pour les renifler.

— Mieux vaut la prier de se taire, enchaîne très vite Jeannie.

— Elle ne m'écoutera sans doute pas.

Marge croit faire partie d'une classe – non, d'une race – supérieure à celle de Rita.

— Eh bien, Walter n'est pas facilement joignable dans les jours qui viennent, avec l'affaire de la mine. N'est-ce pas ce qu'il vous a dit au téléphone ?

Rita hoche la tête. Pour une raison quelconque, elle n'y croit pas trop. Il risque plutôt d'appeler – ou même de débarquer sans prévenir de l'aéroport pour les prendre en défaut.

— En tout cas, Marge ne peut pas vraiment lui parler de Don en oubliant le détail du bébé, non ? (Jeannie se perche au bord du lit et ferme d'un coup sec un bracelet orné de pierreries sur son poignet fin.) C'est tout ou rien.

Il en va de même pour les notes que Rita doit fournir. À présent, tout l'été est devenu confidentiel, un trou béant déserté par la vérité. Seule l'histoire de Jeannie a pris forme : cette famille imaginaire dans les bois oniriques d'Arcadie.

— Marge est attachée au bébé, Rita. Elle a un plus grand cœur que je le croyais.

Rita n'en est pas si certaine. Elle soupçonne Marge d'être grisée par le secret – et le pouvoir qu'il exerce. Un silence plane.

— Écoutez, Rita. Je sais que vous n'approuvez pas Don.

Elle ne peut se résoudre à le nier, même si ce n'est guère à elle de juger.

Jeannie se tourne vers le miroir et lève le menton pour s'examiner.

— Et je voudrais qu'Hera ne le déteste pas. Tout ça est très gênant, car il a une grande affection pour elle. (Jeannie ajuste sa manchette, puis regarde sèchement Rita, prête à lui reprocher une critique qu'elle n'a pas encore exprimée.) Rien n'est blanc ou noir. Pas comme on se l'imagine quand on est jeune.

Rita opine par politesse. Elle ne serait jamais infidèle à son mari. Elle en est aussi sûre que du fait qu'elle ne sera jamais petite et aimera toujours les fougères.

Comme si elle lisait dans son âme, Jeannie commence

à fondre en larmes, ce qui menace son mascara, les minces traits de kohl donnant des yeux de chat.

— Je n'en aime pas moins mes enfants, vous savez. En fait, bien au contraire. Je me sens à nouveau une vraie mère, pas un… un morne nuage noir. (Elle stoppe adroitement une larme du bout du doigt.) Avec tout ce qui s'est passé, n'ai-je pas droit à quelques miettes de joie ? Qu'en pensez-vous, Rita ?

Une dure question philosophique. Le coup de feu étouffé, dehors, lui évite d'y répondre.

CHAPITRE 29

Hera

La jeune biche était vivante il y a quelques secondes. La proximité de la mort, juste à un souffle, une balle, de moi, crée un brusque sentiment de malaise. J'enfonce un doigt dans le trou chaud sur son flanc et recule. Qu'est-ce que j'ai fait ?

Don, qui m'observe, éclate de rire.

— Bravo ! Ta première proie. Maintenant, goûte-la.

Je secoue la tête. Teddy, à mes côtés, une main sur ma jambe pour se réconforter, a bien du mal à ne pas pleurer.

— Alors, ce n'étaient que des paroles en l'air, Hera ? Je m'en doutais.

Je porte mon doigt à ma bouche et le suce. Il a un goût de sang, de pièces de cuivre et d'autre chose aussi. De pouvoir, je pense. Le mien.

— La force vitale de cette chevrette vient de passer en toi. Ça fait du bien, non ?

Sans prévenir, Don se jette sur moi et me serre sur son torse nu, pressant ma joue contre ses poils rêches. Je n'aime pas ça.

Il résiste quand je me dégage, sa peau colle à la mienne.

Je ne peux détacher mes yeux de la biche. À nouveau, je suis frappée par la violence du fait qu'on est vivant un instant, un cadavre le suivant.

— Viens, Teddy. On y va.

J'empoigne sa main. On dirait une patte chaude.

— Attends... (Don se penche vers la bête, trempe un doigt dans sa blessure, puis étale sur mon front le liquide poisseux.) Voilà. Le baptême du sang. Petite chasseresse. (Il fronce les sourcils, l'air un peu déçu.) C'est dur d'atteindre quoi que ce soit parmi ces foutus arbres. (Il a fait chou blanc.) Tu n'as pas non plus visé la tête, comme un amateur. Sa bouche est encore pleine d'herbe. Tu vois ? Elle n'a pas vu venir la balle. Qui t'a appris ça ?

— Personne.

Je suis sincère.

— Un talent inné.

Ça pourrait être un compliment, venant de quelqu'un d'autre. Je me retourne et file en tirant Teddy loin des yeux ouverts, surpris de la biche.

Dans la salle de bains, j'essuie furieusement le sang jusqu'à ce que le Kleenex se désagrège. Je prends un bain brûlant, qui trace une ligne rouge sur mes cuisses... et là, je fonds en larmes, songeant à la chevrette, qui doit avoir une mère quelque part. Je me demande si elle a vu sa fille, si elle reviendra la pousser du museau dans l'espoir qu'elle se remette sur ses pattes. J'ai horreur qu'il y ait un lien entre le fait que j'ai pressé la détente – pendant que Don soufflait sur ma nuque, sifflait : « Vas-y ! » – et la mort de cette biche. Je pense au fracas de la détonation, au sentiment coupable qu'il m'a donné – et j'aimerais que ce soit Don qui gise là-bas, pas une bête innocente.

— Hera ? Ça va ?

Rita frappe à la porte de la salle de bains.

— J'ai tué une biche. Je me déteste.

Silence ébahi. Je me demande si elle s'imagine aussi la chevrette sur le flanc. La langue pendante. Si elle-même me déteste. Elle a trouvé un jour un oisillon sur la terrasse à Londres, l'a monté dans sa chambre – une boîte à chaussures en guise de nid – et s'est levée toutes les deux heures la nuit pour le nourrir de bouts de vers.

— Je suis désolée… murmure-t-elle finalement, comme si elle savait, sans que je le lui dise, que la mort de cette biche m'a volé quelque chose de précieux à moi aussi.

Quand je rentre dans ma chambre, rose et cuite par le bain, Grande Rita m'attend, assise en tailleur sur le tapis. Le terrarium brille devant elle.

— J'ai pensé que tu aimerais t'occuper de lui cet été. D'Ethel, Dot et tous les autres. J'ai beaucoup à faire avec le bébé. (Elle sourit, comme si c'était insignifiant, alors que c'est le plus important.) Tu sais bien veiller sur les choses, Hera.

Je devrais la remercier. Je ne trouve pas les mots.

— Tu n'en veux pas ?

— C'est ton truc préféré.

— Je me fie à toi, Hera.

Personne ne me fait confiance. J'ai eu envie de ce globe de verre dès que Rita a débarqué à Londres, en sentant bon la mer, qu'elle a déballé ses corsages et ses livres, puis, m'époustouflant avec Teddy, ce terrarium truffé de plantes – avec des noms ! Je pense aux histoires qu'elle racontait en nous bordant : de navires qui sillonnaient le globe, rapportant des espèces exotiques sous le ciel gris de Londres. Avant, personne n'avait pu le faire sans qu'elles se flétrissent.

— Je jure d'en prendre bien soin.

Je la serre dans mes bras. Elle est douce, rassurante, l'inverse de Don.

— Bon. On cherche son perchoir ? Il lui faut du soleil mais pas trop. Pas trop direct. Ni trop peu. Là, tu es face à l'est. C'est bien. (Elle traîne une table près de mon lit et place le terrarium devant la fenêtre.) Ta da ! Parfait. Tu pourras le regarder avant de t'endormir. J'adorais ça quand j'étais petite. Le fixer jusqu'à ce que mes yeux se brouillent. Pour oublier tous les chagrins.

Ce soir-là, je me couche sur le côté pour le contempler. Mais quand mes paupières s'alourdissent, les peines ne s'en vont pas. Au contraire. Je vois une biche courir parmi les fougères, puis se cabrer – le dos arqué, les pattes raides – face à une menace invisible derrière la vitre. Et quand je renifle mes doigts, le sang est toujours là.

CHAPITRE 30

Sylvie

— Des odeurs préférées ? demande Kerry, replaçant la planchette à pinces sur le lit d'hôpital. (J'ignore si l'infirmière m'encourage car je me sens affreusement impuissante et si, en entrant dans la chambre, elle m'a entendue le dire à ma mère – ici, comme avec un psy, on développe un goût pour la discussion à sens unique.) Des fleurs ? Son parfum ? Le vôtre, peut-être ? Vous sentez toujours délicieusement bon, Sylvie, si je peux me permettre.

Je ris.

— Pas aujourd'hui. J'étais un peu à la bourre ce matin. Merci quand même.

Je me promets de lui offrir un flacon de mon eau de Cologne, une Jo Malone fraîche et légère. Kerry aime bien les échantillons de cosmétiques que j'apporte aux infirmières, en faible témoignage de ma gratitude.

— Et la musique ? Notre Rita a-t-elle des chansons favorites ? Faites-les-lui écouter. N'importe quel son, vraiment. Des choses qui peuvent rafraîchir sa mémoire. Avoir un sens pour elle…

L'ébauche d'une idée bizarre se dessine.

Je rentre en vitesse par les rues bondées de la ville, suivie par un reflet déroutant dans les immeubles vitrés : d'une femme qui a mal dormi, sauté du lit les cheveux en bataille – plus de quarante ans, pas très belle – et pioché un pantalon de jogging dans son panier à linge. Je prends le chemin du canal, me demandant si je devrais parler de mon idée à Steve, si nos nouvelles règles de coparentalité – prudence et doigté – le réclament. Mais je sais qu'il dira qu'elle est absurde, la dernière chose que je devrais faire – et il n'aura pas tort.

— Ça vous tente, un *caoua* ?

Je sursaute. Le canal parle.

Une tête sort d'un hublot. Le batelier.

— Il fait beau, ce matin.

Je ne m'en étais pas aperçue. Mais je remarque ses yeux : l'un bleu, l'autre noisette. Vient-il vraiment de m'offrir un café ?

— Ça a quelques avantages de vivre dans une baignoire flottante et d'être à son compte. (Il se penche par le hublot de sa péniche et me tend la main.) Je m'appelle Jake.

— Moi, c'est Sylvie.

Sa poignée de main est agréablement ferme. Je ne peux arrêter de fixer ses yeux, qui brillent d'une sorte d'amusement délicieux.

— Je vous ai vue. Sur le balcon.

Il montre l'immeuble de Val. Je me rends compte que je lui souris, presque instinctivement.

Je devrais prétendre l'ignorer coquettement, mais je me surprends à dire :

— Oui, moi aussi je vous ai vu. À la guitare.

— Le talent n'est pas toujours à la hauteur de

l'enthousiasme. Vous ne seriez pas le premier voisin à vous plaindre.

Ainsi, Jake ne se prend pas pour le nouvel Ed Sheeran. Ça me soulage.

— Bon. Combien de tasses voulez-vous ? demande-t-il avec un sourire en coin qui me fait rougir.

— Pardon ? dis-je pour gagner du temps.

Je suis très mauvaise dans ce domaine. Mes amies célibataires devraient me conseiller. Flirter semble bien plus compliqué que dans ma jeunesse – s'il s'agit de flirter.

Debout sur la berge – confuse, flattée, vaguement inquiète –, je me rappelle qu'avant, je m'incitais à réagir de manière plus française aux liaisons de Steve. Moi-même, je pouvais avoir une aventure : rétablir l'équilibre ! Sauf que je ne l'ai pas fait. Si oui, où serais-je à présent ? avec qui ? Cela me laisse perplexe. Au fond, la vie conjugale est proche de la correction éditoriale : un rejet clairvoyant d'autres choix. C'est comme élire une garde-robe minimale – marine, noire et crème – au lieu d'extravagances éphémères, d'une mode vite passée. On se dit : une tenue sobre, passe-partout, ça marche, c'est moi. Et si on se trompait ? Comment savoir quel tour sa vie aurait pu prendre si on était venue au lycée en chaloupant dans une combinaison léopard ? Tout cela ne m'aide pas. Il insiste.

— Sylvie-du-balcon voudrait-elle un café ?

L'entendre prononcer mon nom crée un choc érotique. Une tension. Soudain, je me rappelle que personne d'autre que Steve n'a vu mon corps nu depuis des années. Tous ses grains de beauté et ses vergetures. Enfin, il suggère un café, pas un plan cul ! C'est ridicule.

— Je… crains d'être assez occupée. Mais c'est gentil de l'avoir proposé.

J'ai l'air d'une vieille dame qui le remercie de lui avoir donné sa place dans le métro.

— Une autre fois, dit-il.

Comprenez : « Je ne le ferai plus. »

Nos regards se croisent, puis il disparaît derrière son hublot. Je reste avec une curieuse impression de vide, comme lorsqu'on rate une fête à la dernière minute et qu'on passe la soirée à se demander si elle aurait pu changer sa vie. Le héron déploie ses ailes et s'envole. Abattue, je me tourne vers le béton frais de l'immeuble, cherchant à me convaincre qu'un rancard est la dernière chose qu'il me faut.

Un peu essoufflée par l'escalier, je m'arrête sur la passerelle en plein air. Une femme attend devant ma porte.

Maigre, blonde et parfaitement coiffée, elle porte une veste marine en bouclé et à boutons dorés, qui sent le Chanel à plein nez, et un pantalon blanc cintré. Des talons hauts la protègent de la crasse des pavés. Milieu de la cinquantaine ? Difficile à dire. Elle se tient très droite, concentrée et mâchoires serrées, comme si elle s'exerçait en secret à muscler son plancher pelvien. Clairement pas une résidente.

Qui est-ce ? Pourquoi vient-elle me voir ? J'ai des choses à faire. Une mission à organiser. Elle presse son sac à main sur sa poitrine, craignant sans doute qu'un agresseur fonde sur elle à tout moment. Elle jette un regard vers moi.

— Oh, pardon… (Accent distingué. Petit sourire forcé, révélant une rangée de dents parfaites. Elle a les yeux fébriles, bleu pâle, d'un lévrier.) Je cherche Sylvie Broom. Je suis à la bonne porte ?

Ce ne peut être qu'une seule personne.

— Helen ? dis-je d'une voix ferme, tentant de cacher mon envie de la jeter au bas de l'escalier.

— Vous êtes Sylvie ? répond-elle, avisant mon pantalon de jogging, mes baskets et ma tignasse échevelée.

— D'habitude, je n'ai pas cette allure. (Elle ne rit pas.) Annie est chez son père aujourd'hui. Mais, comme j'ai dit au téléphone, je préférerais que vous ne la contactiez pas directement.

— C'est à vous que je voulais parler.

— Ah. (Je blêmis.) Bon, vous feriez mieux d'entrer. Pardon pour le désordre. La matinée a été chargée.

J'ai peur que ses talons aiguilles n'abîment le parquet danois de Val, mais je n'ose lui demander de se déchausser. Elle refuserait peut-être, de toute façon.

— J'espère que ça ne vous dérange pas que je passe vous voir. J'étais juste au coin de la rue, avance-t-elle.

Nous savons toutes les deux qu'elle ment : elle risque autant de fréquenter ce quartier qu'un ours polaire les tropiques. Helen veut des tuyaux sur le genre de fille que son cher petit a mise en cloque. Son regard, tel un scanner, balaie chaque coin du petit trois pièces, plane au-dessus du fouillis des nouveaux fards qui attendent d'être triés sur la table basse et ressemblent au butin d'une voleuse à l'étalage. Survole une assiette sale. Des chaussettes laissées par Annie. Les plantes d'intérieur, les murs rose pâle et les canapés blancs ont un pouvoir limité.

J'explique impulsivement :

— Une amie me loue cet appart.

Elle tente de froncer les sourcils à travers son botox.

— Séparée ?

Ce n'est pas une question. Elle a fait son enquête.

— Depuis juin. À l'amiable.

Un sourire danse au coin de sa bouche. Comme si elle en savait plus long.

J'en rajoute :

— Annie vit tantôt chez lui, tantôt chez moi. Pour l'instant, Steve, mon mari, occupe la maison familiale. Tout près d'ici en bus. (Ma voix monte dans les aigus à la pensée de cette chère petite baraque, de sa cuisine turquoise, où des anniversaires d'Annie et des Noëls historiques semblent incrustés dans les murs.) Jusqu'à ce qu'on décide quoi en faire.

Helen change d'expression.

— Quoi ? Vous devez la garder, bien sûr. La femme doit toujours garder la maison, déclare-t-elle, sans compassion mais avec un bon sens catégorique qui la rend un peu sympathique. C'est qui lui devrait vivre en HLM, pas vous.

— Ce n'est pas un HLM. La plupart des logements sont privés, dis-je, m'en voulant de céder à son snobisme. (Je jette un œil à sa main gauche, si couverte de bijoux qu'on ne peut distinguer une alliance.) Vous êtes mariée, Helen ?

— Je l'ai été. Au père d'Elliot, répond-elle en insistant sur le mot « père » pour souligner qu'Annie est très loin du mariage. Mais il est mort il y a quelques années.

Son visage ne trahit aucune émotion.

Une veuve. Je ne m'attendais pas à ça. Elle rentre mieux dans le moule de l'amère divorcée.

— Je suis désolée.

Elle me lance un regard appuyé.

— Elliot est tout ce que j'ai, Sylvie. Vous comprenez ?

— Annie est mon seul enfant aussi. (Ses traits

s'adoucissent un peu quand elle digère ça.) Je vous offre quelque chose ? du thé ? de l'eau ?

— Non, merci. Je ne resterai pas longtemps.

Ça s'annonce mal. Je gagne le coin cuisine, sentant sa présence dans mon dos, l'énergie de cette maigre ombrageuse, l'attitude moralisatrice née de l'abnégation et d'une stricte maîtrise de soi. Même son parfum, très années quatre-vingt, saturé de notes lourdes et fumées, me suit telle une sécrétion hormonale. J'ouvre les portes du balcon, dans l'espoir de le diluer discrètement.

— Asseyez-vous.

Helen arrache d'une chaise un torchon froissé, puis hésite avant d'y prendre place, comme si c'était un siège de métro douteux.

Nous nous jaugeons, sournoisement combatives, par-dessus la table de la cuisine. Je la sens m'observer d'aussi près que je l'examine. Un rayon de soleil dévoile des cicatrices soigneusement nichées derrière ses oreilles, un lifting du visage et – intuition professionnelle – également du cou. Son nez en trompette a la jeunesse artificielle donnée par un scalpel de chirurgien. Pas mal pour un nez refait – j'en ai vu des ratés. Mais je brûle de lui dire qu'elle a trop forcé sur les injections des lèvres alors qu'il lui fallait juste un bon rouge, d'une teinte naturelle.

Je sais ce que c'est que se réinventer pour rester dans la course : je comprends ça. Je la soutiens dans ce combat. Faites votre possible pour lutter contre la décrépitude, oh, oui. Je sais aussi que, lorsqu'une femme s'embarque dans le rafistolage esthétique, telles mes clientes privées, il y a rarement un stade où elle dit : « Assez. J'ai un look d'enfer. J'arrête. »

Comme lorsqu'on repeint une pièce, tout le reste de la maison paraît sale et défraîchi.

Je connais Helen. J'ai travaillé pour des tas d'Helen. Des femmes pour qui une maquilleuse semble, non pas un luxe, mais une nécessité. Il leur faut des coloristes, des visagistes, des manucures – en numérotation rapide sur leurs portables. Ces femmes sont dures à satisfaire, en manque d'affection, facilement meurtries et, trop souvent, elles vivent dans la crainte (pas irrationnelle) d'être bientôt remplacées par un sosie plus jeune. Mais je n'ai jamais fréquenté les mêmes cercles ; et j'ai du mal à croire qu'il y ait une sorte de lien entre nous, que nos ADN se mêlent vraiment dans le ventre de ma fille – chose encore plus étrange, qu'il existe une certaine jonction historique entre nos deux familles, une voie où elles se croiseraient aléatoirement. Quelles « entrées » Helen avait-elle chez Harrington Glass ? À quel point connaît-elle ses propriétaires ?

Je meurs d'envie de le lui demander franchement, mais j'ai promis à ma fille de m'abstenir. Et je ne peux pas risquer de faire des vagues, de peur qu'Annie me repousse à nouveau.

— Votre fille a-t-elle changé d'avis ? lance-t-elle d'un ton brusque, coupant court à mes pensées.

— Elle est résolue à garder le bébé.

Helen ferme les yeux. Ses paupières irisées tremblent.

— Vraiment ? Par pitié, dites-moi qu'il y a une chance pour qu'elle se ravise.

— Écoutez, connaissant Annie, une fois qu'elle a pris une décision… Nous allons devoir l'accepter, Helen.

Elle tressaille.

— Je pensais réellement… (Elle sursaute à nouveau.) Mais ça veut dire que vous et moi… (Elle

J'essaie de rester polie pour Annie.

— Merci d'être venue.

— On ferait mieux d'échanger nos numéros, j'imagine, lâche-t-elle, un peu sidérée par l'idée bien qu'elle l'ait proposée. (Je détonne par nature dans son carnet d'adresses.) Pour s'appeler si… s'il y a du nouveau.

Nous tapons avec gêne les chiffres sur nos portables.

— Huit, vous avez dit ? Oh pardon, je me suis trompée. Vous pouvez répéter, Sylvie ? (Ses ongles longs, laqués, frappent sèchement l'écran. Puis elle hésite à la porte, son sac bien serré sous le bras, prête à affronter la passerelle commune. Elle remarque, avec une moue dédaigneuse, les graffitis obscènes et la peinture écaillée sur le mur d'en face.) Sylvie…

Je m'arme de courage.

— Oui, Helen…

— Tout cela est très bien. Terriblement… (Elle désigne le cadre, tâche de ne pas être blessante.) Moderne. Mais on ne s'aperçoit pas combien une maison familiale est précieuse tant qu'on ne l'a pas vraiment perdue. Je n'en dirai pas plus. (Elle fronce les sourcils.) Tous ces souvenirs… Ne laissez pas votre mari filer avec.

— Ah. (Je ne m'attendais pas à ça.) Merci. Mais ne vous en faites pas, je me défendrai.

Hélas, dès que possible, il faudra vendre la maison, diviser le capital si nous voulons acheter chacun de notre côté. Même si je ne l'habite plus, cette idée me perturbe ; et maintenant qu'Annie est enceinte, il semble trop bouleversant de la suggérer.

— Bon. Fin du sermon. Je vois que vous êtes impatiente que je parte. Où trouve-t-on un taxi par ici ?

— Tournez à gauche en bas de l'escalier. Juste à côté du marchand de kebabs.

Elle tressaille à ces mots, peut-être par gourmandise ou par mépris. Elle a l'air d'une femme plus en mal de kebab que d'un festin de quinoa.

Quand je la regarde s'éloigner, écoutant ses talons chics affronter le béton malpropre, je pense à ce qu'elle a dit sur les familles, les souvenirs, les maisons… et une idée se renforce dans mon esprit. J'entends la voix de Kerry : « N'importe quel son, vraiment. Des choses qui peuvent rafraîchir sa mémoire. »

Je déterre mon ordinateur portable, enfoui sous le *Vogue* du mois dernier. J'ouvre Google Maps, balance le curseur au-dessus de la forêt de Dean et l'arrête à un carrefour de sa route principale. La caméra tourne et zoome sur la voie. L'image se brouille, puis s'éclaircit : des arbres au loin, et dans les champs au premier plan. Je me tiens à un croisement, marqué par des flèches en bois pourries qui semblent plantées là depuis des décennies. Par où aller ? Merde.

Je tape « Manoir de Foxcote », puis la touche « Entrée ». Néant. Ai-je mal mémorisé le nom ? Fait une faute d'orthographe ? C'est peut-être « Château ». « Castel ». Je tape fébrilement, essaie plusieurs versions. Toujours rien. Je me renverse sur ma chaise, frustrée. La maison a-t-elle été entièrement rasée ? La demeure qui était là, quelle qu'elle soit, ne l'est plus. Le manoir de Foxcote a disparu.

CHAPITRE 31

Rita

La voiture cale au carrefour. Rita ne peut pas le lui reprocher. Elle aimerait bien caler aussi, ou rebrousser chemin, mais c'est impossible. Pas juste parce qu'elle est peu douée pour la marche arrière en ligne droite : ce matin, laisser le bébé et les enfants aux deux amants était un déchirement. Surtout après leur querelle de la nuit dernière – et la vue du bleu, sous l'œil gauche de Jeannie, aussi gros qu'une prune au petit déjeuner. Cette seule pensée déclenche une panique aiguë et un besoin compulsif de rentrer d'urgence à Foxcote.

Elle remet le contact et part à gauche, vers le manoir. Un break bordeaux surgit dans le rétroviseur. Elle se crispe, sachant que le siège arrière est couvert de fournitures pour bébé, achetées en masse dans une boutique assez loin de Hawkswell pour éviter les commérages. Elle accélère un peu, se fait peur, son chemisier en crêpe collé par la sueur.

En marmonnant : « Surtout, ne t'écrase pas », elle redresse les bras sur le volant. Ils semblent aussi raides que des tiges d'acier : plus elle roule vite, plus elle s'angoisse, plus elle conduit mal, comme si l'arbre de direction était relié à son cerveau.

Aujourd'hui, elle a l'impression d'être à vif, presque écorchée. Et elle est épuisée. Elle ignorait qu'une telle fatigue était possible, son corps, un lourd fardeau à traîner. La tension d'avoir à cacher le bébé lui donne des crampes d'estomac ; et chaque jour, vers trois heures du matin, puis à cinq, elle est debout, anticipant ses cris, armée d'un biberon stérilisé, d'un bavoir en mousseline. Le pire, maintenant, c'est l'attitude de Don. Une violence qu'elle n'avait encore jamais vue.

On dirait que la maisonnée a basculé hors du monde civilisé et qu'ils sont tous désorientés, grisés par la lumière vert absinthe. Seul Don, présume-t-elle, comprend la folie de la présence du bébé – et de la sienne – à Foxcote, car Walter ne va plus tarder. Mais Don est soit trop arrogant pour s'en effrayer, soit – plus probablement – excité par le risque. Il doit être convaincu de pouvoir la jouer au bluff, pense Rita en ralentissant dans un tournant. Ou il trouvera un autre moyen de s'en tirer, telle une anguille de la Tamise qui glisse entre les doigts.

« Il reste juste quatre jours à tenir », se dit-elle, les derniers du mois d'août. Ensuite, Don s'envolera pour l'Arabie saoudite et Jeannie prendra enfin – plaise à Dieu – contact avec les autorités. Même si ce plan lui semble toujours complètement cinglé (pourquoi ne pas virer Don et les appeler maintenant ?), il a au moins l'avantage d'exister.

Par contre, il paraît ambitieux de maintenir l'isolement, ne serait-ce que quelques heures de plus. Marge ou Robbie pourrait laisser échapper un mot malheureux. Teddy, hélas, n'a aucun filtre, et si Walter appelle, il n'a qu'à décrocher pour tout déballer. Et elle ne peut toujours pas s'affranchir de la sombre impression d'être observée, surtout la nuit, quand la maison est éclairée et que l'obscurité se frotte contre les vitres, épaisse et poilue, comme un ours noir. Qui est-ce ? se demande-t-elle en frissonnant.

Robbie ? Elle détesterait que ce soit lui. Fingers ? Beurk… L'autre coupable plausible serait Marge, mais elle ne la croit pas capable d'un tel subterfuge : pourquoi rôder autour de la maison quand on peut y entrer sans crier gare ?

Marge l'a fait hier, la coinçant dans l'arrière-cuisine.

— Qui, au nom du ciel, est l'homme qui vadrouille à moitié nu dans les bois ? a-t-elle lancé, la mâchoire tendue, le poil frémissant sur la verrue de son menton. Cette voiture ridicule est à lui ? (La fable du « bon ami de la famille » n'est pas passée, bien sûr. Marge semblait folle de rage, prête à balayer les boîtes de thon des étagères avec ses poings robustes, forcis par le travail.) Il va tout gâcher pour Mme Harrington et le bébé. Attirer l'attention en bramant dans les bois comme un cerf en rut !

Cette image – étrangement juste – a fait pouffer Rita… et Marge, exaspérée, a tapé du pied en l'accusant de ne pas prendre les choses au sérieux.

Que pourrait-il y avoir de plus sérieux ? Rita vit dans la terreur de commettre une faute, que le bébé ait faim, froid, tombe malade ou ne se sente pas aimé. Elle a beau tâcher d'être purement professionnelle, de le voir juste comme un être à nourrir, telle Ethel la fougère, d'heure en heure, leur rapport devient un peu plus fusionnel. Ils ont développé une sorte de compréhension qui dépasse le langage. Quand il a besoin d'elle, Rita le sait d'instinct. Une sorte de réveil sonne dans son cerveau. Elle se réveille en sursaut puis, encore étourdie, titube jusqu'au berceau que lui a fabriqué Robbie, lissé à la ponçeuse. Le bébé, toujours bien réveillé, attend son arrivée. Rita pose son menton sur le bois et lui chante une berceuse (« Salut, petit pinson, papa est à la chasse… ») et regarde les ombres du mobile trembloter sur le mur, jusqu'à ce que les yeux de l'enfant se referment. D'autres fois, s'il pleure et gigote à cause d'une colique, elle cède à la tentation de l'interdit : elle l'emporte dans son lit, blotti au creux de son bras, la seule tactique qui leur assure à tous les deux quelques heures de sommeil ininterrompu.

Bébé Forêt est trop facile à aimer, voilà le problème. Dans d'autres familles, la mère forme une barrière naturelle entre la nurse et le nouveau-né, comme une statue de l'île de Pâques, rappelant de ne pas trop s'approcher ni chercher à rivaliser. Une nourrice doit être efficace, gentille et discrète : jamais plus maternelle, plus jolie ou préférée par les enfants (sans parler du mari). Mais la situation est différente, ici. L'attention de Jeannie est constamment tiraillée aux quatre vents, comme si des mains tiraient sur sa jupe.

Rita sent que la présence permanente du bébé commence à tracasser Teddy, menaçant sa place de cadet chéri. Il devient chaque jour plus collant et turbulent. Hera, elle, bout de voir Don à Foxcote. Sa croissance devient sans cesse plus stressante et tendue, ainsi qu'un élastique juste avant de claquer. Et Don ? Il veut garder Jeannie pour lui tout seul, bien sûr. Il passe son temps à la peloter, une main posée sur la courbe parfaite de ses fesses, avec un air de possession éhonté. Une odeur sensuelle, lascive, les entoure. Le comble : il flâne après son bain du matin, dominant chaque pièce où il entre, cherchant Jeannie, une serviette autour de la taille, affichant son désir comme s'il montrait les dents.

C'est peut-être pour ça que les yeux du bébé suivent toujours Rita, pas Jeannie. Quand l'enfant pleure, bien que Rita sache qu'elle seule pourra la calmer, elle regarde, impuissante, les amants la ballotter trop vigoureusement pour tenter de la distraire – ça ne marche jamais –, alors qu'elle veut juste être enlacée, tenue d'une main ferme, rassurée.

Lorsqu'elle se réveille la nuit, Rita a bien du mal à se rendormir. Elle est sur le qui-vive, craignant qu'un malheur n'arrive si elle baisse la garde, qu'elle cesse de respirer si elle ne surveille pas le flux et le reflux de sa petite poitrine.

Elle a pris une habitude insomniaque – une sorte de dérive mentale qui échoue toujours à lui faire retrouver le sommeil : défaire la situation du manoir, à la manière d'un puzzle, et la recréer avec une « fin heureuse ». L'histoire comprend généralement une dame gentille, au sourire conciliant, qui se présente à la porte. Pas un policier. La femme borde soigneusement Bébé Forêt dans un landau flambant neuf, expliquant que la vraie mère, une charmante jeune femme (une Emma, une Anne ou une Felicity – a repris ses esprits et veut désespérément récupérer son enfant. Qui pourrait contester cela ? un bébé rendu à sa mère légitime ? Ils lui feront un baiser d'adieu, puis promettront d'écrire et d'envoyer, au besoin, de l'argent à Emma/Anne/Felicity. Entre-temps, Don disparaîtra par la porte arrière, filant dans sa voiture de sport vers les bras d'une autre femme. Moins compliquée. Moins mariée.

Voilà sur quoi portait la querelle de la nuit dernière. Le problème du mariage.

Des cris l'ont réveillée, cette fois pas du bébé. Au début, croyant que Jeannie et Don faisaient l'amour, Rita a fourré sa tête sous l'oreiller. Puis elle s'est rendu compte qu'il s'agissait moins d'amour que de haine. Jeannie hurlait : « Tu as couché avec Edie ? avec ma belle-sœur ? Comment as-tu osé ? » Là, un objet est tombé par terre, une chaise ou une table, et Don a lancé : « Qu'est-ce qui m'en empêche ? Je peux baiser qui je veux. C'est toi qui es mariée, Jeannie. Qui trompes mon vieil ami comme une putain. » Nouveaux éclats de voix : des mots indéchiffrables. Suivis d'un choc de corps et d'un cri de surprise et de douleur.

Une idée a traversé alors la tête de Rita : et si le couteau qu'elle avait trouvé sous le matelas à Londres ne servait pas à protéger Jeannie de Walter, contrairement à ses premiers soupçons, mais de Don ?

Cette hypothèse a tout changé. Le monde des Harrington semblait avoir basculé sur le côté, dévoilant une coupe transversale, une choquante face cachée, comme des racines d'un blanc sinistre sous un bloc de terre noire.

Soudain, Rita a senti avec acuité l'isolement de Foxcote, le bois hostile, l'allée déserte. On pourrait s'époumoner ici sans que, jamais, personne ne vous entende. Sauf qu'elle avait entendu, non ? Il fallait s'armer de courage.

Elle a frappé une fois, deux fois, à la porte de Jeannie. N'obtenant pas de réponse, elle a demandé d'une voix calme :

— Tout va bien ?

Silence. Elle s'est laissée aller à des pensées terribles : Jeannie morte sur le tapis, jetée par la fenêtre, gisant telle une poupée de chiffon sur le massif d'hortensias en contrebas. Elle tournait la poignée, prête à entrer, quand Jeannie a lancé gaiement :

— Oui ! Retournez vous coucher !

Rita s'est retirée, mortifiée, se demandant si elle avait confondu ébats et pugilat. Après tout, que sait-elle de la passion ? Mais, ce matin, Jeannie est descendue seule au petit déjeuner, avec ses lunettes de soleil à monture en écaille, qui cachaient mal la marque sur sa pommette.

Jeannie n'a pas bavardé, ni cajolé le bébé. Elle a planté sans appétit des toasts dans son œuf à la coque, le réduisant à un magma de coulées jaunes et de coquille brisée, qui semblait symboliser atrocement le sexe, la violence et les bébés. Après ça, Rita n'a pas pu supporter de manger un œuf. En se garant dans l'allée de Foxcote, elle n'est pas sûre d'y arriver un jour.

* * *

— Le bûcheron nain est passé pendant que vous étiez chez l'épicier, Rita, attaque Don.

Adossé à la table de la cuisine, il avale un café en frottant les poils drus sur son ventre, juste vêtu d'un short. Rita laisse tomber les sacs de courses près du buffet et commence à les vider.

Il porte l'estocade :

— Pour savoir si vous aimeriez aller faire un tour…

La sueur picote l'omoplate de Rita, perle sur son cou.

Don est implacable.

— Oh, regardez-la ! Moi qui croyais qu'elle en pinçait pour les femmes…

— Tais-toi, Don, lance Jeannie en entrant avec Teddy, le bébé assoupi sur l'épaule. (Elle a enlevé ses lunettes de soleil et tartiné ses joues de fond de teint, ce qui rend sa peau étonnamment crayeuse.) Teddy, donne un coup de main à Rita.

Celle-ci, penchée sur les sacs, sourit au bambin. Il la regarde avec adoration par-dessous ses boucles, lui rappelant pourquoi elle reste.

Après, elle ne peut empêcher Don de l'emmener tirer dans les bois. Lorsqu'elle demande où est sa sœur, Jeannie lui dit : « Partie vagabonder, d'humeur un peu bizarre. » Rita éprouve une pointe d'inquiétude. Elle aimerait courir après Hera pour voir si elle va bien, sûre que l'adolescente a aussi remarqué le bleu sous l'œil de sa mère. Rien ne lui échappe. Mais la couche de Bébé Forêt est lourde comme un sac de petits pois. Personne ne l'a changée de toute la matinée.

Rita pose l'enfant sur une serviette dans le salon, une épingle dans la bouche, et s'attelle à la tâche, pendant que Jeannie l'observe du canapé, perdue dans ses pensées, grignotant un sablé. Le téléphone sonne dans la bibliothèque. Aucune des deux ne bouge.

— Je sais toujours quand c'est Walter, murmure Jeannie. Ne songez même pas à décrocher, Rita.

Cinq minutes plus tard, une autre sonnerie s'élève. Elles retiennent leur souffle en attendant qu'elle cesse.

Le bébé, ravi d'être délivré de sa couche, d'avoir les fesses à l'air, gazouille en se balançant d'arrière en avant. Rita, contrairement à son habitude, ne sourit pas, ne lui fait pas de grimaces. Elle est effrayée et coincée. Le monde extérieur se rapproche.

— Pardon de vous avoir dérangée la nuit dernière, hasarde Jeannie.

Rita ne sait que dire, où poser son regard. Jeannie non plus. Maintenant que le téléphone s'est arrêté, le calme tient du silence assourdissant qui suit un hurlement.

— Je m'occupe de la couche. (Sautant du canapé, Jeannie remonte les manches en crêpe de son chemisier.) Faites une pause, Rita. Peut-être une promenade. Si vous voyez Hera, vous voulez bien la renvoyer à la maison ?

Rita hésite. Elle n'a jamais vu Jeannie changer une couche. Sait-elle même comment s'y prendre ?

Jeannie brandit une grenouillère neuve.

— Je ne la piquerai pas avec l'épingle à nourrice, si c'est ce que vous pensez.

En fermant la lourde porte de Foxcote, Rita regrette d'avoir manqué Robbie et songe, avec un pincement au cœur, à la balade qu'ils auraient pu faire. Robbie a un côté solide et rassurant. Elle peut se taire avec lui, en ayant l'impression qu'ils se parlent. Qu'elle n'est pas totalement seule ici.

Elle l'est pourtant, et la forêt ne lui a jamais paru si hostile.

Rita flâne une vingtaine de minutes – pas trace d'Hera, de Teddy ni de Don – avant de revenir. Ne pouvant se résoudre à rentrer au manoir, elle s'assied sur un banc rouillé du jardin, sous une arche de roses sauvages, puis elle ferme les yeux, le menton dans les mains. Sa peau est insensible, comme si elle appartenait à une autre. Une vague odeur de fumée lui rappelle quelque chose, et elle a l'impression bizarre d'être aspirée dans le passé. Un souvenir émerge, pareil à une esquille perçant la chair, puis un deuxième : une fumée épaisse et une chaleur plus dense ; l'engourdissement dans ses jambes de petite fille ; des mains qui l'arrachent à un habitacle ; la vue, par-dessus l'épaule de son sauveteur, de la voiture de ses parents dévorée par une boule de flammes, des mains de sa mère qui tapent derrière la vitre. En gémissant, Rita se plie en deux et vomit dans les géraniums, à deux doigts de ses chaussures. Quand elle relève la tête et s'essuie la bouche, elle s'aperçoit que la fumée âcre n'émane pas d'un lointain souvenir. Elle s'enroule, tel un bas noir, sortant par la fenêtre de la chambre d'Hera.

CHAPITRE 32

Hera

Je ne m'attendais pas à ce que mon petit feu crée autant de fumée. Ni à ce que Rita le voie. Elle ouvre grand ma porte, s'arrête, bouche bée, et fixe le terrarium au bord de la fenêtre. L'eau gouttant sur la vitre. La spirale noirâtre qui monte encore du tas de brindilles que j'avais disposé comme la pile de rondins, dehors, pour faire une belle surprise.

Je bafouille :

— Il y a eu un coup de vent et l'écorce a pris f-feu…

Puis je baisse les yeux et j'attends qu'elle hurle.

Grande Rita ne crie pas. Elle reste là une éternité, puis marche doucement vers moi et me serre dans ses bras, le menton posé sur ma tête. Elle sent le bébé. De bonnes choses. Moi, je sens la fumée – et, soudain, je sais que cette odeur ne partira jamais.

— Je suis désolée.

Je fonds en larmes et continue à m'excuser, mais ça n'enlève pas la suie du verre, le goût de brûlé sur ma langue, et ne me change pas en gentille fille. Maintenant, elle va nous quitter.

— Hera… (Elle recule, me prend par les épaules, ses doigts plongeant dans ma graisse dégoûtante.) Tu penses qu'Ethel et Dot rendront l'âme pour une bouffée de fumée ? Elles sont bien plus coriaces. Un chiffon imbibé de vinaigre lavera aussi la vitre. Hé, regarde-moi !

Je lève lentement les yeux, osant croire que ça peut s'arranger.

— Pourquoi, Hera ? Pourquoi as-tu brûlé ces brindilles ? demande-t-elle, comme si cette question comptait plus que tout le reste. Plus que le feu lui-même.

Je ne sais comment expliquer qu'une envie folle m'a prise la nuit dernière, en entendant ma mère et Don crier, et qu'elle a redoublé ce matin dès j'ai vu le bleu sur la joue de maman. Là, elle m'a dépassée.

— Tu aurais pu créer un brasier. Incendier la maison. (Rita s'arrête. Une lueur de crainte passe dans ses yeux.) C'est ce que tu voulais ?

— Non.

J'examine le verre roulant sur le tapis. Les perles d'eau répandues sur la laine. J'aimerais pouvoir les réenfiler et en faire un collier, pour l'offrir à Rita et tout effacer.

Puis je l'entends dire :

— Tu es sûre ?

Son ton chasse tellement ma certitude que je ne réponds pas.

— Et à Londres ? (Sa voix devient étrange et rauque.) C'est toi qui as allumé ce feu-là ?

Ses grands yeux, brun sable, me dévisagent. Je pourrais mentir, mais c'est Rita, donc je murmure :

— Je croyais qu'il s'était éteint.

Elle soupire. Dehors, des oiseaux commencent à pépier dans les arbres. Ça ressemble à de lents applaudissements, qui s'accélèrent. Au bout d'un moment, elle déclare :

— Tu m'as dit une chose grave. Inquiétante.

— Je ne le referai plus.

Je ne suis pas sûre qu'elle me croie.

— Raconte-moi ce qui s'est passé. À Londres, cette nuit-là.

Je serre les lèvres. Ma bouche déborde de sentiments pénibles, qui ont tous des goûts différents.

— Tu le rapporteras à maman ?

Un pli se débat entre ses sourcils.

— Je devrais.

— Non, Grande Rita. S'il te plaît.

— Explique-moi juste ce qui s'est passé.

Il paraît soudain plus facile de dire la vérité. Si je parle, mon angoisse sautera peut-être de moi à Rita, comme une puce.

— Tout le monde dormait et… et je me suis faufilée au rez-de-chaussée pour chercher un truc à manger.

Elle sourit presque.

— Bien.

— Des gaufrettes roses. Je ne pensais qu'à ça. Je voulais les manger toute seule dans le noir.

Elle hoche la tête, semblant le savoir déjà.

— Comment as-tu allumé le feu ?

Je tressaille. Cette question fait l'effet d'un petit coup d'aiguille.

— J'ai juste roussi le bord du rideau sur l'ampoule électrique, pour voir ce que ça donnerait, puis j'ai écrasé le coin brûlé entre mes doigts.

Elle penche la tête sur le côté et me regarde avec le même air concentré que les mots croisés du journal.

— Mais tu as dû avoir mal ?

— Ça m'a empêchée d'éprouver quoi que ce soit.

C'est pour ça que je… (Je m'arrête. Incapable de le dire.) Après, je suis allée me coucher.

Elle attend patiemment la suite. Moi, j'entends le pivert. Ses coups de bec mécaniques, comme s'il tapait un procès-verbal sur une machine à écrire.

— Je croyais avoir écarté le rideau de la lampe et éteint la lumière. (Vrai.) Enfin, je n'ai pas pu car, plus tard, j'ai senti la fumée. Alors, j'ai couru dans ta chambre et je t'ai réveillée.

Quand je l'ai secouée, Rita a ouvert les yeux tout de suite. Je ne n'ai jamais vu quelqu'un agir aussi vite. Elle a foncé dans la chambre de Teddy et l'a jeté sur son épaule, puis elle m'a pris la main et on a couru réveiller maman, qui était dans les vapes à cause des cachets. Rita a presque dû la porter en bas de l'escalier. Je ne suis pas sûre qu'on aurait survécu sans elle. D'autres gens gagnent des médailles pour des choses pareilles. Rita, elle, a été envoyée à Foxcote.

— Qu'est-ce que tu ne voulais pas ressentir ?

Elle n'en démordra pas.

La question me frôle de trop près. Je ne veux pas risquer de raviver la douleur en y répondant. Je préfère pincer les lèvres et retrouver le goût des gaufrettes roses que j'ai mangées plus tôt.

Rita serre ses jambes dans ses bras.

— Quand j'avais six ans, j'ai vu mes parents mourir dans un accident de voiture.

— C'est très triste.

Je suis soulagée de ne pas parler de moi.

— Mais je n'ai pas pu m'en souvenir pendant des années, alors que j'étais là. (Son visage devient sombre, aussi vieux que le monde.) En fait, ce n'est qu'aujourd'hui que je me suis rappelée tout ce qui s'est passé. (Elle tousse pour cacher la fêlure dans sa voix. Une expression que je ne connais pas ondule sur son visage comme un reflet dans l'eau.) Tu es la seule personne à qui je l'ai dit, Hera. Et tu sais, je me sens beaucoup mieux de t'en avoir parlé.

Je lui frotte la main, contente qu'elle soit un peu plus heureuse. Je me demande si je le serais moi-même si je lui racontais ce que je crois avoir vu de ma chambre, quand la sage-femme a dévalé notre perron, le bébé dans les bras. Elle ajoute :

— Je pense que, si on garde les choses graves enfermées en soi, elles prolifèrent. Comme des mauvaises herbes. Elles étouffent toutes les fleurs et bloquent la lumière du soleil. (Elle prend ma main et la presse pour en faire sortir tous les secrets.) Alors, qu'est-ce que tu voulais oublier, Hera ?

— Ma petite sœur. Le bébé de maman et Don.

Ses yeux s'ouvrent subitement, comme des parapluies.

— Et que, lorsque j'ai regardé par la fenêtre, la nuit où elle est née, quand la sage-femme l'a emportée… (Mon souffle devient court.) Elle n'avait pas un visage normal. Sa bouche et son nez ressemblaient… à un grand trou. Et… et il y a autre chose. Le bébé… (Les mots s'entrechoquent sous mon crâne, s'efforçant de sortir.) Elle n'était pas morte, Rita. Sa menotte bougeait. Quand la sage-femme a emmené ma petite sœur, elle était encore en vie.

CHAPITRE 33

Sylvie

Ça y est. Je suis sur l'autoroute avec Annie, fonçant vers une maison qui n'existe plus, des bois que j'ai passé ma vie à tenter d'extirper de mon cœur. Et vers les sons de la forêt qu'on va enregistrer, puis passer à maman dans l'espoir de la ranimer. C'est la raison initiale qui m'a poussée à partir là-bas, même si d'autres forces semblent maintenant m'attirer vers ces bois, l'aspiration d'un tourbillon. Les banlieues ne tardent pas à s'estomper et le paysage – dans ma tête, derrière la fenêtre – commence à changer : rivières rapides, vallées aussi vertes que des petits pois ; exaltation, appréhension, voire une pointe d'angoisse. On dirait que le passé fond sur moi à cent à l'heure.

Les bouteilles de bière artisanale, bues à jeun hier soir, n'aident sans doute pas.

Après la visite impromptue d'Helen et une heure de recherche frénétique sur Google Earth, j'avais la tête comme une citrouille à force d'avoir tenté de démêler l'écheveau des événements récents. Pour m'éclaircir les idées, je suis allée faire une balade sur le chemin de halage, au bord du canal. Jake était sur le pont de sa péniche, clé en main, bricolant son moteur. D'accord, j'avais déjà remarqué cela de mon balcon et ponctué de rouge à lèvres mes traits exténués. Il y avait quelque chose d'attachant dans sa concentration et son embarras face aux complexités du moteur. Il n'a même pas levé les yeux à mon passage, juste demandé comment j'allais par-dessous son chapeau, l'air d'avoir senti ma présence grâce à un détecteur thermique. Au lieu de dire : « Bien et vous ? » – la seule réaction polie à Londres – et de poursuivre ma route, j'ai commis le faux pas de répondre à sa question, comme si on était dans l'Irlande rurale des années cinquante. Ma vie, l'accident de maman, la grossesse d'Annie, Helen la mère psychopathe, tout ça m'a échappé dans une vraie logorrhée. Il a posé sa clé et dit :

— Pas étonnant que vous ayez refusé un café. Vous avez besoin d'alcool.

— Vous n'imaginez pas à quel point.

Il m'a offert sa main, tenant fermement la mienne pendant que je descendais la passerelle, rivée à ses yeux dépareillés à la David Bowie avec une excitation que je n'avais pas éprouvée depuis des années.

Après ça, le temps a filé à toute allure – le propre des soirées imprévues et parfaites. J'ai appris des choses sur les vilebrequins, les pistons et les mouvements rotatifs ; qu'il est expert en informatique et partage un bureau à King's Cross, équipé d'une machine à churros. Célibataire depuis six mois – elle voulait des enfants, lui pas –, il projette de parcourir le monde sur sa moto.

— Avant la quarantaine, a-t-il lancé, comme si c'était un délai sur sa liste de rêves à réaliser.

Il a trente et un ans. Je me suis esclaffée :

— Vous êtes un bébé !

— Et vous en passe d'être grand-mère, a-t-il rétorqué avec un sourire désinvolte.

Pour une raison quelconque, ça m'a paru la chose la plus drôle, la plus improbable que j'aie entendue de ma vie, et j'ai tellement ri que la bière est sortie en moussant par mes narines – un spectacle effroyable –, mais je m'en fichais totalement. Quand je suis partie, Jake m'a fait un baiser sur les deux joues, d'une chasteté frustrante. Il sentait la sueur et l'essence. Il m'a regardée droit dans les yeux en souriant.

— Sylvie-du-balcon, votre vie est complètement dingue.

Un code masculin pour dire : « Courage, fuyons ! Cette femme est folle. » Son ton, pourtant, ne m'a pas donné cette impression. Je me suis sentie simplement comprise. Et la soirée m'a fait l'effet d'une mégadose de vitamine C – dont les vertus, hélas, se dissipent rapidement.

La phrase de Caroline, que j'ai appelée hier soir, résonne dans ma tête :

— En quoi n'est-ce pas une mauvaise idée, Sylvie ?

Je n'ai même pas tenté de lui expliquer mon étrange lubie de voir la forêt, ni que j'en rêve la nuit – un chemin qui serpente entre les arbres, m'entraîne à l'infini –, même si cela semblait une trahison. À la place, j'ai dit que ça comptait pour Annie, que sa curiosité était devenue plus vive, impérieuse, avec la grossesse ; qu'à l'en croire, cette perspective lui avait donné un droit sur mon histoire – ou plutôt « son histoire », a corrigé ma fille. Mais, bien sûr, le plus important était d'enregistrer des sons de la forêt pour maman. Comme l'avait suggéré Kerry.

— Voyons, tu pourrais le faire à Hyde Park ! Télécharger des chants d'oiseaux ! a protesté ma sœur.

— Ce n'est pas pareil, Caro.

Le dialogue s'est tendu entre nos deux continents.

Finalement, Caroline a lâché :

— Je m'inquiète pour toi, Sylvie. Tu n'as pas l'air… toi-même. (Elle hésite.) Et si ça réveillait quelque chose ? Tu ignores comment tu réagirais. Je veux dire, si c'était moi… si jamais je… (Elle s'est arrêtée, le souffle court, juste avant d'évoquer sa propre origine.) Ça me rend un peu anxieuse, c'est tout, a-t-elle ajouté d'une voix plus chaleureuse en rétropédalant, avant de se reconcentrer sur moi, comme toujours.

J'étais soulagée de m'être fiée à mon instinct en taisant l'existence du dossier chez maman. Avec l'angoisse qu'elle nous donne à l'hôpital et le reste des choses qu'a sur le dos Caro, il semblait déloyal de lui asséner ce coup dur. Pas quand elle est aussi loin.

— C'est seulement un point sur une carte, ai-je assuré.

Mais, en roulant vers la forêt, je sais que ce n'est pas vrai.

— Oh, non ! s'exclame Annie sur le siège passager, coupant court à mes pensées. (Penchée sur son portable, elle sort d'une longue plongée dans une application sur le calendrier de grossesse.) Je risque d'avoir des vergetures dans un mois. Impossible. J'aimerais mieux mourir !

Je ris et change de vitesse.

— J'en doute. Tu es si jeune que tu retrouveras ton élasticité comme une paire de collants.

— Contrairement à toi, dit-elle gaiement.

Elle est de bonne humeur aujourd'hui, exaltée par ce voyage. Elle ne m'a pas crue, au début, quand je l'ai suggéré.

— Merci. Tu pesais quatre kilos trois cents…

Annie croise les jambes.

— Argh, ce n'est pas héréditaire, j'espère.

Je ne réponds pas. J'ignore mon poids de naissance – et la date réelle de mon anniversaire.

Elle me jette un regard contrit, mesurant la portée de ses paroles. Après ça, nous gardons le silence, sentant qu'il y a beaucoup à dire, et une forte probabilité que notre discussion – et la voiture – s'égare.

* * *

— Tourne à gauche au carrefour ! crie Annie deux heures plus tard. Google Maps dit « suivre le panneau vers le village de Hawkswell ». Non, à gauche, maman !

Virant dans une route de campagne, je me demande si ma mère a fait le même trajet, il y a des décennies, si elle a jamais emprunté cette voie. J'aime penser que oui, que je marche sur ses traces.

Annie tend un doigt vers le pare-brise et l'agite avec enthousiasme, l'air d'avoir aperçu un troupeau d'éléphants.

— Forêt !

Lorsque je vois surgir ce vert de marécage, tout le sang reflue de ma tête. J'essaie de me concentrer sur la route. Mais il se rapproche de plus en plus, envahit le pare-brise, et mon cœur cogne si fort dans ma poitrine que j'ai peur qu'il n'explose. Je suis frappée par l'ironie de ma situation : mon histoire a commencé dans une forêt touffue, alors que je suis née sans arbre généalogique connu.

— Qu'est-ce que tu fais, maman ? (Je m'arrête sur le bas-côté, avec la sensation de déraper, un pied sur le verglas.) Tu as un malaise ?

Je secoue la tête. Plutôt l'impression d'être percutée par un astéroïde. Ou d'avoir une attaque. Merde. Suis-je assez vieille pour faire un AVC ? En regardant les arbres devant moi, je me sens vaguement tiraillée et repoussée, comme si la forêt avait sa logique onirique, une force centrifuge.

— La route a été longue. J'ai besoin d'air.

J'abaisse ma vitre : une senteur boisée de feuilles, d'écorce… mais aussi une forte odeur de décomposition.

— Tu m'effraies. Sans vouloir te vexer…

— C'est une vraie forêt, non ? Pardon, je crois que je m'attendais à un truc plus proche de Hampstead Heath[1]. J'ai passé trop de temps à Londres. Passe-moi un caramel, veux-tu ? (Le shoot de sucre fonctionne.) Ça va mieux, allons-y.

— Tu es sûre ? On n'est pas obligées de faire ça, maman. Enfin, j'adorerais voir la forêt, mais pas si… J'imagine que ce doit être un peu bizarre.

— Annie, j'ai l'air d'une femme intimidée par de vieux arbres ?

— Euh, oui…

Nous éclatons de rire. Sauf que le mien retombe vite. Soudain, je me souviens à quel point j'étais courageuse autrefois, avant de réaliser qu'une enfant trouvée a d'abord été abandonnée. Comme je grimpais au pommier dans le jardin de mes parents, l'agrippant avec mes petites mains, balançant mes pieds vers la cime. Je connaissais chaque nœud du tronc, chaque trou et chaque pli de l'écorce. Je me rappelle ma joyeuse sensation d'apesanteur, perchée sur les plus hautes branches, tel un oiseau dans un nid. Qu'est-il arrivé à cette fille ?

1. Grand parc ancien de Londres. (*N.d.T.*)

La sortie a disparu dans le rétroviseur. Des branches basses, tordues, raclent les vitres. J'éprouve un frisson de panique, puis une stupeur mêlée d'admiration.

La forêt est monumentale. Imposante. Au bord de la route, des trous d'anciennes mines. Un amas de vieux rails. Des panneaux indiquant des grottes. Le site de Puzzlewood.

Ce n'est pas un paysage féerique, ni le brillant arboretum que me décrivait maman jadis. Oh, non… C'est un lieu plus sombre, plus sauvage. Indifférent à ma survie. Je me demande s'il a forgé des voies nerveuses dans mon cerveau de bébé, comme les nervures d'une feuille. Pendant que nous roulons, j'imagine leurs premiers frémissements. J'aime assez cette idée. Elle m'angoisse aussi complètement.

Cet endroit n'a sans doute pas beaucoup changé depuis les années soixante-dix – juste le monde alentour. Le temps ne paraît plus linéaire. Il semble tourner en boucle. Pensant au cadavre dans les bois des vieilles coupures de presse, je me demande si les bruits de la forêt sont une très bonne idée, après tout. D'un autre côté, c'est peut-être parfait, exactement le choc viscéral qu'il faut à ma mère. Même si, à cet instant, c'est moi qui le ressens.

Nous nous garons dans un parking. Des oiseaux effrayés fusent des arbres.

Sortant de la voiture, je montre les gros orteils d'un chêne et plaisante pour cacher mon stress :

— Tu voulais voir tes racines ?

Annie rit. Ses cheveux rouge sumac tranchent sur le vert. Nous marchons, cherchant le « bon endroit » pour enregistrer des sons pour maman. Je suis ébahie par ces bois. L'if touffu, colossal. Un champignon jaune saillant d'un tronc, comme une oreille de géant. La terre labourée par les pattes des sangliers sauvages. La boue, couleur de poudre bronzante, qui tache mes tennis blanches. J'imagine la fouille archéologique sous mes pieds : des cartouches de balles de contrebandiers, un couteau à viande au passé meurtrier, le squelette d'un bébé moins chanceux que moi. La forêt pourrait dissimuler n'importe quoi.

— Ici, dis-je, réticente à aller plus loin. Ensuite, on ira prendre un thé et des gâteaux.

— Chut… Pas un bruit. Une. Deux… (Annie lève son portable. Elle fonde tant d'espoirs dans cette expérience que je m'interdis toute remarque négative. Ça n'est pas gagné.) J'enregistre.

Au début, rien. Il nous faut une minute pour tendre l'oreille. Annie écoute avec ravissement, comme dans les vidéos à succès de YouTube sur les sourds qui entendent pour la première fois. Le martèlement d'un pivert. Une brindille qui se casse. Le froissement des feuilles. Je tente d'imaginer les sons pénétrant les abysses du cerveau de maman, éclairant les synapses dans un chatoiement de fluorescence cognitive. Ça paraît soudain improbable, et mon moral retombe.

En regagnant la voiture, Annie se tourne vers moi, les yeux brillants.

— Tu n'es pas contente que ta mère biologique t'ait eue ? même avec ce qu'elle t'a fait ?

Je sais que c'est une question piège, une manière pour ma fille de justifier sa propre décision. Mais je dois être franche.

— Eh bien, oui. Sans quoi, tu ne serais pas là et je n'aurais même pas atteint le stade d'un atome jouant des coudes dans l'univers, ce qui serait plutôt nul.

— J'en suis heureuse aussi, dit-elle, et je lui presse la main.

* * *

Le Casey's Café est le salon de thé de Hawkswell, un village dont le nom figurait dans les coupures de presse. Modeste et un peu défraîchi, avec un store rayé fané par le soleil, il donne sur une place pavée et une salle des fêtes. Ses petites tables rondes sont presque vides. Seule une vieille femme, assise derrière la vitrine en verre ondulé, réchauffe ses mains sur une théière. Grisonnante, le visage buriné, elle est curieusement immobile, comme si elle était morte quelques heures plus tôt sans que personne ne l'ait remarqué. Nous nous installons à la table voisine, évitant le fond plus sombre du café. Annie pouffe à la vue du menu.

— Mon Dieu ! C'est quoi, un *lardy cake* ?

— Un gâteau à base de saindoux et de sucre. Ici, pas de purée d'avocat sur toast, Annie. Regarde : des scones. On ne peut pas se tromper en prenant des scones.

La vieille dame louche vers nous d'un air soupçonneux. Ne voyant pas de serveuse, je m'avance jusqu'aux rideaux en perles qui séparent le café de la cuisine.

— Bonjour ?

Une accorte sexagénaire déboule en s'essuyant les mains sur un tablier qui moule ses formes et porte, en lettres brodées, le nom « Casey ». Je remarque que la cuisine est couverte de vieilles affiches de films avant que les rideaux de perles se ferment en cliquetant. Elle note soigneusement notre commande et me la répète avec un léger accent campagnard. Je lui confirme qu'elle est juste : des scones nature, sans fruits ; de la crème, oui (en quoi est-il si compliqué de commander des scones ?), avant de me retourner vers la table.

Je sursaute. La vieille dame a agrippé la main d'Annie, qui recule sur son siège, horrifiée. J'accours.

— Tout va bien ?

« Sauve-moi ! » crie muettement Annie.

— C'est elle, tout craché ! On dirait son sosie !

Les yeux de la femme semblent pivoter dans leurs orbites, fébriles dans les plis de sa peau tannée.

— Il doit y avoir un malentendu, dis-je en ôtant doucement sa main de celle d'Annie.

Casey se précipite.

— Allons, laissez mes clientes tranquilles, glisse-t-elle sans méchanceté. (Elle me regarde en levant les yeux au ciel, l'air de dire : « Pas d'inquiétude, la vieille fait ça tout le temps. ») Je vous raccompagne à la porte, mon chou.

Elle prend affecteusement le bras de la femme.

— Mais… proteste la dame avec indignation.

— Voilà votre canne. Attention. C'est bien. On se revoit demain. Votre sandwich aux œufs et votre théière vous attendront à l'heure pile. Comme toujours.

Elle la guide vers la sortie, murmurant : « Désolée » à Annie.

— Bonne fin de journée, Marge ! lance-t-elle en agitant la main.

Marge, pourtant, ne bouge pas. Debout derrière la vitrine, elle regarde fixement Annie. Ses traits avachis, déformés par les volutes du verre, me rendent mal à l'aise. C'est seulement quand Casey la chasse dans un sourire qu'elle se retourne à contrecœur. Puis, courbée en deux, la canne tendue, elle s'éloigne en martelant la rue du village qui s'assombrit.

CHAPITRE 34

Rita

Marge fait irruption dans Foxcote par le portail du jardin, armée de bouquets de brocolis, de carottes de son potager et d'un bocal de pickles. Don lance malicieusement, assez fort pour qu'elle l'entende :

— Heureusement que j'ai été aguerri par le Serengeti[1] !

Rita retient son souffle. Don perd la boule s'il croit malin de narguer Marge. Cela n'aide sans doute pas qu'il prenne le soleil dans un slip de bain qui ne laisse rien à l'imagination. Le bébé dort près d'eux sur la pelouse, juste couvert d'une couche, son ventre bien nourri bercé par sa respiration. (Dans une forêt, les petites choses poussent vite : Rita jure que l'enfant grossit d'heure en heure.)

— La petite a besoin de sa couverture ! râle Marge d'un ton accusateur.

— Mince, il fait un peu frisquet ? Voilà, dit Jeannie, corrigeant aussitôt cet oubli. Bien au chaud.

Marge, pourtant, ne regarde plus le bébé. Elle s'est

1. Parc national situé dans le nord de la Tanzanie. (*N.d.T.*)

focalisée sur les pieds du couple – leurs orteils se touchent – puis sur la marque jaunâtre qui s'estompe sous l'œil de Jeannie, comme tirant un trait invisible entre elle et Don. Se sentant peut-être observée, Jeannie baisse les lunettes de soleil qui retenaient ses cheveux en arrière.

« Trop tard », pense Rita. Cette violence, après tout, prouve que Don est un amant, pas un ami. Quel ami vous frapperait au visage ?

La couperose flambe sur les joues de Marge. Elle fixe Don avec une haine si franche que Rita est suffoquée. C'est Teddy qui les sauve en sautant d'un arbre pour se rouler sur la pelouse.

— Mon Dieu ! s'exclame Jeannie, s'emparant du bébé. Attention, Teddy !

— Ah, le petit d'homme. (Don sourit d'un air approbateur, puis désigne un pin majestueux qui se balance derrière le mur du jardin.) Maintenant, grimpe là-dessus. Montre-nous de quoi tu es fait.

Rita prend la main du bambin. Pas question qu'il monte à cet arbre.

— Viens, Teddy. Allons voir ce que fabrique Hera.

— Don dit… proteste l'enfant.

— Il ne sait pas de quoi il parle, peste Marge, plus pugnace que jamais.

Don se gratte paresseusement le ventre. Sa nonchalance énerve Rita. Don, elle l'apprend vite, est un homme qui, de même que sa voiture, peut passer en un instant du charme docile à l'agressivité.

— Rentre, Teddy. Obéis à Rita, ordonne Jeannie.

Elle jette un coup d'œil à Marge, l'implorant de se taire.

— Il n'y connaît rien aux arbres. (Marge grogne, le menton levé.) Aux fusils non plus.

Les yeux de Don scintillent dangereusement.

— Je le dirai aux trophées qui ornent les murs de mon appartement à Chelsea…

— Ça suffit, chuchote Jeannie, qui semble au bord des larmes.

Rita entraîne Teddy vers le manoir. Plus que deux jours avant que Don s'en aille et qu'ils règlent la question du bébé. Elle a commencé à espérer que Marge a raison, que les Harrington pourront facilement l'adopter. L'autre perspective – qu'on leur retire l'enfant pour le donner à une autre famille – est devenue trop insupportable.

— Je ne dérange pas ? lance une voix par-dessus le mur.

Rita se crispe.

— Robbie ! s'écrie Jeannie, clairement contente qu'il mette fin à cette tension. (Elle se lève d'un bond, le sourire trop radieux, le bébé sur l'épaule. Sa robe en coton colle à ses jambes. Même devant Marge, qui l'observe avec des yeux de faucon, Don sourit à ses fesses galbées.) Entrez !

Rita ne peut pas respirer. Elle n'est pas prête à voir Robbie, surtout avec les autres. Elle craint que Don ne dise quelque chose… et elle est affreuse : elle a un bouton au menton – triste acné juvénile – et des poches sous les yeux.

Depuis qu'Hera lui a parlé du pauvre bébé des Harrington, vivant quand il a quitté la maison de Primrose Hill, elle a rempli ses tâches domestiques dans un brouillard, le corps plombé, l'esprit agité, le sommeil envolé. Elle n'est même pas sûre qu'Hera, à bout et traumatisée la nuit de la naissance, n'ait pas imaginé tout cela. Peut-être voulait-elle tellement croire que sa petite sœur n'était pas morte qu'elle a vu un geste inexistant. Conçu un espoir sans fondement. Peut-être Don n'était-il pas le père, après tout.

Les nurses, au fond, peuvent seulement avoir un aperçu d'un mariage – des discussions filtrant sous les portes, ou qui cessent brutalement quand elles entrent –, mais elles ne savent jamais vraiment. Le couple Harrington – la famille entière – est un grand puzzle complexe dont il manque trop de pièces.

Tant d'inconnues la tracassent. Jeannie sait-elle que le nouveau-né a quitté la maison en vie ? Elle soupçonne la mère d'avoir été sans connaissance et Walter d'avoir convaincu la sage-femme d'emporter ce fâcheux enfant. Elle imagine bien ça, Walter étant du genre dominant, surtout si le bébé était de Don – hélas, maintenant, ça paraît atrocement logique – et s'il est mort peu après à l'hôpital. Mais de quoi ? Personne ne le lui a jamais expliqué – et ce n'est pas une chose qu'elle ose demander.

De façon irrationnelle, elle sent qu'elle aurait peut-être pu aider. Après tout, elle connaît le pouvoir des points de suture, leur don pour réparer les corps les plus tordus et brisés : elle a de longues cicatrices, plus de broches et de plaques métalliques qu'un dépôt de ferraille. Peut-être est-ce différent pour un nouveau-né, conclut-elle, avec son corps miniature, aux rouages fragiles comme une horloge suisse. Pourtant, si elle avait été la mère, elle aurait voulu passer ces dernières minutes avec le bébé. Elle aurait embrassé la pauvre créature condamnée lorsqu'elle serait devenue raide et bleue dans ses bras. C'était quand même un être humain. Une petite chose précieuse.

— Qu'en pensez-vous, Rita ? dit Jeannie.

Elle tressaille, surprise de n'avoir pas bougé sur la pelouse : alors que ses pensées ont fait des kilomètres, seules quelques secondes ont passé. Tout le monde la regarde bizarrement. Elle rembobine son esprit embrouillé, tel un écheveau de laine, et cligne des yeux.

— Pardon ?

Don claque des doigts en riant :

— La voilà revenue !

Jeannie fronce les sourcils, perplexe devant son air absent.

— Robbie demandait si on avait besoin d'autres bûches.

— Allez-y, Rita. Donnez-lui un coup de main pour les rentrer. Moi, j'emmènerai Teddy afin de le garder… (Marge lance à Don un regard sévère) … à l'abri du danger.

Des rais de lumière filtrent entre les planches du hangar. Les copeaux, par terre, étouffent le bruit de leurs voix. Elle sent Robbie l'observer quand elle porte le bois de la brouette au tas, puis lorsqu'elle se redresse et se frotte les reins sans grâce, gênée par l'odeur de sa sueur. Elle semble passer la moitié de sa vie courbée pour changer des matelas, et c'est pénible – la malédiction des grandes gigues.

— Bon, je pense qu'on a fini, dit-elle. Nous ne gèlerons pas au lit cette dernière semaine d'août.

Il réprime un sourire, l'air vaguement penaud.

Rita entend le bébé commencer à gémir dans le jardin. À l'appeler. Le son pénètre sous sa peau, comme toujours. Elle marche vers la porte et soulève le loquet.

— À vrai dire… (Il respire un grand coup.) Je cherchais juste un prétexte pour venir vous parler.

Il fait soudain plus chaud dans le hangar à bois.

Elle rougit. La discussion prend une intensité presque insupportable.

— Ah, oui ? répond-elle, s'efforçant de paraître détendue. Pourquoi ?

— Je ne veux pas me mêler de ce qui ne me regarde pas, mais vous semblez un peu… piégée ici. Enfin, à Foxcote. Pas dans le hangar. (Il sourit, et l'estomac de Rita se dénoue.) Vous êtes libre d'ouvrir cette porte à tout moment.

Rita lâche le loquet, les yeux rivés au sol, craignant de se trahir. Sa bouche est sèche et a, étrangement, un goût de toast brûlé. Piégée, oui. Comme prise dans la bulle d'air d'un presse-papiers. Elle lève la tête, avec une petite moue.

— Vous nous avez espionnés, Robbie ?

— Espionnés ?

Il paraît si dérouté – et blessé – qu'elle comprend à l'instant que, si quelqu'un les observe en secret, ce n'est pas lui.

— Peu importe. (Elle s'en veut, pince les lèvres.) Désolée.

Il s'approche un peu plus. Elle sent l'odeur de l'effort sur lui aussi. Musquée. Salée. Attirante.

— Écoutez, vous n'avez pas à me dire quoi que ce soit, reprend-il dans un murmure. Sur ce qui se passe ici. Je ne veux pas vous mettre en porte-à-faux, Rita. (Il hésite. Elle lutte contre une envie de tout lui révéler.) Mais vous ne semblez pas heureuse. Le reste m'est égal. (Il la fixe de son regard chaleureux et direct.) Et… et vous devriez l'être. Vous méritez d'être heureuse, Rita.

Elle baisse la tête, ne pouvant soutenir ce regard car elle sait qu'alors, elle fondrait en larmes. Voilà ce qui arrive quand des gens sont étonnamment gentils et comprennent vos secrets sans qu'on les leur dévoile.

— Je suis crevée, Robbie, c'est tout, marmonne-t-elle.

— Vous devez être épuisée, acquiesce-t-il avec tant d'empathie qu'elle a presque l'impression qu'il lit dans ses pensées. (À tel point qu'elle se sent exposée et vulnérable, comme elle ne l'a jamais été avec Fred.) Vous n'aimez pas beaucoup cette forêt, hein ?

Rita lève la tête, les pupilles dilatées, grandes et noires.

— Elle est belle, Robbie. Mais je ne m'y sens pas chez moi.

La pomme d'Adam monte et redescend.

— Et vous ne pourriez jamais vous y faire ?

Sa question se pose en douceur, ravageuse.

Là, Rita s'aperçoit qu'elle ne voit plus la petite taille de Robbie, cette fatale poignée de centimètres manquants. Lorsqu'elle regarde au fond de ses yeux gris-brun, ils semblent complètement au niveau des siens. Elle aimerait lui dire : « Oui, je pourrais vivre ici, peut-être », juste pour voir ce qu'il répondrait, quel tour inattendu leur échange pourrait prendre. Mais il serait insultant de tromper un type aussi bien.

— Je ne pense pas.

Ils se taisent, digérant leur incompatibilité foncière.

— Nous rentrons à Londres dans quelques jours. Pour la nouvelle année scolaire.

Même à elle, ça paraît incroyable. On dirait qu'elle a passé des siècles ici, qu'elle s'est métamorphosée à Foxcote. Va-t-elle vraiment bientôt pousser Teddy sur une balançoire à Regent's Park ? nourrir les gros canards de la capitale ?

— Je pourrais toujours vous faire goûter ma cuisine

ce soir ? suggère-t-il avec audace, pour briser la morosité.

— Ce soir ? s'esclaffe-t-elle. (Elle ne peut pas s'imaginer dîner avec Robbie. Dans sa tête, il cherche des baies, piège des lapins et les mange crus avec leur pelage.) Ce qu'il y a, c'est que…

— Vous devez vous laver les cheveux ?

Il n'y a pas d'amertume dans sa voix, mais elle a perdu un peu de son effronterie.

Oh, non… Ses cheveux sont-ils sales ? Elle aplatit sa mèche rebelle.

— Ce n'est pas ça, juste…

Elle s'arrête. Juste quoi ? Ça n'est pas la fin du monde ! Les enfants survivront sans elle. Marge ne va pas faire macérer Don dans du vinaigre – et c'est bien dommage. Même Hera ne risque pas d'incendier le manoir deux fois dans la semaine. À mesure que sa résistance reflue, comme un courant changeant de sens, elle éprouve une insouciance inattendue, un frisson inconnu, et son corps se met à fredonner. De quoi a-t-elle peur ?

— D'accord, avec plaisir.

CHAPITRE 35

Hera

À peine Rita est-elle partie que le manoir prend l'air instable d'une tente sans piquets à l'approche d'un orage. De la fenêtre du salon, je vois ses jambes se balancer quand elle monte dans le camion de Robbie. Elle semble heureuse, plus la Rita d'avant, et elle a mis pour la première fois son cardigan rose. Ça la rend trop jolie, moins bonne d'enfants. J'ai des fourmis au bout des doigts, comme quand on sait qu'il va arriver un truc grave mais pas vraiment quoi.

Je traîne, cherchant à tuer le temps jusqu'à son retour. Don, allongé sur le divan, souffle sa fumée de cigarette sur Bébé Forêt, qui ronge son poing, couché sur un coussin, en attendant Rita. Je réussis à faucher le briquet de Don, un Zippo, une bonne prise. Il ne le remarque pas.

Maman est plongée dans un livre, une jambe nue sur le repose-pied, les ongles fraîchement laqués de rouge. Teddy, vautré sur le tapis, jongle avec un filet de billes bleues, dans un crissement de verre.

— Ça paraît un peu bizarre sans Rita, n'est-ce pas ? observe maman, levant les yeux de son livre.

C'est un roman d'amour, avec une femme en corselet sur la couverture, du style que tante Edie appelle « torride ».

— Plutôt libérateur.

Don lui jette un regard appuyé. Visiblement, une « sieste » est imminente.

— Elle va bientôt rentrer ?

Teddy a sa mine soucieuse. J'ai de la peine pour lui.

— Je ne sais pas, Teddy.

Don écrase sa cigarette.

— Ça pourrait être son jour de chance. Peut-être qu'elle reviendra à l'aube. Juste vêtue de feuilles de chêne, ajoute-t-il les yeux pétillants.

Maman sourit, se lèche un doigt et tourne sa page.

— Je ne m'en plaindrais pas. Elle mérite de se distraire un peu.

Elle relève les yeux et dit fermement à Don :

— Robbie est très gentil.

Il frotte sa barbe naissante et lâche dans un bâillement :

— Depuis quand les femmes cherchent la gentillesse ?

Maman pince un peu les lèvres, mais ne répond rien.

Je ne veux pas que Rita tombe amoureuse de Robbie et se lasse de nous. Quand même, elle aurait drôlement besoin qu'il lui arrive un truc bien. Ces derniers jours, je l'ai souvent surprise à regarder dans le vide ; et je suis presque sûre qu'elle pleurait hier en préparant le déjeuner. À l'entendre, c'était à cause des oignons, mais elle coupait du céleri.

Don se lève lourdement et traîne jusqu'au chariot à boissons. Il soulève des bouteilles, lit leurs étiquettes et les repose dans un tintement. Il lance à maman un autre regard codé.

Réaction immédiate :

— Hera, chérie, tu veux bien t'occuper du bébé et de Teddy pendant une demi-heure ? (Maman ne prononce pas le mot « sieste ». Ce n'est pas la peine. Elle saute de son fauteuil.) Marge a préparé une soupe aux champignons. Tu peux la réchauffer pour le dîner. Donne un biberon à la petite. Tu le fais si bien…

— D'accord.

Soudain, je sais que je me rappellerai toujours maman dans sa robe bleu ciel et le bébé qui gazouille sur le canapé, ses yeux noirs cherchant Grande Rita. Les billes qui s'entrechoquent dans les mains de Teddy. Don grommelant : « Où ai-je mis ce briquet ? », avant de suivre maman hors de la pièce.

— Mais tu avais dit que tu m'emmènerais tirer !

Teddy rampe vers Don sur le tapis et empoigne sa cheville tannée.

— Plus tard, OK ?

Dans la cuisine, je réchauffe la soupe de Marge pendant que Teddy s'assied près du bébé dans le panier de jardin, chante « Ce petit cochon » et lui tire les orteils. La soupe a le goût des champignons, terreux et humides. Leurs grosses tiges pâles flottent à la surface, pareilles à des os. Nous renonçons, dégoûtés, pour nous gaver de crumble froid aux pommes, nageant dans un bain de crème. Teddy laisse le bébé la sucer sur son doigt. Je chauffe le biberon, puis verse une goutte de lait sur mon poing pour vérifier sa température, imitant Grande Rita. Mais je ne suis pas Rita. Et la petite le sait. Elle se tortille sur mes genoux en regardant autour d'elle, au point que la tétine saute sans cesse de sa bouche. On espère qu'elle sera mieux dans le salon. En fait, non.

Sans raison, Teddy éclate en sanglots. Le bébé est

si surpris qu'il arrête de gémir et de gigoter pour se mettre – enfin – à manger.

— Teddy, qu'est-ce que tu as ?

Je berce Bébé Forêt comme une poupée, pendant qu'il vide le biberon et bave du lait sur le canapé.

— J'ai des soucis, Hera… dit-il difficilement.

Je lui frotte l'épaule.

— Grande Rita va bientôt rentrer.

— Papa me manque…

Il renifle, puis s'essuie le nez sur son bras.

— Papa ?

Je ne peux me permettre de regretter son absence. J'aurais trop de sentiments compliqués. Comme quand on mélange des couleurs vives et qu'on se retrouve avec du marron boueux.

Teddy hoche la tête, le nez dégoulinant.

— J'ai essayé de faire comme si Don était papa, mais ce n'est pas lui.

— Ça non !

Le bébé tressaille. Je baisse le ton.

— Tu vas bientôt voir papa, Teddy… Grande Rita lui a parlé.

Voilà le problème. Il ne sait pas encore pour Bébé Forêt. J'ai commencé à craindre le moment où il l'apprendra. Et s'il se drape dans sa moralité et nous force à le rendre au plus vite, comme un porte-monnaie découvert dans la rue ? Et s'il ne veut pas de lui ? À notre retour à Londres, les voisins comme les Pickering guetteront, regardant par-dessus la clôture, marmonnant des trucs sur le golf, les dîners ou le meilleur jardinier. Comment une enfant trouvée *cadrera-t-elle* là-dedans ? Je ne peux simplement pas l'imaginer. Maman non plus, je crois.

Teddy se remet à sangloter, plus fort cette fois.

— Oh, Teddy, prends la petite. Elle te remontera le moral. Stop… Soutiens son cou. C'est bien. (Il la porte avec prudence.) Sens le haut de sa tête et tu iras mieux. C'est magique. Promis.

Il renifle son crâne et la laisse glisser un doigt dans son oreille.

— Ça sent le yaourt. (Il le flaire encore.) Et Grande Rita.

— Voilà. Ça va mieux ?

— Un peu.

Je vois bien que non. Il essaie juste de me faire plaisir. Je ne sais même pas s'il aime le bébé autant qu'avant. Son front devient ridé, sérieux, comme celui d'un petit vieux. Il chuchote :

— Il y a autre chose, Hera.

Dans ma tête, un bourdonnement, proche du bruit d'un moustique invisible.

— Quoi ?

— J'ai entendu Don dire à maman… (sa lèvre inférieure se plisse) : « Fuyons ensemble, Jeannie. »

— Ce n'est qu'un abruti ! Maman ne ferait jamais ça. (Je le serre dans mes bras avec le bébé, en brûlant de ne jamais les lâcher.) Elle ne peut pas t'abandonner, Teddy.

Mais est-ce qu'elle me quitterait ? Et si elle ne voulait plus être mère mais devenir une femme du genre de tante Edie ? J'ai l'impression qu'un gouffre s'ouvre dans le parquet.

Les épaules de Teddy commencent à se soulever. Le voir si bouleversé m'est insupportable. J'essaie éperdument d'imaginer ce que Rita ferait.

— Attends là, Teddy. Ne bouge pas.

Quand je descends le terrarium, je ne peux pas me boucher les oreilles pour étouffer les grognements de porc qui filtrent sous la porte de maman. Je le pose soigneusement sur le tapis du salon.

— Ta da !

Les yeux de Teddy sortent de leurs orbites. Il laisse tomber le bébé sur le divan, comme un vieux jouet, et s'agenouille près du globe de verre, qui a repris tout son éclat depuis le feu, sauf quelques traces de suie. Teddy retrouve le sourire en le contemplant. Le bébé gazouille joyeusement.

— Tu joues avec une maison de poupée, Teddy ?

Don nous fait sursauter. Debout à l'entrée du salon, il semble avoir couru quinze kilomètres : ses cheveux rebiquent sur son crâne et il a deux points rouges sur les pommettes. Le bébé donne des coups de pied sur le canapé.

Teddy s'écarte lentement du terrarium, l'air faussement indifférent.

— Je t'attendais. Pour aller faire du tir. Des trucs de garçon.

Don marche jusqu'au chariot à boissons et se verse un whisky, le siffle en une gorgée.

— Ça va mieux.

Au-dessus de nous, j'entends se remplir la baignoire de maman.

Teddy se lève d'un bond.

— Je vais me préparer. Un pantalon long ?

Don lui porte un toast.

— Tu apprends vite.

Je ferme la porte pour que Teddy ne puisse pas entendre et me tourne vers Don, bras croisés.

— Tu essaies de pousser maman à nous quitter ! Mon frère me l'a dit.

— Toi, Hera, tu es impayable…

Il ne le nie même pas.

— Tu ne peux pas l'y forcer !

— Je t'assure que personne n'impose rien à ta mère. Sauf ton père tyrannique.

— Nous étions heureux avant ton arrivée. (Ma voix tremble.) Nous et le bébé.

Il jette un regard irrité à Bébé Forêt, qui ronchonne et se griffe les joues. Puis il se retourne vers moi, les yeux luisant dangereusement, bleus comme les billes de Teddy, mais plus durs.

— Si vous étiez aussi heureux, pourquoi as-tu menti à ta mère ? en lui cachant des choses ? Tu peux m'expliquer ce que tu as fait de ma lettre ?

Ma bouche s'ouvre et se ferme. Ainsi, elle était réveillée cette nuit-là quand je lui ai chuchoté des confidences, assise près de son lit. Le monde bascule. Elle doit me détester.

Il se rapproche de moi.

— Et comment toi, sa fille si décevante, l'as-tu rendue heureuse, Hera ? Dis-le-moi.

Il lève la main.

Je sais qu'il va me frapper, comme il a frappé maman, mais je ne veux pas broncher. Je serre les poings, montre les dents et gronde, prête à riposter. À ma grande surprise, il me caresse la joue, ce qui est bien pire.

— Je vais te révéler un secret. (Il écarte une mèche de ma frange, que j'ai laissée pousser.) C'est ta mère qui a suggéré qu'on s'enfuie. Pas moi.

Le coup de pied est un réflexe. Je l'atteins au tibia. Puis à nouveau entre les jambes. Il rugit.

— Sale petite grosse…

Il fonce vers moi bras écartés, comme s'il voulait attraper un poulet dans une cour. Je me réfugie derrière un fauteuil. Il charge encore. Je saute derrière un autre. Il est grand, lent et maladroit.

Je me moque de lui :

— Et tu te prétends chasseur ?

Le bébé, qui babille sur le canapé, semble rire aussi.

Cela se passe au ralenti. Un instant, Don halète, les mains sur les genoux. Le suivant, il balance toute la force de son pied droit vers la cible sans défense. Et moi, tout ce que j'entends, c'est le son de ma voix qui hurle :

— Non !

CHAPITRE 36

Sylvie

— J'aimerais vraiment savoir ce qui s'est passé après, c'est tout, dit Annie d'une voix ensommeillée, comme si on se demandait si on allait regarder un autre épisode sur Netflix. Enfin, qui est mort dans les bois ce jour-là et pourquoi.

Je bâille.

— Moi aussi.

Ma mâchoire se décroche. Les voitures filent sur l'autoroute. Mes yeux sont fatigués, les phares commencent à se brouiller. Je rêve d'un grand verre de vin blanc glacé pour me vider la tête. Londres brille au loin. Nous sommes presque rentrées.

— Mais c'était il y a longtemps, j'imagine, soupire-t-elle avec une pointe de résignation.

— Très, dis-je d'un ton ferme, pour que les secrets de la forêt ne s'attardent pas dans son corps gravide, tels des champignons microscopiques.

Je tiens à la nourrir de bonnes choses, de pensées heureuses. Aussi, je ne lui dis pas qu'une part de moi arpente encore les rues humides d'Hawkswell – et que le passé a l'air en fait très proche. Ni que je peux sentir légèrement la forêt, à chacun de mes gestes – la moisissure des feuilles, la résine, la terre –, comme si elle était prise dans les spirales de mes cheveux, les couches de ma peau. Ou peut-être est-ce juste que la vaillante petite fille qui grimpait aux arbres subsiste un peu en moi, bien que j'aie passé ma vie à tenter de l'étouffer sous des paillettes et du rouge à lèvres. Je réalise, avec un petit sourire, qu'on ne peut pas être plus loin des bois que dans les coulisses d'un défilé de mode.

— Tu vas y retourner, maman ? demande soudain Annie. Dans la forêt ?

Surprise par sa question directe, je réponds à côté :

— Bon, là, on a l'enregistrement pour mamie.

Je sais que j'y reviendrai. Je dois le faire – mais seule.

Je ne peux pas sortir cette femme de ma tête. Marge. Elle avait quelque chose de bizarre. « C'est elle tout craché », a-t-elle dit en parlant de ma fille, et cette pensée me trouble bien plus qu'un cadavre dans les bois, il y a une quarantaine d'années.

Chaque fois que je me connecte par hasard sur Face-Time ou que je prends un selfie sans lunettes de soleil, c'est toujours un choc : la preuve brutale, objective de moi-même, le visage plus vieux qui s'imprime sur le mien, attendant que je lui ressemble. Ce n'est pas juste ça. Comme la plupart de mes amies quadras, je me cabre au moindre signe de mon âge. (J'ai l'impression d'avoir trente ans !) Ce sont aussi les étrangères qui apparaissent au fil du temps. Les générations d'inconnues dont je descends. L'histoire inscrite dans ma chair – et, visiblement, celle d'Annie.

Un certain après-midi, au collège. Sur mon genou, un pansement bien plus pâle et plus rose que ma peau, comme ils l'étaient tous à l'époque. La coque granuleuse de ma chaise en plastique rouge. Et l'approche redoutée de la prof, celle qui avait dit aux élèves de tracer leur arbre généalogique. Pire, elle s'est penchée par-dessus mon épaule, son haleine sentant le café de la salle des professeurs, et m'a demandé à qui je ressemblais le plus. Devant tout le monde. Un instant, ma langue est restée figée. Une clameur s'élevait dans ma tête. Je me sentais honteuse, brûlante, comme si je devais avouer une faute, alors que je n'avais rien fait de mal. J'ai donc simplement dit : « Je ne ressemble qu'à moi. » Après, j'ai gardé l'incident – et la question de l'enseignante – en réserve, sans y réfléchir. Je ne l'ai jamais raconté à maman.

Mais aujourd'hui, je m'en veux de n'avoir pas davantage interrogé ma mère lorsque c'était possible, au lieu de me cacher derrière sa réticence à parler d'une période difficile de sa vie ; et derrière ma peur d'être blessée, d'un rejet si fondamental que je craignais qu'il me ronge de l'intérieur si je lui accordais trop de place. Notre esquive mutuelle était complice et hautement efficace, me dis-je pendant que la circulation sur l'autoroute commence à ralentir, s'arrêtant à l'approche de Londres.

— En tout cas, les sons des bois seront plus agréables que tous ces bips des machines d'hôpital, juge Annie.

Sa voix semble fatiguée. Je lui jette un coup d'œil. Elle pose sa tête contre la vitre, écrasant ses épais cheveux roux – ceux de qui ?

J'éprouve une pointe d'anxiété. Peut-être ce voyage a-t-il été trop dur pour elle. Était-ce irresponsable de l'emmener ? Dans mes efforts pour l'aider – et me montrer plus franche –, suis-je allée trop loin ? Les questions s'agitent dans mon esprit.

— Dors. La journée a été longue.

Ses yeux se ferment aussitôt, sa respiration change. Elle a l'air si jeune. Je me rappelle l'adoration qu'elle m'inspirait petite dans son sommeil, ce bref moment de paix où je pouvais remarquer l'amour, le laisser m'envelopper. Je le constate à présent, identique.

Une minute plus tard, mon portable sonne. Un numéro s'affiche sur mon écran. Inconnu. Pas celui de l'hôpital. Je vis dans la terreur de ses mauvaises nouvelles. Un spam ? Je ne répondrai pas. Puis l'idée me vient que ça pourrait être Jake. Il m'a demandé mon numéro et je n'ai pas trouvé d'assez bonne raison de ne pas le lui donner.

Je glisse un œil vers Annie, pour tenter de jauger son degré d'inconscience. Non, mauvaise idée. Elle serait consternée. Je ne décrocherai pas. Ce type, de toute façon, pense que je suis cinglée.

— Allô ?

— C'est moi. Helen. J'ai une proposition à vous faire.

* * *

Je me tiens devant la maison d'Helen, une ancienne écurie à Chelsea, prenant mon courage à deux mains pour appuyer sur le bouton de l'interphone. Quand je lève les yeux, la longue route d'hier vrille mes cervicales. C'est une maison de poupée – enfin, comparée aux hôtels particuliers du voisinage – mais parfaitement aménagée, avec des fenêtres géorgiennes, des appuis de fenêtre peints en noir, tous les stores fermés. Trois caméras de sécurité pivotent vers moi avec des œilletons rouges. Je consulte ma montre, gênée, me sentant observée. Oui, si nous avons bien calculé, Elliot devrait arriver chez moi d'un instant à l'autre.

— Je l'enverrai en taxi pour qu'il y soit à dix heures, m'a informée Helen, la raison de son appel dans la voiture. On pourrait peut-être attendre dans ma maison pour discuter des futures responsabilités.

Ce n'était pas une question.

Annie s'est insurgée.

— Il va juste essayer de me convaincre de ne pas garder le bébé, maman, a-t-elle ragé en croisant les bras sur ses seins gonflés.

— Donne-lui une chance.

— Il l'a déjà eue, a-t-elle répliqué, plus dure que je ne l'ai jamais été.

Combien de chances ai-je données à Steve ? Tellement. Trop.

— C'est moi, Sylvie. (À présent, la porte s'ouvre lentement et le visage tendu d'Helen paraît dans l'ouverture. Puis un petit sourire. Une chaîne cliquette, dégagée. Quand je franchis le seuil, la porte claque lourdement et les serrures de sécurité se referment en crissant. Je regarde bêtement autour de moi.) Ouah… (Comme une machine qui vous transporte dans l'espace-temps, l'extérieur minuscule donne sur un vertigineux toit de verre.) Une maison superbe.

Bonne réplique : Helen semble contente. Son sourire s'élargit, dévoilant ses dents blanches.

— Un ancien atelier d'artiste. Lucian Freud avait… s'extasie-t-elle, puis elle s'arrête, se rappelant peut-être le trois pièces plus modeste de Val. Enfin, il me plaît. Elle note mes spartiates argentées d'un air approbateur. (J'ai fait un effort.) Vous prendrez bien un gin-tonic.

À nouveau, ce n'est pas une question.

Je l'avais imaginée dans un intérieur sans relief, taupe et chromé, tel un hôtel sélect. Ça, c'est plus intéressant. Elle aime l'art moderne. D'énormes tableaux abstraits, vibrants d'énergie, éclaboussés de peinture rouge sang. Je me demande si ce sont eux qui requièrent la haute sécurité : les alarmes, les caméras braquées sur le toit de verre, comme si un méchant de James Bond allait descendre le long d'une corde à tout moment.

Même s'il est toujours impossible d'imaginer Helen traîner en pyjama devant un DVD, elle est clairement plus détendue chez elle, en combinaison-pantalon et petits talons. Sur une grande ottomane en velours, j'avise, chose prometteuse, une tablette de chocolat noir. Il en manque deux carrés. (Qui s'arrête à si peu ?) Je pense étourdiment envoyer un texto là-dessus à maman, puis je me reprends. C'est juste le genre de détail qu'elle aime. On en tirerait une kyrielle de SMS.

— J'ai donc dit à Elliot : « Ne désespère pas, chéri. Elle peut encore changer d'avis », me glisse Helen d'un air complice en remuant nos verres avec une pique à cocktail.

Je prends docilement le mien, bien que je ne boive jamais à cette heure-ci. C'est le gobelet en cristal le plus raffiné que j'aie vu de ma vie. Il semble taillé dans les étoiles. Par politesse, je bois une gorgée – et crachote : j'ai rarement goûté un gin-tonic aussi fort.

Je lui lance un sourire éclatant.

— Cela n'arrivera pas. Elle ne reviendra pas sur sa décision, Helen. Croyez-moi, je connais Annie.

— Eh bien, elle et mon fils ne pourront jamais former un couple. Hélas… ajoute-t-elle après coup, sans paraître le regretter du tout. (Elle pose son verre sur une table basse en miroir.) Elliot ne peut pas s'attacher à son âge. Annie non plus. Ils ont leur vie devant eux. (Elle me touche le bras. Ce geste inattendu fait l'effet d'un petit choc électrique : malgré son statut social privilégié, elle semble mal à l'aise en société, gênée par le contact physique.) Nous devons regarder les choses en face.

J'admets ironiquement :

— Je ne suis pas près de choisir ma tenue de mère-de-la-mariée !

Elle réprime un sourire, presque pétillant, suggérant qu'il existe peut-être une Helen plus chaleureuse, plus singulière sous la surface froide et polie.

Je lui rends son sourire, enhardie. Je ne cesse de me répéter qu'il y a pire que d'être une jeune mère célibataire chaque fois que la réalité de la situation d'Annie me réveille en sursaut, comme ce matin, recrue de panique. Il y a des femmes qui ne peuvent pas concevoir ou qui font des fausses couches (moi), qui dépensent des fortunes en traitements de l'infertilité sans résultat, qui donneraient leur bras droit pour sentir une nouvelle vie germer en elles, bon moment ou pas.

— Bien, avec ce scénario catastrophe, on va devoir s'y mettre, trouver une bonne doula (Chelsea en regorge) et un nutritionniste…

Il y a quelque chose de presque attachant dans le sérieux d'Helen.

— Ne vous en faites pas. Je veillerai à ce qu'elle ne se nourrisse pas de roquefort et de frites.

Elle fronce les sourcils.

— Bon. Alors, je m'occuperai des finances du bébé.

Je ris, sidérée par son franc-parler. Mais elle ne peut s'en empêcher. Cette femme tient à tout régenter. Pourquoi ne m'en suis-je pas aperçue plus tôt ? Et je me sens jalouse. J'adorerais prodiguer mes largesses, ne pas être la grand-mère qui a épluché le budget du nid familial au pire moment imaginable.

— Votre aide est bienvenue, Helen. Mais je m'assurerai que le bébé a tout ce qu'il lui faut.

Elle paraît en douter. Elle s'apprête à répondre, se ravise et jette un œil à mon verre plein.

— Vous préférez un café ?

— Si ça ne vous dérange pas. Pardon, je tiens assez mal l'alcool dans la journée.

— Venez, dit-elle, pivotant sur ses talons, un peu énervée.

Emballée à l'idée de voir d'autres pièces de la maison, je suis son corps de brindille dans un étroit couloir, orné de photos d'art en noir et blanc. Je m'arrête pour les admirer, m'interrogeant sur leur thème.

— Des serres tropicales ?

— Aux Kew Gardens ! La nuit !

Elle ne peut cacher une passion qui prouve que je l'ai réduite un peu trop vite à un stéréotype – la grande bourgeoise liftée. Du coup, un changement ténu se produit entre nous, une réappréciation mutuelle.

Quand nous arrivons dans la cuisine-véranda, plein sud, au fond de la maison, la lumière est aveuglante. Mes yeux mettent un certain temps à accommoder. Je cligne des cils. Recommence. C'est alors que je les vois… des rangées de terrariums sur un socle en pierre, tous de tailles et de formes différentes. Des dizaines de plantes retenues prisonnières, piégées dans le verre.

CHAPITRE 37

Rita

— Une noix ? (Robbie fait craquer son poing, jette la coquille et pose le fruit, en forme de cerveau, dans la main de Rita. Rivant son regard au sien, il lui ferme les doigts un à un, chacun tirant une corde dans son corps jusqu'à ce qu'elle se sente au diapason avec lui.) J'en ai d'autres en stock. (Il montre l'arbre majestueux qui domine son jardin. La lumière du feu coule dans ses yeux.) Vous ne mourrez pas de faim avec moi, miss Rita.

Rita mord dans la noix, les paupières mi-closes. A-t-elle déjà goûté quelque chose d'aussi délicieux ? Rien à voir avec les noix rances, amères, que mamie croquait avec elle à Noël, prudemment, pour ménager son dentier. C'est une expérience complètement différente. Manger une noix dans les bois ! avec une pleine lune rousse au-dessus des arbres et un chien à ses pieds ! Elle est tombée dans un roman de Laura Ingalls Wilder, comme ceux qu'elle lisait enfant à la bibliothèque.

Le petit cottage en pierre de Robbie, niché au fond des bois, appartenait jadis à ses défunts parents, qui le tenaient eux-mêmes de ses grands-parents, lui a-t-il dit fièrement, sans affectation. L'intérieur, vétuste mais ordonné, brille de la patine du temps. Elle aurait pu passer des heures à fouiner dans son atelier, aux allures de grange, qui s'étend dans le jardin : une mine de plans, de lattes, de scies à ruban et de meules, de blocs de frêne et d'orme attendant d'être transformés, dotés d'une nouvelle vie. Mais c'est une de ces parfaites soirées d'été qui invitent à rester dehors. Ils s'assoient sur un rondin, près d'un feu crachant sous un ciel indigo piqueté d'étoiles. L'air est si calme que les bougies, plantées dans des bouteilles, ne s'éteignent pas. Rita dévore du jambon fumé au-dessus des flammes, assez tendre pour s'effiler sur sa fourchette. Elle renverse de la bière quand elle rit. Et elle rit souvent.

— Vous avez un peu froid ? (Robbie rompt le silence de la forêt, un silence qu'eux seuls peuvent habiter, qui semble à la fois très intime et ardent, presque crépitant.) Tenez. Une couverture.

— Merci.

Son corps s'imprègne du frôlement de ses doigts sur sa nuque, de l'odeur de la laine. Elle finit sa bière – ravie qu'il n'ait rien d'autre, pas de breuvage doux et pétillant dans une drôle de bouteille, comme s'il savait ce qu'elle aime – et glisse un œil vers sa bouche, la barbe naissante évoquant un cactus sur sa lèvre supérieure. Elle aimerait pouvoir ne capturer que ça, tel quel, et le mettre sous verre.

— Permettez.

Robbie ouvre une nouvelle bouteille de bière, refroidie dans un seau en plastique, et la lui tend. Il se penche tellement qu'elle sent ses muscles se contracter, sa jambe frôler la sienne sans s'écarter. Un rapprochement. Elle sourit. Le chien lève la tête, ses yeux passant de l'un à l'autre, tel un chaperon las de monter la garde.

— Je ne dois pas retourner ivre au travail.

— Je ne vois pas pourquoi. Nous irons à pied. Ça vous dessoûlera.

— Bonne idée, dit-elle sans conviction, ne tenant pas à se dégriser.

En fait, elle veut divinement s'étourdir et ne jamais partir.

La forêt alentour semble avoir été plantée pour eux, les arbres sculptés comme des bonsaïs, voluptueusement taillés pour laisser passer juste assez de lumière – onirique, sous-marine – et les ombres les plus denses que les flammes peuvent lécher en dansant.

Prise d'une envie de caresser quelque chose, Rita flatte la tête soyeuse du chien. Lorsqu'elle regarde Robbie, il a les yeux fixés sur elle. Elle sourit, ôte son cardigan rose – soudain aussi chaud qu'à midi – et se demande s'il n'y a pas eu un contretemps dans l'univers. Pourquoi ne s'est-elle pas rendu compte que Robbie était si séduisant avant ce soir ? Quand l'occasion s'est présentée. Lorsqu'il a voulu l'embrasser. Maintenant, elle n'est qu'un ramassis de sensations sans but. Un poids fait pression sur son pelvis.

— Eh bien, Rita ? glisse-t-il, enjôleur.

— Oui ?

Elle se penche un peu plus, étend une jambe sous les plis de sa jupe, sans se soucier de sa longueur pour une fois. Est-ce qu'elle flirte ? Le flirt fait-il cet effet-là ? Elle aime ça.

La soirée a été émaillée de ces moments tendus, qui se sont dénoués et lentement dilués. Des étincelles montent du feu, volettent et se dispersent. Le chien ferme son œil vigilant et s'endort.

— Nous n'avons pas dansé l'autre fois.

Il a un sourire dans la voix – et un sous-entendu, qui se glisse délicieusement dans le corps de Rita.

— Je suis trop grande pour danser, dit-elle, même si elle se fiche éperdument de sa taille ce soir et, semble-t-il, lui aussi.

Il la prend par la main et la lève facilement, comme un fétu de paille.

— Vous êtes magnifique, Rita.

Elle renverse la tête en arrière et rit, si fort que sa mèche rebelle échappe à sa pince.

Lorsqu'il envoie valser ses chaussures, Rita hésite, puis l'imite, la haine de ses pieds envolée. La terre est douce. Elle brûle d'ôter la chemise du jeune homme pour respirer sa peau. Les arbres se balancent autour de leurs corps dansants. Le chien s'éloigne lorsqu'ils roulent par terre, des fougères et de l'herbe dans les cheveux, avant de s'effeuiller, duo de souffles et corps – jusqu'à ce qu'elle se retrouve entièrement nue devant un homme pour la première fois, avec ce qu'elle a passé sa vie à dissimuler, exposée, horrifiée, transportée de joie.

Mais il voit les stigmates, se dégrise aussitôt. Suit du doigt la cicatrice qui lui barre le ventre. Elle est incapable de parler. Elle mourra de désir et de honte. Les cicatrices tuent l'amour. Fred ne pouvait même pas les regarder.

— Que t'est-il arrivé ?

Comme elle ne peut plus se cacher, elle raconte. Pas juste l'accident : l'éclair du chevreuil fauve jaillissant du fossé ; l'embardée de la voiture heurtant l'arbre de plein fouet ; son sauvetage *in extremis*, la première – et la dernière – à être sortie de la boule de feu. Mais aussi la suite. Qu'elle est restée six mois à l'hôpital, ses jambes en suspension couvertes de broches, à fixer longuement les néons au plafond. À changer les événements et le cours du temps, le sort de la voiture accidentée et des corps brisés. À éteindre les flammes, ramener ses parents à l'abri du feu de camp, empêcher que la montre de son père s'arrête à une heure cinq.

— Je suis désolé.

Robbie presse son front contre le sien, comme pour absorber la souffrance de Rita.

— Il y a autre chose. Que très peu de gens savent. Mon… mon secret.

N'ayant plus rien à perdre, elle lui parle du jour où un médecin, debout à son chevet, a dit à sa grand-mère : « Ce n'est pas une bonne nouvelle, j'en ai peur. » Et où mamie a répondu en accusant le coup : « Au moins, son visage est intact. »

Mamie n'a donné les détails qu'à sa sortie de l'hôpital, à voix basse, de peur que les voisins l'entendent. Puis elle a conseillé : « N'en parle jamais d'entrée de jeu à un homme, ou tu ne passeras pas par la case départ. Attends le bon moment, quand il t'aime pour toi, Rita. Là, tu auras peut-être une chance. »

Elle ajoute que le moment n'a jamais été assez « bon » pour s'en ouvrir à Fred. Après sa demande en mariage, elle n'a pas voulu tout gâcher, du moins pas quand ils se voyaient si peu, lorsqu'elle était à Londres chez les Harrington, et Fred à Torquay. Mais il rabâchait toujours qu'ils auraient des enfants, qu'il lui fallait un fils pour reprendre l'affaire familiale. Un garçon qui serait grand et fort, comme elle, avec l'œil de son père pour trouver la poitrine de bœuf la plus charnue, la langue la plus juteuse.

Que pouvait-elle faire ? Une fois mariée, elle aurait

eu du mal à prétendre, mois après mois, qu'ils avaient juste manqué de chance. Et ne disait-il pas qu'il l'aimait à la folie ? Alors, elle l'a appelé de la cabine téléphonique au coin de la rue des Harrington :

— J'ai été blessée, Fred. Au bas-ventre. Je n'aurai pas d'enfants.

Son silence bouleversé a duré une éternité.

— Mais je ne t'aurais jamais demandée en mariage si tu me l'avais dit, a-t-il enfin lâché, et elle s'est rendu compte qu'elle l'avait toujours su.

Voilà. C'est sorti. Elle lève son visage vers le ciel. Le clair de lune tombe sur sa peau nue comme la pluie.

— Une chance, dit Robbie.

— Une chance ? répète-t-elle avec un rire jaune.

Son cœur est une vaste ecchymose.

— Que tu aies découvert sa vraie nature avant de l'épouser.

Il la cloue au sol, roule au-dessus d'elle, fait peser tout son corps sur le sien. Elle s'aperçoit seulement qu'elle pleure lorsqu'il essuie ses larmes.

— Et j'ai de la veine, moi aussi. Parce que tu n'es pas mariée à cet idiot, ce qui veut dire que je peux t'embrasser de la tête aux pieds.

Et chaque fêlure entre les deux. Mon Dieu… Elle ignorait qu'il existait de telles sensations. Allongée sur le dos, tremblante, tâchant de reprendre son souffle, elle se sent… renaître. Robbie cherche sa main et parcourt ses doigts de ses lèvres. Elle sourit, tellement perdue en lui, dans la chaude nuit d'été, qu'elle n'entend pas les lointains coups de feu assourdis par les arbres.

CHAPITRE 38

Hera

Je ne voulais tuer personne. Et je ne serais pas allée tirer si Don n'avait pas donné un coup de pied dans le terrarium, si le bébé ne s'était pas mis à hurler et si Teddy n'avait pas accouru, suivi de maman, perplexe dans une robe noire fluide, brodée d'éclats de miroir pareils à des paillettes. J'ai rugi :

— C'est une brute ! REGARDE ce qu'il a fait !

Mais elle n'a pas bougé, refusant de voir le globe de verre brisé – et le vrai visage de Don.

— C'était un accident, bien sûr, a-t-il dit en se frottant le nez.

Maman m'a ordonné :

— Va chercher le balai et la pelle.

Elle a gagné le canapé pour prendre dans ses bras le bébé qui braillait. Bébé Forêt n'avait encore jamais crié aussi fort. Il était terrifié, raide, les yeux exorbités.

— Allons, allons, lui a dit maman, le blottissant contre elle. Tout va bien, trésor…

Mais tout allait de travers. Et le bébé le sentait. Il a continué à s'époumoner, comme un réveil qui sonne, le dos arqué. Moi, je savais, et sans doute maman aussi, que la seule personne capable de le calmer était Grande Rita. L'ennui, c'est qu'elle n'était pas là. Et nous ignorions totalement quand elle rentrerait.

— Alors, on va tirer ? a demandé Teddy, agité, sautant d'un pied sur l'autre.

J'ai articulé en silence :

— Non.

— Je ne pense pas… (Don a passé une main sur sa joue, l'air soudain épuisé.) Pas ce soir, Teddy.

Maman, qui dansait la gigue avec le bébé pour tenter de le calmer, a dit sèchement :

— Vas-y, Don. Vraiment. Pour que je puisse maîtriser les choses ici. Chut, mon ange…

Don a secoué la tête. Il semblait choqué par lui-même. Sidéré.

— Vas-y ! a hurlé maman, paniquée par les cris du bébé. Je ne peux pas rassurer la petite si tu restes. Va-t'en, c'est tout.

Elle semblait subitement le haïr, elle aussi.

— Tu veux bien les accompagner ? m'a-t-elle soufflé. S'il te plaît, Hera…

Je ne pouvais pas refuser. Je savais – et Don aussi, je crois – qu'elle voulait que je garde un œil sur mon frère.

— Ce n'est franchement pas une bonne idée, Jeannie, a-t-il dit avec un petit rire.

J'ai lancé :

— J'y vais.

Il n'était pas question que Teddy sorte seul avec lui.

Quelques minutes plus tard, comme s'il essayait de prouver quelque chose, Don m'a fourré un fusil dans la main :

— Fais le pire que tu puisses faire.

* * *

Nous n'avons pas tardé à perdre Don, parti sur les traces d'une bête ou d'une autre. J'ai empoigné la main de Teddy, pour qu'il ne puisse pas le suivre. Dès que Don a disparu, cessant d'être un danger pour nous, j'ai grogné, tourné en cercles et me suis frappé la poitrine, singeant le stupide gorille pour qui il se prenait, et nous avons commencé à pouffer. Dans le silence, le son s'est amplifié dans toutes les directions, de sorte que des dizaines d'enfants semblaient rire aux éclats, cachés dans les arbres. Nous étions dans l'épais bouquet de pins, où le sol est sec, couvert d'aiguilles glissantes, l'air aussi immobile que dans un placard. Quand notre rire est retombé, Teddy a pris peur. Je l'ai éloigné des pins jusqu'à ce que nous puissions revoir le ciel, où un avion décrivait un arc avec ses lumières, comme un vaisseau spatial. J'étais fatiguée de porter le fusil. J'avais envie de me blottir au creux d'un arbre pour dormir, Teddy dans mes bras, plutôt que de revenir à Foxcote… de voir le verre cassé par terre. Brusquement, la pensée du terrarium m'a plongée dans une colère noire. C'est tout ce que je me rappelle, ma soudaine crise de rage et mon cœur cognant telle une grosse caisse, puis Teddy qui sifflait en montrant une ombre fuyante au loin :

— Un chevreuil ! Un chevreuil ! Tire !

La balle a retenti avant que je décide de faire feu. Le fusil a frappé mon épaule, et la soirée s'est brisée en mille morceaux.

Nous sommes restés là un moment sans rien dire, les oreilles tintant comme des cloches d'église. J'imaginais le chevreuil se vider de son sang. Souffrir. Mais je n'étais pas sûre d'être assez courageuse pour lui donner le coup de grâce. Alors, j'ai jeté le fusil par terre et nous sommes rentrés au manoir en courant.

C'était il y a près d'une heure. Je me lave les dents en tremblant.

Quelqu'un frappe à la porte de la salle de bains.

— Hera ? Tu es là ?

Je sursaute à la voix de Grande Rita et laisse tomber ma brosse dans le gobelet en plastique.

— Alors, comment était votre soirée ? demande-t-elle.

Elle pousse un peu la porte. Par l'embrasure, je vois qu'elle a un sourire radieux. Ses cheveux sont tout emmêlés – on croirait qu'un troupeau de vaches les a léchés. Elle sent le feu de camp et le bonheur. Cela m'apprend une chose : elle n'a pas vu son précieux terrarium. Pas encore.

Je ne réponds rien. Elle me suit dans ma chambre et saute au bord du lit. Le sommier grince. Son sourire s'efface.

— Teddy est abattu aussi. Quelqu'un va m'expliquer ce qui se passe ?

C'est comme si je lui apprenais la mort d'une personne. Toute la joie quitte le visage de Rita. Elle blêmit et répète : « Cassé ? » en ne pouvant y croire.

— Par un coup de pied. (Ma voix semble embuée de larmes.) C'est Don.

— Don ? reprend-elle, sidérée. (La pendule tic-taque. Ses yeux se mettent à flamboyer. Je ne les ai jamais vus ainsi, brillant du feu des poignards. Et Rita paraît encore plus grande, puissante, capable d'écraser le crâne de Don dans sa main comme une pêche mûre.) Je vais lui tenir tête cette fois, Hera ! (C'est une nouvelle Rita qui parle. Qui marche fermement vers la porte.) Je ferai partir ce salaud ! (Elle fronce les sourcils, hésite.) Attends un peu. Où est-il ?

CHAPITRE 39

Sylvie

— Mon conseil, de sœur aînée beaucoup plus sage, est de ne pas t'aventurer plus loin que la portée de ta télecommande, lance Caroline au téléphone.

Une tension d'acier vibre dans sa voix. Elle ne plaisante pas. Je me sens déloyale : je ne lui ai pas tout dit. Le doute commence à m'envahir.

— Arrête ! s'écrie-t-elle, et je mets un instant à comprendre qu'elle s'adresse à un de ses enfants (en aparté dans sa vie américaine). Spike ! Alfie creuse la pelouse avec une cuillère ! Pardon, Sylvie, qu'est-ce que je disais ?

Penaude, comme si elle m'avait surprise à creuser imprudemment dans ma propre vie, je bredouille :

— Que je ne devais pas retourner dans la forêt.

— Ah non, une fois suffit. C'est bien assez d'avoir recueilli les sons des bois pour maman. (Elle n'ajoute pas que leur effet s'est limité à dérider les infirmières, mais je sais qu'elle le pense.) Ne commets pas la folie d'y revenir ! Pas quand tu es dans tous tes états, Sylv !

— Je ne suis pas dans tous mes états.

Oh que si…

— C'est encore cette maudite femme. La mère d'Elliot avec ses terrariums. Elle t'a perturbée ! (Mon pouls s'accélère à l'évocation d'Helen et de son angoissante collection de petites serres.) J'ai raison, hein ?

Je ne réponds pas.

— Je le savais. C'est une coïncidence, je te l'accorde. Mais ces choses-là sont à la mode, non ? Enfin, les terrariums. Pas les coïncidences. Tu lui as dit qu'une personne en avait donné un à maman ?

— Non. (Ma réticence à partager la douleur intime de son coma m'a arrêtée. La crainte de l'indifférence d'Helen ou, pire, de sa compassion. Le risque de m'effondrer.) Nous étions là pour parler de l'histoire d'Annie-et-d'Elliot.

— Je parie que c'était comique.

— Ça oui.

Elle rit. Après ça, un silence plus facile s'installe entre nous, de ceux où l'on écoute simplement respirer un être cher à des milliers de kilomètres. Mais elle le brise très vite :

— S'il te plaît, ne retourne pas dans la forêt. « Parole de sœur », d'accord ?

Le portable devient brûlant contre mon oreille. Je m'en veux vraiment.

— Trop tard. Je suis désolée, Caro.

— Sylvie… Où es-tu, bon sang ?

— Au Casey's Café, à Hawkswell. (Je baisse la voix.) Et cette vieille dame, celle dont je t'ai parlé… Un peu folle, avec une canne, tu te rappelles ? Elle vient d'entrer. Caroline, je dois te laisser.

Je raccroche sur les protestations de ma sœur, puis désactive la sonnerie de l'appareil. Nécessité fait loi.

Ponctuelle, Marge s'écroule à la table voisine. Un sandwich aux œufs et une théière arrivent diligemment, fournis par Casey. Aucune ne semble me reconnaître sans ma fille aux cheveux de flammes. Enfin, je ne suis pas sûre de pouvoir passer complètement pour une femme du coin.

J'attends le bon moment. Entamer une discussion est facile : une remarque sur la météo, suivie d'un compliment sur le choix de son sandwich, et elle est à moi. Elle m'invite à sa table. De près, son visage est comme le lit d'une rivière asséchée, froissé par un extraordinaire lacis de rides entrecroisées, profondément gravées. Visiblement, elle n'a jamais utilisé d'écran total. C'est ce que mes clientes privées redoutent le plus : les marques d'un long vécu. Pourtant, Marge s'insère parfaitement dans ce cadre et ses rides commandent un certain respect.

Après quelques minutes, la vieille dame s'anime. Contente d'avoir un peu de compagnie. Je me demande si elle est souvent seule, si elle traîne les pieds entre le cabinet du médecin et les arrêts de bus, vient s'asseoir au café pour réduire ses frais de chauffage, comme jadis maman et sa grand-mère. J'ai de la peine pour elle. Il faudrait nettoyer les vitres de Casey, me dit Marge : un journal et du vinaigre feraient l'affaire ; elle les laverait elle-même si son arthrite ne faisait pas des siennes. Lorsqu'elle attribue ce mal à son ancien métier de gouvernante (« une vie dure et ingrate »), je tends l'oreille. Avant que je puisse lui demander si elle a connu le manoir de Foxcote, elle passe au mari qui s'est noyé (« rond comme une queue de pelle ») dans le Severn un an après leurs noces, et l'a laissée dans la misère, avec une maîtresse qui frappait à sa porte, réclamait de l'argent dû par l'époux infidèle, père d'un fils dont Marge ne savait rien – tout cela raconté tambour battant, au rythme d'une anecdote longtemps affinée. Elle ne m'écoute pas vraiment, s'engouffre plutôt dans mes silences pour parler d'elle-même. Solitaire, la pauvre, semble-t-il. Elle n'a jamais eu de famille, explique-t-elle avec un soupir qui en dit long, a plutôt recueilli des gens de son entourage, « les rebuts, comme moi ». Je suis si vite emportée par son récit – une histoire méconnue de l'amère condition des femmes de la classe laborieuse – que je ne m'attends pas du tout à l'entendre siffler en posant sa tasse d'un coup sec :

— Pourquoi êtes-vous si fichtrement gentille ? Vous cherchez quoi ?

Du coin de l'œil, je vois la propriétaire du café, Casey, rôder en marchant sur des œufs, sentant elle aussi le changement de tempo. Je me demande si elle l'a vu venir. Quelque chose me dit que Marge ne se laissera pas non plus berner.

— Écoutez, vous ne devez pas vous en souvenir, mais j'étais ici la semaine dernière, assise juste là-bas, et vous avez paru stupéfaite à la vue de ma fille. Une rousse. Vous lui avez pris la main en disant qu'elle était le portrait craché de quelqu'un.

— Bien sûr que je me le rappelle. Je suis peut-être vieille, mais pas timbrée.

La patronne s'avance vers nous, souriant d'un air interrogateur.

— Tout va bien, Marge ?

Marge glisse un œil vers la théière, flairant une occasion.

— Cette dame va m'offrir un thé à la crème.

— Bien sûr. Tout ce que vous voudrez. (Dès que Casey est partie, je presse Marge de me parler du « portrait craché ». Là, pourtant, elle se montre plus réticente. Elle tape nerveusement du pied et me jette un regard aussi dur que la pointe d'une aiguille à tricoter.) Pourquoi voulez-vous savoir ça ?

— Par pure curiosité.

Je lui lance un sourire trop gai, sûre qu'elle va me dire d'aller me faire foutre.

— Il y avait une fille. Jo. Qui avait les mêmes cheveux roux. Elle habitait pas loin d'ici.

Son regard se perd dans le vague, dans un endroit où je ne peux la suivre. J'ai l'impression qu'une main jaillit d'une ruelle sordide et me tire à l'intérieur.

— Aux grands yeux bridés, ajoute-t-elle. Couleur de feuilles de sycomore.

— Que lui est-il arrivé ?

Mon cœur bat à tout rompre. Dans ma tête tourne en boucle : « Elle est partie. »

— Oh, c'était une de ces filles… (Marge lâche un « tss-tss » entre ses dents.) Elle s'est retrouvée dans l'embarras.

Était-ce moi ? Le problème. La faute.

— Une idiote. Elle ne pouvait s'en prendre qu'à elle-même.

— Vit-elle encore ici ? dis-je d'une voix étranglée par l'angoisse.

— Oh non. Elle a quitté le village il y a belle lurette. Pour s'installer au Canada, je crois.

Un poids se soulève. À l'idée que j'aurais pu tomber sur ma mère biologique en sortant du café, je me sentais déchirée.

— Voilà pourquoi votre fille m'a donné un tel coup, vous voyez. Elle ressemblait exactement à Jo, telle qu'elle était à l'époque. (Marge boit une gorgée de thé, les lèvres pincées par-dessus le bord de sa tasse.) Elle travaillait sur des navires de croisière. Il se passait n'importe quoi sur ces paquebots… (Marge secoue la tête.) Sans parler des ports. Elle ne connaissait même pas le nom du père. Tss…

Mon cerveau s'emballe. Je sais que je suis ridicule. Quelles sont les chances ? Et pourtant… C'est un tout petit village et les cheveux roux d'Annie ne viennent pas du côté de Steve. Nous nous sommes toujours interrogés là-dessus.

— Toutes ces questions… (Elle se penche en avant.) Qui êtes-vous ?

Je recule, prise d'une furieuse envie de fuir, choquée par l'agressivité de son visage fripé. Je pourrais sortir en trois foulées. Je lance :

— J'ai été trouvée… (Je m'efforce de le dire à voix haute à une étrangère, après avoir été incapable d'en parler toute ma vie, même à mes plus proches amis. Les mots se tarissent dans ma bouche.) Quand j'étais bébé…

— Quoi ? Je n'ai pas bien compris.

Elle place une main derrière une grande oreille, plie la chair rose vers moi.

— Sylvie. (Je me retranche en terrain plus sûr.) Je m'appelle Sylvie Broom. Ma mère a travaillé un été comme nurse dans une famille d'ici, les Harrington, il y a de nombreuses années. Elle se nomme Rita. Rita Murphy.

Son visage se transforme sous mes yeux : on dirait qu'une porte de placard s'ouvre et que tout en sort d'un coup.

— Ça alors ! Pas Grande Rita ? halète Marge.

— Je n'ai jamais entendu ce surnom. (Il me fait sourire. Dans mon enfance, j'adorais avoir une mère géante.) Mais elle est plutôt grande.

— Par exemple !

Marge s'affaisse sur sa chaise, ébahie. Deux scones

arrivent, avec une bonne dose de crème et de confiture. Elle les regarde fixement, comme s'ils étaient tombés de l'espace.

— Donc, vous la connaissez.

Elle hoche muettement la tête.

— Ne me dites pas que vous étiez la gouvernante ? dis-je, plaisantant à moitié. Du manoir de Foxcote ?

Ses yeux s'agitent dans leurs orbites. Elle s'apprête à répondre, puis se ravise. C'était elle, j'en suis sûre !

Mon sang déferle dans mes oreilles.

— Ma mère était ici en août 1971.

— 1971 ? (Son visage se referme aussi vite qu'il s'est ouvert. Ses yeux brillent d'une lueur métallique. Sa grosse mâchoire se crispe.) Vous êtes flic, hein ? Pas la fille de Rita. (Elle se baisse avec effort pour regarder mes jambes et opine, confirmation faite.) Trop petite pour être sa fille.

— Je ne suis pas de la police. Je vous en donne ma parole.

Trop tard. Elle se lève, canne pointée comme un appendice.

— Mais vous n'avez pas touché à votre thé à la crème…

Elle arrache un scone de l'assiette et le fourre dans son cabas.

Je jette un billet de dix livres sur la table et la suis, sous les yeux médusés de Casey.

La pluie s'est mise à tomber. De grosses gouttes à l'odeur de terre giclent sur les pavés. Marge a beau être vieille, elle est déterminée. Elle avance fermement dans la rue, feignant de ne pas me voir. Au bout d'une à deux minutes, nous gagnons une rangée de petits cottages au crépi sale, sinistres sous la pluie. Elle s'arrête devant le plus délabré. Des filets crasseux pendent à la fenêtre. Je remarque une bicyclette d'homme le long du mur.

Sa main tâtonne dans son sac à main pour chercher la clé.

— Vous n'avez rien à faire ici.

— Vraiment…

Mais je ne peux pas le dire. Mon déni est si tenace, ancré en moi comme des veines dans le bois.

— Voilà. J'en étais sûre ! lance Marge avec une note de triomphe. Vous vous trahissez toujours. Vous n'êtes que des enfants qui jouent aux flics !

Pourtant, quelque chose résonne en moi. Je pense à Steve, à toutes nos années de mariage où il disait : « Tu es une Broom, à présent. N'abîme pas Annie avec ton histoire. » Ne coupe pas l'appétit à nos invités. D'accord, il n'a pas sorti cette dernière phrase mais il aurait pu. Je songe aux coupures de presse que ma mère a cachées – et me sens plus résolue que jamais.

— J'essaie juste de découvrir ce qui s'est passé cet été-là.

— Oh, vous retardez d'une quarantaine d'années ! Vous n'avez pas de vrais crimes à élucider ? (Elle plante sa clé dans la serrure.) On a eu trois cambriolages en six mois. Personne n'a été arrêté pour ça !

— Marge, je suis la fille de Rita. Sa fille adoptive.

— Adoptive, hein ? (Je me demande si elle commence à comprendre ou si je l'imagine. Elle plisse les yeux.) Pas un de ces reporters ?

Une nuée d'oies vole au-dessus de nous.

— Je suis maquilleuse.

Elle souffle avec mépris :

— Et moi, la princesse Margaret.

— En congé pour l'instant… (Je souris, pour la mettre dans ma poche.) Mais j'ai bien une grande boîte de faux cils dans le coffre de ma voiture pour les urgences. Vous voulez les voir ? J'ai aussi des testeurs de rouges à lèvres dans mon sac. Voilà. Regardez. Tout neufs. Jamais utilisés.

J'exhibe un tube rétro dans un bel étui argenté.

— La corruption maintenant, hein ?

Elle le contemple avec avidité.

— Cette teinte vous irait bien. Elle mettrait vos yeux en valeur.

— Bon, alors, entrez. Attention aux cartons.

Elle fait main basse sur le tube, ferme la porte derrière nous, et lance d'une voix stridente dans la petite maison obscure :

— Fingers ! Allume la bouilloire. On a de la compagnie.

CHAPITRE 40

Rita

La soirée avec Robbie lui revient par petites secousses, ricochant le long de ses cuisses, en travers de ses hanches. Son corps continue à frissonner, malgré la vision terrible sur le parquet du salon. Si la destruction gratuite du terrarium avait eu lieu quelques heures plus tôt, Rita aurait volé en éclats, elle aussi. Mais là ? Un oreiller de plume semble être calé entre elle et l'univers.

Après avoir baigné Teddy et l'avoir mis au lit, elle s'est un peu calmée. (Difficile de rester bouleversée quand Teddy fait des bruits de pet avec un gant de toilette.) Mesquin et violent, voilà ce qu'est Don. Rien de plus. Le plus médiocre des hommes. Elle mettra les points sur les « i » quand elle le verra, c'est sûr. Il devra partir. Elle dira à Jeannie : « C'est lui ou moi. Trop, c'est trop. »

Rita pose le nez contre la vitre fraîche du vestibule, plissant les yeux entre les feuilles de lierre. Elle se demande ce que fabrique Don. Il doit sûrement rentrer du pub, zigzaguant sur des jambes ramollies par la bière. Ou draguer une fille de la forêt. Le salaud.

Elle se penche vers la plinthe pour chausser les bottes de Robbie, celles qui ont tout déclenché, un peu électrisée lorsqu'elle glisse lentement un pied dans l'intérieur doux et tanné.

— Merci de venir avec moi, Grande Rita, dit Hera en la regardant serrer les lacets. Quand je trouverai la bête que j'ai blessée, je me sentirai mieux. Là, promis, j'irai me coucher.

— Ne t'inquiète pas. On la trouvera, chuchote Rita, ne voulant pas déranger Jeannie et le bébé, assoupis à l'étage.

Elle aurait préféré ne pas ressortir pour pouvoir s'occuper des plantes de son terrarium, en extraire un à un les éclats de verre, comme les puces d'un chien adoré ; et elle espère que l'animal – sans doute un chevreuil – est mort, qu'elle n'aura pas le triste devoir d'abréger ses souffrances.

— Allez.

Rita n'a jamais vu un ciel aussi beau, tout en plis veloutés éclairés par la lune, au pâle halo doré. Une brume commence à courir le long du sol. La forêt n'a jamais paru plus magique, paisible et protectrice – pas une masse d'arbres divers, mais un être séculaire, doué d'humeurs et d'âme. Elle se surprend elle-même et sourit. Où donc est passée l'ancienne Rita ? Elle devrait guetter les ombres de ces bois, sentir des yeux l'épier, des dents grincer et entendre la voiture de ses parents s'écraser à l'infini. Elle tressaille, secouée par le choc intérieur qu'on ressent quand on se transforme, non petit à petit, mais par un bond en avant, comme lorsqu'on fait un pas sur la lune.

— Les rondins, oui, on est passés devant la pile. (Hera la tire par le bras, l'arrachant à ses pensées.) Ça devait être de ce côté.

Pendant qu'elles marchent, Rita éprouve un brusque regain d'euphorie. Perçoit des possibilités. L'avenir est malléable. Elle peut le façonner tel le bois étuvé que Robbie courbe sous ses doigts. Le fardeau qui lui a pesé durant des années – son secret honteux – s'est envolé. Mamie lui avait déconseillé d'en parler à quiconque. Pas même à des amis, qui bavasseraient, disait-elle, et ruineraient sa réputation. Mais en le dévoilant à Robbie, en se confiant, elle lui a ôté une grande partie de son poids. Elle songe à cette révélation lorsqu'elle voit des feuilles bouger, une forme vague entre les arbres.

— Don ? lance-t-elle (Rien. Elle se tourne vers Hera.) Tu as vu aussi quelqu'un ?

Hera secoue la tête et fixe les ténèbres avec son visage rond, pâle comme un champignon. La brume lui lèche les chevilles.

— Don ? Vous êtes là ? Vous êtes perdu ?

À nouveau le silence. L'inconnu est parti – ou ne veut pas être découvert. Peut-être n'était-ce pas lui. Fingers ? Un malaise glisse, pareil à une soie, sur sa peau. Son assurance faiblit.

— Rentrons, Hera. Il est trop tard pour ça. On pourra revenir dans la matinée.

— On va jusqu'au ruisseau ? Après, on fera demi-tour. S'il te plaît…

Elles reprennent leur marche jusqu'au bruit de l'eau vive. Celle-ci paraît plus sonore dans le noir, aussi forte qu'une rivière.

— Je pense vraiment que tu n'as blessé aucun animal, Hera. Et, si tu l'as fait, il a dû s'enfuir à l'abri. (Elle prend la main chaude, potelée, de l'adolescente.) Faisons une boucle par l'autre chemin. On rentrera plus vite.

Un nuage noir masque la lune. Si seulement elle avait une torche électrique… Mais, en continuant, elles verront bientôt les fenêtres éclairées de Foxcote. Et elle n'est pas inquiète, même pas nerveuse ! C'est comme lorsqu'une douleur cesse et qu'on ne peut s'en souvenir, si horrible soit-elle. Elle se demande si elle pourrait vivre dans la forêt, après tout, avec Robbie, dans son charmant cottage rustique, au lieu de retourner à Londres. Et elle se dit : « Oui, peut-être », quand son pied atterrit sur une chose tendre et charnue, qu'Hera pousse un hurlement… et que toutes ces belles possibilités, toutes ces autres Rita, se réduisent en poussière.

CHAPITRE 41

Hera

Don a les yeux ouverts, fixés sur le ciel éclaboussé d'étoiles. La botte de Grande Rita a laissé une trace de boue sur sa joue. Du sang s'étale sur sa chemise de safari. Une chouette hulule. Deux fois. Un présage de mort venu trop tard. Rita touche le côté de son cou, arrache sa main et crie :

— Ne regarde pas !

Elle me presse contre son cardigan.

Je glisse un œil quand même, fascinée et horrifiée. Le problème Don a disparu. Mais Don est mort. Mort. Il n'existe plus. Mon estomac se retourne.

— Il faut… (le cœur de Rita badaboume contre ma joue) … aller chercher de l'aide.

Comme si elle l'avait appelé, un bruit s'élève derrière nous. La voix rieuse de maman :

— Vous voilà !

Je sens le cœur de Rita cogner encore plus fort.

— Le lascar est ivre ? lance maman en s'approchant, lissant ses cheveux pour tenter de se faire belle. (Sa robe scintille, les éclats de miroir diffusant la lumière.) J'aurais dû me douter qu'il irait chasser une pinte, finalement, pas un faisan.

Grande Rita souffle « Jeannie », puis pose une main sur sa bouche, car elle ne peut pas le dire. Moi non plus. Nous fixons maman, au bord du gouffre. Son dernier doux moment d'ignorance.

— Pourquoi me regardez-vous ainsi ? Que se passe-t-il ? (Elle court vers lui, s'agenouille et lui tapote les joues.) Réveille-toi, mon amour… (Elle ne semble vraiment pas voir le sang.) C'est moi. Ta Jeannie. Don… Don… je t'en prie.

Rita l'enlace par l'épaule.

— C'est fini.

Maman pousse un cri qui ne lui ressemble pas… Inhumain. Je me bouche les oreilles. Son visage est un masque blanc, à la bouche tombante. Elle s'affaisse par terre, se pelotonne autour du corps de Don, et du sang brille dans ses cheveux comme le strass de ses barrettes.

— Je ne comprends pas. Je ne… (Sa voix est un grincement. Un murmure. Une ombre.) Comment ?

La forêt se fige. Grande Rita se tait. Elle ne me jette même pas un regard. Cela veut dire qu'elle ne parlera pas de moi, n'avancera pas que j'ai cru tuer un animal. Pas un homme. Je pourrais m'en sortir. Maman n'a pas besoin de savoir. Ce qui aggrave les choses. Alors, je me dis que les pensées, les odeurs et les bruits qui formaient Don sont partis à jamais. Que je voulais le tuer depuis des jours.

— Je ne l'ai pas fait exprès.

CHAPITRE 42

Rita

Elle voit Hera courir, battre des jambes jusqu'à ce que la brume l'efface. Un frisson parcourt le dos de Rita. Le cauchemar sur le sol clignote : réel, irréel. Son cerveau n'arrive pas à l'enregistrer. Don est blanc comme le marbre. Une statue tombée. Jeannie pleure, enroulée autour du cadavre. Sur sa robe, les éclats de broderie au miroir luisent comme des étoiles noires.

L'esprit de Rita tourne en boucle, cherchant une issue. Don est mort. Hera pense l'avoir tué. Elle-même flaire l'odeur du sang. De la viande. Comme à l'étalage de la boucherie de Fred. Et un fluide plus douceâtre, fétide, qui suinte du corps et s'écoule dans la terre. Un scarabée observe déjà la main tendue de Don, les doigts qui se raidissent en s'incurvant.

Elle tente de se ressaisir. Mais elle n'a pas les idées claires. Jeannie gémit, tremblante. Le bois paraît soudain plus froid. Rita s'agenouille, serre Jeannie dans ses bras. Elle sent sa chair de poule, un frémissement d'oiseau dans ses os.

— Jeannie, murmure-t-elle. (Elle ne trouve rien d'autre à dire, nul moyen de l'aider.) Jeannie…

Très lentement, Jeannie lève les yeux, le visage déformé, enlaidi par la peine.

— C'est Hera qui l'a tué ? halète-t-elle, étouffant ses sanglots avec ses mains en coupe.

— Je ne sais pas. Je… l'ignore. (Elle ne peut sincèrement pas y croire.) Hera pensait tirer sur un chevreuil…

Les mots se dérobent.

— Ça… s'annonce mal, balbutie Jeannie.

Rita ne peut le nier.

— Elle va être envoyée dans une institution. (Jeannie plaque une main sur sa bouche et pousse un gémissement : à nouveau cette plainte brute, profonde, née d'une souffrance que Rita n'a peut-être jamais connue.) Comme Les Herbiers. Ou pire, bien pire. Mon Dieu…

L'horreur de Rita face à la mort de Don s'estompe, faisant place à la peur pour ceux qui restent. Hera ne supportera pas un lieu pareil. Elle n'y tiendrait pas une semaine. À présent, le scarabée est sur le bras de Don, un point noir en marche.

— Le fusil ? (Le visage de Jeannie s'anime.) Où est-il ?

— Hera l'a laissé tomber. (Les dents de Rita commencent à claquer.) Je… je ne sais pas où.

— Il faut creuser ! (Jeannie lui empoigne le bras, ses ongles perçant des faucilles dans sa peau. Ses yeux s'ensauvagent.) Venez.

Elle se lève, la tirant derrière elle.

— Creuser ? (Le mot lui donne la nausée.) Que… que voulez-vous dire ?

— L'enterrer. On dira qu'il est parti. En Arabie saoudite. Oui, oui, bredouille Jeannie, exaltée. Qu'il a quitté la maison hier.

Rita cligne des paupières. Elle se sent coincée. Prise

au piège. Son énergie s'épuise. Fred avait raison : elle va couler avec leur navire.

— Hera a la vie devant elle. Don est mort. Mais on peut sauver ma fille. On le doit, Rita. (Jeannie regarde frénétiquement autour d'elle.) Personne ne nous a vues. Personne ne saura jamais. Vous allez m'aider, n'est-ce pas ? Pour Hera ? Je ne peux pas perdre tous ceux que j'aime. Par pitié, aidez-moi !

Rita se débat, au bord du consentement. L'envie d'accepter, pour soulager une partie des tourments de Jeannie, est immense. Et pourtant… une part d'elle-même – forgée dans la fièvre de sa soirée avec Robbie, un minuscule fragment de granite – résiste.

— Rita ? supplie Jeannie. (Elle la secoue par les bras.) Vous êtes tellement solide. Je ne peux pas faire ça toute seule. S'il vous plaît…

Les arbres semblent alors s'incliner vers Rita, masquant le ciel, pour l'ensevelir dans le noir. Elle songe à sa mère dans la lanterne rougeoyante de la voiture en flammes, aux mains étalées sur la vitre ; à sa mère qui est morte au lieu de s'épanouir comme les plantes qu'elle-même a fait pousser pendant toutes ces années – pour tenter, elle s'en rend compte soudain, d'inverser ces forces. À la joie qu'elle trouve dans les petites choses. Une fronde de fougère qui se déploie. Du sel marin sur le bout de sa langue. Des chaussettes neuves.

Sa vie est dérisoire, elle le sait. Celle d'une célibataire banale, sans richesse ni prestige, qui n'aura jamais d'enfants, personne pour la pleurer ni à qui manquer. Mais osera-t-elle risquer cette vie-là, si humble soit-elle, pour une cellule de prison ? pour les Harrington ?

— Il nous faut des pelles. (Jeannie la tire plus brutalement.) Venez.

— Je ne peux pas l'enterrer, Jeannie. (C'est la phrase la plus dure qu'elle ait jamais dite. Des larmes roulent sur ses joues.) Je suis désolée.

— Quoi ? suffoque Jeannie. Mais il le faut. Je vous ordonne…

C'est alors qu'elles l'entendent. Un brouhaha parmi les arbres. Des brindilles cassées. Des pas. Des voix, mon Dieu… Des voix. Rita pose un doigt sur ses lèvres. Elles se pétrifient, n'osant respirer. Juste au moment où elles pensent que les marcheurs sont partis, le faisceau d'une lampe électrique les touche à travers les volutes de brume, comme le bras d'un geôlier.

CHAPITRE 43

Sylvie

— Bon débarras. Voilà ce qu'on a dit. (Marge sirote son sherry, postillonne dans son verre avec un petit rire. La lie brille sur ses lèvres. Elle aime avoir un public.) N'est-ce pas, Fingers ?

— Non, Marge, siffle-t-il, les dents serrées par un rictus. Qu'il repose en paix. C'est ça qu'on a dit quand Armstrong a été tragiquement tué.

L'aide à domicile est encore plus curieux que son nom, grand, mince comme un fil, avec une tignasse de cheveux blanc iceberg et un visage diaphane. Incapable de rester en place, il tourne autour du salon de Marge comme un rescapé d'une catastrophe naturelle.

— Elle s'embrouille complètement. (Du doigt, il dessine une énorme spirale sur sa tempe, ce qui rend tout le reste encore plus délirant. Il me tend l'assiette à gâteaux.) Un autre sablé aux figues ?

Je secoue la tête, ne pouvant détacher mes yeux de la vieille dame dans son fauteuil garni de chintz, qui brandit le rouge à lèvres pour l'inspecter avec son regard de presbyte et murmure :

— Ça ressemble à une balle, quand on y pense…

Fingers se raidit et lâche un rire étranglé.

— J'ai épousé un homme exactement comme Armstrong, poursuit Marge avec insouciance. (Elle ôte le capuchon et sent le rouge à lèvres.) Un salaud. Il menait une double vie. Se fichait complètement de me faire souffrir. Celui-ci a un parfum chic.

— Qui était le coupable ? dis-je, tâchant de compléter le titre d'un article imaginaire. (Soudain, la photo de Walter Harrington, le regard brisé, courant du tribunal à sa voiture, me revient en mémoire.) Qui a tué Armstrong, Marge ?

À ma grande surprise, elle se met à glousser. Fingers semble près d'attraper un coussin pour l'étouffer. Une idée glaçante me traverse l'esprit : c'est lui.

Puis une autre : personne ne sait où je suis. Mon portable capte mal. Je ne sais plus où je me suis garée. Cette pièce mal aérée m'étourdit, me piège dans l'année 1971 avec son tapis vert à spirales et son papier peint jaunâtre, décollé. L'air de désolation de cette maison encombrée est aggravé par les cartons entassés le long des murs, les sacs poubelle avachis, à moitié remplis : un départ imminent pour une maison de retraite. « Je n'irai pas », m'a lancé Marge sur un ton de défi. J'ai eu de la peine pour elle, sachant qu'elle le fera, le crève-cœur de remballer un foyer, de démonter des souvenirs – à la fin, ils meublent davantage nos maisons que les tables et les chaises.

Je sursaute quand Fingers me touche le dos, sentant son odeur forte, presque animale – celle qu'émet, j'imagine, le terrier d'un vieux blaireau.

— Je vous raccompagne à la porte, Sylvie.

— Merci.

J'attrape mon sac, soulagée de partir. Caroline a raison. Je n'aurais jamais dû venir. Enfin, qu'est-ce qui m'a pris ? Je devrais être avec Annie, à débattre de stupides prénoms de bébés de stars ou à chercher des poussettes d'occasion sur Google. Au lieu de fourrer mon nez dans le passé pour déterrer les horreurs qui s'y cachent.

— Oh, mais c'est la fille de Rita… Grande Rita, tu te rappelles, Fingers ? À l'époque, tu en pinçais pour elle. (Marge me fait un clin d'œil.) Espèce de voyeur…

Le visage grisâtre de l'homme vire au rouge. La pluie commence à tacher les fenêtres du salon. Marge enchaîne :

— Ah, votre mère savait garder un secret !

À qui le dit-elle…

— Un grand cœur. (Nouvelle gorgée de sherry. L'alcool lui délie la langue.) Et ses pieds ! Ça alors, ses pieds… Tous les problèmes qu'ils ont causés !

À nouveau, Fingers tente de me pousser dehors. Mais je résiste, sentant le contre-courant d'une histoire différente.

— Quel genre de problèmes ?

— La marque de sa botte sur la joue de Don.

Mince… Maman était-elle suspecte ? Pas étonnant qu'elle n'ait jamais voulu en parler. Puis une autre hypothèse, inconcevable quelques secondes plus tôt, surgit : est-ce maman qui a tué cet homme ?

— Elle vit dans le passé, celle-là. (Fingers se penche à mon oreille, l'haleine froide et humide comme la terre.) Mais sa mémoire n'est plus très bonne.

Marge lève les yeux au ciel et se tourne vers moi, avec un air de conspirateur :

— Faites pas attention à lui. Je suis tout ce qu'il a. Quand on n'a pas de vraie famille, on se trouve des proches. Tu as toujours eu peur de me perdre, hein, mon petit Homme Vert ?

Fingers baisse la tête, brusquement puéril et soumis. Je commence à comprendre que ce n'est pas une relation normale soignant/patient. Il se passe autre chose ici. Elle lui tapote la main, un geste maternel et de domination.

— Calme-toi ou je te prive de dîner, murmure-t-elle.

Pendant un moment, il reste là, puni, muet, se balançant comme un grand arbre.

— En tout cas, j'appelle un chat un chat, poursuit-elle en se tournant vers moi, revenant apparemment à Don Armstrong. Il ne pensait qu'à la matraque qui pendait entre ses jambes. Il gâchait tout pour le bébé.

— Le bébé de Jo ? dis-je, sûre qu'ils peuvent entendre mon cœur battre à tout rompre.

Mon petit moi inconnu se glisse dans la conversation.

— Oui.

Elle m'observe, perplexe, cherchant à me remettre. Son regard devient laiteux, embué par l'âge.

« Elle est partie. » Je ne peux surmonter ça. Mais je dois poser la question :

— Vous… vous rappelez son nom de famille ?

— Pourquoi voulez-vous le savoir ? lance Fingers, qui se ranime soudain, écarquillant les yeux vers Marge pour la mettre en garde.

— Elle…

Je m'aperçois qu'une part de moi pose la question parce que je pense devoir le faire, qu'on est censé vouloir savoir. C'est ainsi, nous dit-on, que se passent les histoires d'adoption, la mère depuis longtemps perdue, les retrouvailles éplorées.

— Vous avez connu Jo ? (Marge me fixe en fronçant

les sourcils, se tapotant les dents avec un ongle jaunâtre.) C'était quoi, le lien, déjà ?

— Je…

Reculant intérieurement, je chuchote la vérité que j'ai rarement confiée :

— J'ai été trouvée dans la forêt cet été-là.

Du coin de l'œil, je vois les jambes de Fingers s'agiter fébrilement.

— Quoi ? s'étonne Marge, chiffonnée. Qu'est-ce que vous racontez ?

— L'enfant abandonnée, dis-je plus fort, pour ôter aux mots leur pouvoir magique. (Plus fort encore.) C'était moi.

Son visage devient blême.

— Vous mentez ! siffle-t-elle.

Fingers marmonne :

— N'importe quoi…

Je suis si ébahie, frappée par l'absurdité d'avoir mis tant d'années à dire la vérité à voix haute – sans avoir bu – à un inconnu, à la revendiquer, pour m'entendre accuser de l'avoir inventée, qu'un instant je ne sais que répondre, au bord du rire hystérique.

— Je reconnaîtrais le bébé de Jo !

La voix de Marge se brise. Sa rage éclate comme une blessure. Des larmes roulent le long de ses rides. Elle se tourne vers Fingers, désespérée :

— N'est-ce pas ? Même après toutes ces années ?

— Bien sûr. (Fingers pose une main protectrice sur l'épaule frêle de la vieille dame, parle par-dessus ses cheveux fins et clairsemés.) Tout ça est très éprouvant pour Marge. Parfaitement inutile.

Je suis déroutée et frustrée. Après avoir passé toute ma vie à enfouir mon histoire, à la rejeter, je suis prise du besoin urgent de l'avouer. Au fond, parce que c'est la mienne. Qu'elle coule dans mes veines. Qu'elle fait partie de moi. Ma belle blessure.

— Mais…

— Mensonge !

Elle me jette son sablé à la figure et sanglote :

— Une farce cruelle. Sortez !

— Bon, Sylvie. (Fingers frappe dans ses grandes mains blanches avec un sourire tordu.) Je crois qu'on en a fini ici.

CHAPITRE 44

Hera

Devant la fenêtre de ma chambre, des phares brumeux, tels des yeux luisants, serpentent vers nous entre les arbres. D'autres policiers ? L'ambulance ? Les deux agents qui ont trouvé maman et Rita dans les bois sont maintenant sur le canapé, leurs torches sur la table basse, des carnets sur les genoux. Ils nous font « récapituler la soirée » et posent des questions de la voix étouffée qu'on prend dans une bibliothèque. Je me sens très loin, comme si je les observais du plafond.

La femme porte des lunettes sévères, aux verres grossissants. Ses collants sont filés. L'homme a l'air congestionné. Leurs radios ne cessent de bourdonner et de siffler. J'ai peur que le bruit réveille Teddy et qu'il déboule pour découvrir ce qui est arrivé. D'ailleurs, qu'est-ce qui s'est vraiment passé ? J'aimerais demander des détails aux policiers. Ou du moins, comparer ma version des faits avec celle de Rita. Mon cerveau est un grand espace vide, une sorte de patinoire glacée. Mes pensées ont du mal à se tenir droites. Tout dérape. L'agent n'arrête pas de me fixer.

Un citoyen a téléphoné au commissariat, dit-il en

jetant un coup d'œil à maman. Un tuyau anonyme. Il ne peut retenir un piaillement d'excitation. J'imagine que, pour des policiers, trouver un homme assassiné est une chance, surtout dans un tel coin tranquille. Ils ne doivent pas non plus venir souvent dans une maison pareille. Le regard de la femme balaie la pièce, s'attarde sur l'horloge comtoise, les tableaux et, bien sûr, le terrarium, ses restes brillant sur le parquet. Je me demande si elle verra dans son saccage le mobile de la mort de Don : le mien ou – j'espère que non – celui de Grande Rita.

Le problème, c'est que Rita a l'air coupable. Si nerveuse que son genou tressaute. Des sanglots percent dans sa gorge, puis elle les ravale. Le bébé sommeille sur son épaule, enveloppé dans la couverture jaune, et elle s'accroche à son petit corps, semblant craindre que les agents le lui arrachent à tout moment. Mais ils n'ont même pas posé de questions sur Bébé Forêt. Ils l'interrogent sur d'autres choses. Rita bafouille constamment, surtout quand l'enquêtrice mentionne la trace des bottes sur le visage de Don, celles qu'elle portait dans les bois et que les policiers ont glissées dans un sac en plastique spécial.

— Ainsi, elles appartiennent à Robbie Rigby ? dit l'homme avec un ton plein de sous-entendus.

— Exact, marmonne Rita, essuyant une larme avec la manche de son tricot rose.

— Pouvez-vous confirmer cela, madame Harrington ?

— Oui, inspecteur.

On n'imaginerait pas qu'elle et Don ont fait une de leurs « siestes » il y a quelques heures. Elle a repris une attitude de mère, les jambes croisées au niveau des chevilles. Elle a jeté un long cardigan crème sur sa robe légère (une bonne idée, car certains de ses petits miroirs brodés sont roses de sang) et rentré ses cheveux derrière ses oreilles pour ne pas paraître folle, juste triste et choquée – comme le serait une femme qui a découvert un « ami de la famille » mort dans le parc.

En plus, elle semble accomplir une mission. Sa mâchoire est résolue, son regard ferme. Et quand les agents ont la tête tournée, ses yeux me brûlent, cherchant apparemment à me dire quelque chose – mais je ne sais pas quoi. Sans doute qu'elle me déteste, que je lui répugnerai toujours et que sa haine fait maintenant partie de moi. J'ai peur que les policiers puissent aussi voir ça, parce qu'en levant les yeux de mes pieds, je les surprends à me dévisager, l'air de me trouver louche. Finalement, l'homme s'éclaircit la gorge et parcourt ses notes.

— Donc, Heeerr… (Il bute sur mon nom, comme tout le monde.) Hera.

Je hoche la tête. Mon cœur se met à cogner dans mes oreilles. Je sens que ça pourrait aider si je fondais en larmes – la conduite qu'on attend des filles normales – mais j'en suis incapable. Tous mes sentiments sont bloqués.

— C'est important de dire la vérité, tu le sais, n'est-ce pas ? demande-t-il d'une voix lente, me croyant peut-être stupide.

— Rien que la vérité.

J'ai entendu ça à la télé.

Maman refoule un petit sanglot et me regarde en secouant la tête, comme si la vérité était la dernière chose que je devais dire. C'est déroutant, parce qu'elle m'a répété toute ma vie : « Ne mens pas, Hera. Je serai moins fâchée contre toi si tu dis juste la vérité » – et qu'à part moi, qui pourrait avoir tué Don ?

En plus, c'est un soulagement de se faire prendre.

Je connais la suite. On m'emmènera vivre loin de Teddy, avec d'autres enfants mauvais, dangereux, dans une pension isolée et sévère, pareille à l'école dans *Jane Eyre*. Tante Edie me rendra sûrement visite, mais pas tous les week-ends parce qu'elle est très occupée et toujours à l'étranger. Grande Rita viendra en se forçant à sourire. Et maman ? Probablement pas. Pourquoi devrait-elle me pardonner ? Elle retournera avec papa, et Bébé Forêt me remplacera. Teddy aimera autant sa petite sœur. Papa se réjouira de voir maman heureuse. Au fond, je ne peux en vouloir qu'à moi. Je me rends compte que tout a conduit à ce moment dès l'instant où j'ai posé les rideaux sur l'ampoule électrique, à Primrose Hill. Je n'ai pas brûlé la maison, pas entièrement. Mais j'ai quand même fini par tout détruire, comme je le craignais depuis longtemps.

— Donc, Hera est sortie avec son frère, Teddy, et le défunt avec… (La policière tousse.) Un fusil ?

Elle lance un regard de mépris à maman, l'air de dire : « Quel genre de mère êtes-vous ? »

— C'était l'idée de Don, précise Grande Rita. D'après lui, ils étaient entre de bonnes mains.

La femme hausse un sourcil.

— Continue, Hera.

À l'étage, le son de la pendule à coucou. Il me fait penser au pivert, celui qui niche devant la fenêtre de Rita, et je me demande si c'est la dernière fois que je l'entends, s'ils m'emmèneront maintenant ou demain matin.

— Tu peux essayer de nous raconter, Hera ? insiste, plus gentiment, la policière.

— J'ai cru voir un chevreuil, quelque chose bouger…

— Stop ! (Maman se lève d'un bond. Ses mains

crissent sur le tissu de sa robe.) Interroger ma fille traumatisée ne sert à rien. La pauvre n'est guère convaincante, inspecteur. Il est beaucoup trop tôt. Et il nous faut un avocat.

— Madame Harrington, asseyez-vous. Votre fille semble parfaitement apte à coopérer. Il faut établir la chronologie des événements. Nous devrons tous faire une déposition au commissariat.

Au commissariat ? Cette nuit alors. Je partirai cette nuit. La terreur m'envahit. Grande Rita commence à sangloter sur les cheveux du bébé.

— Vous perdez votre temps. (Chacun se tourne vers maman, dont la voix force l'attention.) C'était moi. Le fusil est encore quelque part dans les bois. Si vous cherchez, vous le trouverez. Maintenant, s'il vous plaît, j'aimerais appeler mon avocat, et mon mari.

Quoi ? Que fait maman ? Je surprends les yeux choqués de Rita qui se révulsent, immenses et très blancs.

— Le traitement pour ma… maladie. (Maman se tapote la tempe, grimace, lâche un petit rire fou.) Il affecte ma vue, inspecteur. N'est-ce pas, Rita ? Je n'aurais pas dû manier un fusil, n'importe quelle arme, en sachant cela. C'était un accident.

Je n'y comprends plus rien. La pièce craque et se fend sous mes larmes et ma respiration heurtée. Je vois Rita me regarder en articulant muettement : « C'est OK. » Mais ça ne peut pas l'être. Des phares balaient déjà les fenêtres du salon. Une voiture crisse en s'arrêtant sur le gravier.

— Vous pouvez baisser les mains, madame Harrington. Je ne vous menotterai pas.

Je les supplie de ne pas l'emmener. J'entends la policière dire à Grande Rita :

— Donnez à la fille quelque chose de sucré.

Rita doit me retenir en me tirant contre elle. Bébé Forêt s'est réveillé et s'est mis à pleurer. Quand les policiers encadrent maman pour la sortir de la pièce, elle prend ma main et la presse. Là, pour la première fois depuis des mois, je sens son amour couler à travers ma peau comme une couleur chaude.

La porte du manoir claque. Nous nous retournons d'un bond.

— Jeannie chérie, je suis rentré !

Une bouffée d'air frais. Des pas. Mon père apparaît sur le seuil du salon, les mains figées en desserrant sa cravate.

— C'est comme ça qu'on m'accueille ?

CHAPITRE 45

Sylvie

J'avais prévu de rentrer directement à Londres. Sans regarder en arrière. Mais après l'accueil perturbant que j'ai reçu chez Marge, je m'en sens incapable. Une demi-heure après que Fingers a fait claquer sa porte, mes mains tremblent encore. Je suis perplexe, désemparée. Je reste un moment dans ma voiture, en écoutant Nick Cave, pour rassembler mes morceaux éparpillés, pendant que la pluie patine le pare-brise. Je fais sonner le mot « Jo » dans ma bouche, me demandant pourquoi, au fond, je suis soulagée de n'avoir pas trouvé son nom de famille. Est-ce une réaction normale ? ou juste de la lâcheté ? une nouvelle preuve que je ne peux affronter mes origines ? Du mascara coule sur mes lèvres. Je pleure. Les vitres s'embuent.

Bientôt, la pluie s'arrête. Le soleil fend les nuages, chaud, irrésistible, et je me sens un peu bête. Sortant de la voiture, je respire la douce odeur de l'herbe humide. Mes idées s'éclaircissent. Mon humeur s'allège. Et, soudain, je sais ce que je dois faire avant de quitter cet endroit. La voir seule.

Une forêt, je le découvre en y pénétrant, en y

succombant, révèle seulement sa vraie nature au marcheur solitaire. Et je l'indiffère. Je n'ai pas plus le droit d'exister ici qu'un renard ou une mûre sauvage. Finalement, ça me plaît. C'est libérateur. Par où aller ?

Le sentier bifurque. D'un côté, une voie étroite ombragée par la voûte émeraude des arbres. Un raccourci pour rentrer au village, peut-être. Les chemins mènent toujours quelque part.

Au bout de cinq minutes, dressé loin de la route, un grand mur. Un toit s'élève derrière lui. Intriguée, je reviens dans les bois et contourne l'enceinte pour mieux voir la maison par le portail du jardin. Superbe. À tomber. C'est, me dis-je avec une pointe de jalousie, une demeure de rêve, celle d'une vie où je serais riche et aurais une nuée d'enfants charmants, sauvages, avec l'acteur Dominic West. Ma prochaine vie ?

La plaque sur la grille indique « Wildwood House[1] ». Si j'avais une maison pareille, je la nommerais moi-même ainsi.

En la contemplant, bouche bée, j'imagine une scène des années soixante-dix : des enfants courant pieds nus entre les arbres, des plumes de chouette dans les cheveux ; une jeune nurse qui les poursuit en criant leurs noms. Je m'adosse à un if ventru, maintes fois séculaire, bien plus ridé que moi. Dans un élan d'affection pour lui, je me laisse lentement glisser pour m'accroupir au-dessus de la terre. Elle est souple, confortable, encore sèche, comme une natte de paille. Les oiseaux se mettent à bavarder, en s'alertant de ma présence.

Je consulte mon portable : pas de signal ; un appel manqué de mon agente, Pippa, se demandant sans doute si mon congé pour raisons familiales finira

1. Littéralement, « maison du bois sauvage ». (*N.d.T.*)

jamais ; un autre d'une amie inquiète, qui a commencé à dire, d'une voix un peu grinçante : « Maintenant tu dois vraiment t'occuper de toi », chaque fois qu'on se parle, comme si quitter un long mariage était un acte de sabotage téméraire, la drogue douce qui mène au dangereux état où l'on se f**** de tout, même de s'épiler. Heureusement que j'ai l'excuse de l'absence de signal, car je suis incapable de concilier ma vie londonienne avec ça. D'habiter les deux mondes à la fois. De fonctionner en me dédoublant. Du coup, je me cloisonne. Voilà pourquoi j'ai pu rester aussi longtemps mariée avec Steve.

Je bâille, prise d'une profonde torpeur. C'est épuisant de maintenir séparées toutes ses pièces disparates, de surveiller sans cesse l'échafaudage du moi. Suis-je abattue par ça ou en train de me détendre ? Les deux, peut-être. Je me demande si c'est pour ça que la « sylvothérapie » fait florès.

Un souvenir émerge. Je marche sur la plage avec mon père près du cottage. Il se penche pour ramasser du bois flotté, lisse et pâle, évidé. Je dis : « Comme un crâne. » Il approuve : « Oui, exactement, Sylvie », puis il m'apprend que, si on découpe un cerveau humain en tranches aussi fines que du salami, pour l'examiner au microscope, on voit des arbres. Qui s'appellent des dendrites. Et que toutes les pensées, tous les minuscules messages électriques, fusent de branche en branche. « Nous avons des bois en nous, Sylvie », conclut-il, puis il me serre dans ses bras et dépose un baiser sur ma tête.

Aujourd'hui, ces paroles semblent justes et sages. J'ai même l'impression de pouvoir renouer avec une part de moi disparue : la petite fille qui grimpait aux arbres pour sentir, la tête couronnée de feuilles, le balancement des plus hautes branches. Je ferme les yeux, fais durer l'aurore boréale tremblant sous mes paupières et, soudain, la terre paraît s'ébranler. Puis une forme vague se dessine, telle une échographie grenée. Moi. Bébé. Couchée sur une souche. Qui pleure.

— Pardon, ça va ? Vous avez besoin d'aide ?

Le bruit cesse. Oh, mon Dieu, il venait de moi… J'ouvre les yeux, lève la tête et vois des dents blanches éblouissantes. Une barbe.

— La forêt donne toujours des rêves un peu sauvages. (L'homme me regarde avec méfiance, tâchant peut-être de voir si je suis défoncée. Je réalise lentement qu'il est très beau, avec des yeux bleus.) Vous n'êtes pas d'ici ? demande-t-il, cherchant à me remettre.

— De Londres.

Une longue histoire.

— Ah… (Il sourit d'un air entendu, puis désigne la maison.) Vous êtes sûre que ça va ? Si vous avez besoin d'entrer, n'hésitez pas.

Je balaie les feuilles de mon jean.

— Non, non. Je suis juste un peu gênée. (Mais je me sens vulnérable, essorée comme après une bonne crise de larmes.) Si vous pouvez me dire comment retourner au village, ce serait très aimable. Ma voiture est garée là-bas.

— Certainement. Vous remontez le sentier, puis… (Il s'arrête et fronce les sourcils. Mes cheveux hirsutes émettent peut-être des messages ambigus. Et il recommence à pleuvoir à grosses gouttes.) Écoutez, j'allais faire un saut à Hawkswell. Je vous dépose ?

J'hésite. Devait-il vraiment partir au village ou est-ce un psychopathe ? Mais les tueurs en série ne portent sans doute pas des chemises élégantes aux manchettes à rayures jaunes. Tant pis. Je prends le risque.

— Belle voiture, dis-je en attachant la ceinture.

Une Porsche vintage, vert petit pois, à la capote relevée.

— N'est-ce pas ? (Elle vrombit délicieusement.) Mon mari me l'a offerte pour mes cinquante ans.

Typique.

— Un mari charmant.

Il rit.

Je trouve que j'aime beaucoup cet homme, avec cet instinct immédiat qu'on a parfois envers les inconnus.

— Merci, monsieur…

— Teddy ! hurle-t-il, par-dessus le grondement du moteur pendant que nous filons sur le sentier, dans un tourbillon de feuilles et de pluie. Je m'appelle Teddy. Accrochez-vous !

CHAPITRE 46

Rita, mars 1972

Six mois plus tard, son dernier adieu à Foxcote est encore frais dans sa mémoire : le bruit sourd de la portière du taxi ; les premières feuilles rousses tournoyant dans l'allée ; la grande maison qui s'éloigne, avant d'être avalée par les arbres. Comme si elle n'avait jamais existé. Le soulagement ignoble de la fuite.

Cinq longues journées avaient passé alors depuis la mort de Don – et des heures d'interrogatoire en boucle, la police ne laissant personne quitter le manoir. Si seulement elle avait su, à l'époque, que ces agents se verraient plus tard vivement reprocher d'avoir bâclé l'affaire… Sur le moment, elle était terrifiée. L'idée qu'elle puisse être sacrifiée pour sauver la réputation des Harrington venait souvent la hanter.

Autant elle avait rêvé d'être au cœur de leur foyer, autant elle brûlait à présent de s'en libérer. Une famille pouvait être l'abri le moins sûr, elle le savait maintenant, pas le havre qu'elle avait magnifié depuis son enfance. Finalement, on ne devait compter que sur soi-même.

Tandis que s'écoulaient les heures lentes, angoissantes,

elle avait commencé à voir, avec une clarté frappante, comment elle avait été aspirée dans le monde des Harrington – attirée par l'envie irrationnelle de retrouver sa mère, une famille à elle – et perdu ses repères. Elle avait tenté de l'expliquer à la policière. Mais la femme avait écouté, les yeux plissés, en prenant des notes à toute vitesse. Rita, craignant de se compromettre, n'avait pas tardé à se taire.

Quelques jours après la mort de Don, une femme des services sociaux, vêtue d'un manteau gris, était arrivée. Elle avait arraché le bébé du panier à légumes, sur le sol de la cuisine, telle une vulgaire laitue. Quand Rita l'avait suppliée d'attendre, ou au moins de dire où partait l'enfant, Walter avait poussé la femme vers la porte. Cette nuit-là, Rita avait glissé les grenouillères sous son oreiller, comme Jeannie avant elle, pour humer leur parfum laiteux.

Elle ne pouvait guère dormir plus d'une heure ou deux. Ni personne d'autre, d'ailleurs. Souvent, la nuit, elle descendait au rez-de-chaussée pour trouver Hera fouillant dans le garde-manger. Ou Teddy trottinant en pyjama, égaré, demandant où était sa mère.

Tout semblait avoir volé en éclats, à l'instar du terrarium : Walter avait fourré ses restes dans la poubelle, les défonçant au bâton par-dessus le marché, comme si le petit globe de verre était responsable de tout, ce qui, en un sens, était vrai.

Mais dès qu'il avait tourné le dos, Rita, par défi, avait récupéré Dot et Ethel, pour les replanter dans la plate-bande argileuse près du portail. Elle savait que la mutilation des feuilles n'avait pas d'importance : si les racines étaient encore là, les plantes avaient une chance. À présent, cette idée la réconforte. « Les enfants, pense-t-elle, ne sont pas différents des plantes. »

Elle se demande ce que font Hera et Teddy par cette froide matinée de mars, pendant qu'un épais brouillard descend sur les toits de Hackney et qu'elle frissonne dans son studio. Sans graisse sur elle pour lui tenir chaud, elle est tout en angles – comme l'agence de mannequins les aime –, hanches saillantes et peau tendue.

On lui a interdit de chercher à recontacter la famille – ordre du tribunal, a dit Walter. Cette décision brutale, qu'elle n'admet pas, la terrifie. À Noël, craignant que les enfants se sentent abandonnés, elle s'est risquée à envoyer une courte lettre à Hera à Primrose Hill, avec ses coordonnées à Londres – le studio chez Mme Catton, une logeuse borgne qui frappe sur le mur dès qu'elle met la radio –, mais elle lui a été retournée avec la mention « inconnue à cette adresse ». Honteusement, elle s'est sentie soulagée. Au moins, Walter ne l'avait pas interceptée.

Elle aime à croire qu'Hera et Teddy, par des lois physiques encore inconnues, sont conscients qu'elle pense à eux lorsqu'elle se tient dans des ateliers glacés, entourée de couturières qui ajustent des robes sur son corps frêle. Mais Bébé Forêt… Non, songer à lui est trop pénible, ce qui ne l'empêche pas de le faire. Tout le temps. Où est-il ? Ignorer son sort la tourmente.

L'absence de la petite est si concrète, si poignante, qu'elle s'efforce de ne pas pleurer. Son poids lui manque, ses mains potelées, ses « Oh ! » et ses « Ah ! » musicaux, sa manière de blottir sa tête dans son cou, et ses yeux noirs brillants qui la suivaient partout. Elle doit avoir beaucoup changé. Se redresser. Essayer de marcher à quatres pattes ? Non. Rita ne doit pas aller par là.

Elle a tenté de suivre l'affaire dans les journaux,

mais ils ont mentionné une seule fois le bébé, pour appeler sa mère à se faire connaître, et beaucoup plus la mort de Don. Elle a rangé certains articles dans une valise sous son lit, et découpé des photos des Harrington pour ne pas oublier leurs visages. Toutefois il n'était pas facile de s'y retrouver. Un tabloïd insinuait que Don s'était suicidé, révélant des dettes sidérantes et des rumeurs disant que des gangsters de l'East End le traquaient. (Marge était citée : « Un type louche. Il semait le trouble. ») Alors que le *Daily Telegraph* le décrivait comme « un esprit universel charismatique, un conteur et un homme du monde – un des meilleurs anciens d'Eton ». Très vite, le sujet a disparu, remplacé par une nouvelle horreur en Irlande du Nord. Quelques mois plus tard, le *Times* annonçait, dans un entrefilet, qu'il n'y avait pas assez de preuves pour inculper quiconque en lien avec la mort de Don. L'enquête restait ouverte. C'était, disait le reporter, un mystère : le doute planait sur la correspondance entre la balle fatale et l'arme présumée. Jeannie Harrington ne jouissait pas de toutes ses facultés mentales. Elle se remettait dans un asile, aucune preuve solide n'ayant confirmé son aveu. « Qui d'autre s'était trouvé dans les bois cette nuit-là ? demandait le journaliste. S'agit-il d'un énième scandale étouffé par l'élite ? » Bien sûr ! Rita n'en doutait pas. Walter – de mèche avec ses dignes amis du gratin – avait fait tout son possible pour le tuer dans l'œuf. C'était mauvais pour les affaires. Elle savait aussi qu'il avait été suspect au début, qu'il avait subi l'humiliation d'être « emmené au poste » pour fournir un alibi, jusqu'à ce que ses brillants avocats de Londres interviennent.

Durant ces journées de stupeur au manoir après la mort de Don, Rita avait été surprise que Walter n'accuse Jeannie de rien, pas même de sa liaison, qu'il persistait à tenir pour le symptôme d'une maladie, un trouble pouvant être guéri. Il refusait de la croire capable de tuer Don, et il l'avait clamé à la policière en détachant ses mots, comme si elle était un peu sourde. (Il préférait « parler au gars ».) Non, il avait été plus facile de reprocher à Rita, non pas le meurtre, même s'il l'aurait fait s'il l'avait pu, mais tout le reste. Elle avait « conspiré » avec Don, avait-il sifflé, arrachant les maudites pages blanches du carnet pour les jeter au fond du jardin, où elles avaient tournoyé au vent, se posant sur les arbres telles des colombes. Il n'avait jamais mentionné Bébé Forêt : pour lui, l'enfant semblait n'avoir jamais été ici. En revanche, il était anéanti par la mort de Don. Rita l'entendait sangloter dans la bibliothèque en marmonnant son nom. « Mon plus vieil ami serait encore vivant si vous m'aviez dit ce qui se passait plus tôt ! lui avait-il lancé. Et ma femme serait toujours là, imbécile ! » Une part d'elle-même savait que c'était vrai. Dans son ardeur à tout bien faire, elle avait eu tout faux. Mais elle avait aussi commencé à comprendre que le sort tragique des Harrington avait été fixé avant même sa venue dans la famille. L'insatisfaction de Jeannie dans son mariage – et sa vie domestique dorée – était la force qui avait déclenché le drame, comme un soupir peut amorcer la rotation du mobile de Robbie.

Ça la minait de ne pas savoir qui avait tiré sur Don. Elle changeait sans cesse d'avis. Hera croyait l'avoir abattu par accident. Jeannie protégeait-elle sa fille, son amour maternel primant sur sa passion pour Don ? Elle l'espérait. Puis elle repensait au bleu qu'avait fait Don sur la joue de Jeannie. À l'empressement de celle-ci à l'enterrer dans la forêt, pour le laisser en proie aux vers et aux larves. Et elle s'interrogeait.

Quand la police lui avait finalement permis de quitter la région, Walter lui avait donné vingt minutes de préavis avant l'arrivée du taxi. Elle avait seulement pu rassembler quelques affaires et embrasser une dernière fois les enfants. Elle aurait bien voulu faire un détour par la maison de Robbie, mais elle s'était aperçue qu'elle avait oublié son emplacement (« Peut-être par là, entre les arbres ? » n'était pas vraiment une adresse, avait gentiment observé le chauffeur.) De plus, elle n'avait pas le numéro de Robbie. Avait-il même un téléphone ? Et pourquoi voudrait-il lui dire au revoir ? Elle lui avait causé assez de torts. Apparemment, il était sorti de la cellule du commissariat avec un œil au beurre noir et une côte cassée. « Les flics lui colleraient le crime sur le dos s'ils le pouvaient, lui avait confié Marge. Pour clore l'affaire au plus vite. Gagner les bonnes grâces de Walter et de ses avocats. Vous savez, Rita, mieux vaudrait ne pas le recontacter, avait-elle conseillé d'un ton protecteur. Il doit rester en dehors de ça, mon chou. »

Rita était contente de ne pas avoir l'adresse du jeune homme. Sinon, elle aurait cédé à la tentation et frappé égoïstement à sa porte, juste pour le voir une dernière fois. Au moins, ils avaient eu cette nuit magique. Elle était sûre que peu de gens connaissaient jamais une telle extase dans toute leur vie.

Cherchant ce qui lui reste de Robbie, elle s'agenouille sur le plancher, évitant les clous rouillés qui affleurent, et tire sa valise de sous son lit. À présent, les feuilles qu'il lui a données cet été, emballées dans du papier, sont en piteux état : desséchées, pulvérisées et réduites à leur tige, comme des arêtes de poisson.

Mais elle peut encore lire les étiquettes qu'il a écrites (*orme*, *frêne*, *bouleau*...) et se plaît à le faire presque tous les jours.

Le mobile qu'il a fabriqué est aussi rangé avec soin, enveloppé dans un vieux collant. Elle l'a emporté pour Bébé Forêt, faisant le vœu qu'un jour, elle trouverait la fillette et le lui rendrait, pour qu'elle sache qu'il y avait eu un homme assez habile et gentil pour construire ça pour elle, à la manière d'un père, qu'elle avait été jadis gâtée et chérie, comme tous les autres enfants du monde.

Dépliant le nylon, elle caresse les fins petits arbres, puis reprend ses esprits. Aujourd'hui, elle ne peut courir le risque de pleurer et d'avoir le visage bouffi : elle a un casting. Repoussant la boîte sous le lit, elle pense à Jeannie, qui avait aussi caché des choses précieuses sous son lit, et à la façon dont chacun dissimule ses points sensibles. Ils semblent plus à l'abri ainsi. Et c'est souvent la seule solution.

Elle est presque sûre que sa propriétaire, Mme Catton, a fouillé le reste de ses affaires pour chercher des objets de contrebande. (« Pas d'alcool. De cigarettes. De visites de garçons. ») Quelle erreur de lui dire qu'elle posait pour payer le loyer...

En tout cas, elle n'aurait guère pu obtenir une autre place de nurse, même si elle l'avait voulu. Le mannequinat a été une chance improbable.

Elle travaillait douze heures par jour comme serveuse dans un restaurant de Mayfair quand la femme de l'agence lui avait tapé sur l'épaule avec un ongle verni. Avait-elle déjà songé à devenir mannequin ? Au début, elle avait cru que c'était une farce cruelle. Mais la femme ne riait pas : elle jaugeait sa ligne fraîchement amincie, osseuse depuis qu'elle avait perdu l'appétit.

Rien ne dégoûte autant de la nourriture que d'y baigner matin et soir, et Rita ne s'estimait plus digne des plaisirs de la vie. Soupçonnant la femme d'avoir une mauvaise vue, elle avait pris sa carte couleur crème et s'en était servie comme signet pendant plusieurs semaines. L'idée qu'elle puisse faire du mannequinat était absurde. Les mannequins sont beaux. Elle avait un physique ingrat, depuis toujours. Hormis sa nuit avec Robbie, où elle s'était sentie une déesse. Pourtant, à la fin, la curiosité et l'argent l'avaient emporté.

Désormais, elle gagne davantage en cinq heures de pose qu'en douze heures de service en salle. Pour la première fois de sa vie, sa taille est un atout et son corps un allié. Elle a trouvé rassurant et valorisant de rencontrer d'autres géantes qui chaussent du quarante-trois, des filles qui ne passent pas non plus forcément pour des beautés. Personne ne se moque d'elles. « C'est un look », dit la femme de l'agence en tirant sur sa cigarette. Un look qui ne la dérange plus vraiment.

Le travail consiste avant tout à essayer des modèles en coulisse. C'était affreusement gênant au début, de se tenir là en sous-vêtements, puis elle a pris conscience qu'elle n'était qu'un support, libre de ses pensées. Et elle aimait la vivacité des couturières, leur précision et leur zèle, leurs doigts légers et frais, leur façon maternelle de lui parler parfois. Ses cicatrices l'empêchent de défiler. Pourtant il y a un photographe – hypercélèbre, au bagou de forain – qui voudrait à tout prix la photographier nue pour les immortaliser, telles des « marques tribales ». Mais Rita, intimement convaincue que son histoire n'appartient qu'à elle, s'obstine à refuser, à la grande déception de l'agence. La gloire est la dernière chose qu'elle cherche. Elle veut juste l'argent. L'indépendance. Ne plus jamais être à la merci d'un homme comme Walter. Ni d'aucun autre, d'ailleurs. Bientôt, elle aura épargné suffisamment pour l'acompte de l'achat d'un appartement. Au-delà, elle ne peut rien imaginer. Son cerveau est dans un brouillard, comme celui qui enveloppe la ville aujourd'hui, éclipsant ses anciens projets, ses enthousiames, l'avenir. Elle se demande quels conseils Poppy, sa mère, lui prodiguerait si elle était en vie. Cette pensée l'attriste et lui donne un sentiment d'injustice.

Trois coups secs à la porte, la signature de sa logeuse.

Rita se crispe. La vieille chouette.

— Oui ?

Mme Catton pousse le battant. Son œil valide parcourt la pièce, en quête de signes d'infamie. L'autre, vide et laiteux, est fixé devant lui. Elle tire une bouffée de sa cigarette – « privilège de propriétaire » – et franchit le seuil. Rita a horreur de cette intrusion. Après son départ, il lui faut toujours quelques minutes pour retrouver ses marques.

— Je vous ai fixé des règles, Rita.

— En effet, répond froidement celle-ci. (À présent, même sa voix semble plus profonde, plus adulte : elle a mûri très vite. Quelques mois plus tôt, elle se serait mise en quatre pour se faire bien voir. Plus maintenant. Pas après son expérience chez les Harrington. Les humbles n'héritent pas de la terre. Elle ne craint plus de s'imposer.) Mais je ne crois pas les avoir enfreintes.

Mme Catton exhale une volute jaunâtre.

— Pas encore.

Rita fronce les sourcils, réprimant son irritation.

— Pardon, je ne vous suis pas…

— Pas de visites de garçons ! aboie la propriétaire, l'haleine putride.

— Je n'ai pas eu de visites, de garçons ni de filles, depuis que j'ai emménagé, et je n'y tiens pas. Maintenant, si ça ne vous fait rien, madame Catton, je dois me préparer pour aller travailler…

Par-dessus son épaule voûtée, la logeuse jette un œil dans la sombre cage d'escalier, la cigarette branlant entre ses lèvres.

— Eh bien, il y a un gars en bas. Je ne peux pas m'en débarrasser. Y dit qu'il a des nouvelles d'un certain bébé.

CHAPITRE 47

Hera, de nos jours

Un nuage de vapeur « senteur melon » plane dans l'entrée, pareil au fantôme d'une salade de fruits. J'agite les mains pour le dissiper.

— Quel est ce truc affreux ? Je préférais quand tu fumais comme un pompier, Edie.

— Tu crois que je ne le fais pas, chérie ? Mais les temps ont changé, et moi aussi. (Edie fourre sa cigarette électronique – qui ressemble de façon troublante à un pistolet – dans son sac.) Merci pour cette impeccable tasse d'Earl Grey. Je dois filer. J'ai un délai serré.

J'observe ma tante d'un œil sceptique, la soupçonnant de chercher un prétexte pour partir, éluder la conversation et toute mon angoisse.

— Vraiment ? Tu n'as pas ta mine débordée.

Front plissé. Lèvre inférieure mordillée. Le cliquetis de la machine à écrire. J'ai grandi avec tout cela. Edie était sans cesse préoccupée. Elle nous interrogeait sur nos devoirs, Teddy et moi, mais elle n'écoutait pas nos réponses – elle pensait à son style. J'ai dit une fois pour la tester : « C'est le lapin qui l'a fait pour moi », et elle a marmonné distraitement : « Beau travail, chérie », avant de pondre une autre ligne. En revanche, dès l'article fini, elle nous faisait toujours grimper sur une impériale pour aller prendre un *sundae* à Hyde Park ou déjeuner à Piccadilly. Nous adorions ça. Mais je n'ai pas mangé une seule glace en vingt ans. Pris un bus depuis cinq. Ni le métro. Pas alors que la ville devient chaque jour plus violente. Les souches de la grippe plus virulentes. Et les crises de panique qui ont commencé quand j'ai perdu mon mari – mon dernier rempart contre le passé – plus dures à déguiser. Sans lui, je me sens à nu, vulnérable au moindre coup et à chaque toux. Depuis que le dernier drame familial a débuté – quand donc va-t-il finir ? –, je sens à nouveau monter la panique, la peur de m'étioler comme ma mère.

— Enfin, je ne suis pas vraiment charrette, mais hyperoccupée.

Edie, l'air dangereusement contente d'elle, attend que je lui demande la cause de sa dernière fièvre.

Je joue consciencieusement le jeu :

— Par quoi ?

Sourire convulsif.

— La création d'un compte Instagram.

— Mon Dieu ! À quel sujet ?

— Mes années de magazine d'information. Le féminisme. La mode. Je vais faire de moi un trésor national. (Elle agite ses bracelets en résine.) Zut, pourquoi pas ?

Je la fixe un instant, ma minuscule tante flétrie aux yeux brillants, qui tranche sur le feuillage du papier peint classique tel un oiseau exotique.

— Je mettrai ça sur ta tombe : « Ci-gît Edie Harrington, qui a contemplé le monde et déclaré : "Zut, pourquoi pas ?" »

Elle pouffe.

— J'en doute. Parce que je te survivrai en vapotant du sorbet au melon. Maintenant, si ça ne te dérange pas…

Elle me frôle, laissant dans son sillage une bouffée de l'eau de Cologne pour hommes, forte et citronnée, qu'elle a toujours portée.

J'éprouve un mélange d'affection et de manque, comme chaque fois qu'elle me quitte, et une forte envie de la prendre dans mes bras, toujours contenue. La plupart des gens que j'ai embrassés ont disparu. Nous nous comprenons, elle et moi, et cela suffit. Elle sait qu'elle m'a sauvé la vie.

La leucémie a frappé brutalement à notre porte, fauchant maman quinze jours après le diagnostic, quatre mois après son retour des Herbiers. La jeune nurse qui avait remplacé Rita est partie épuisée, trouvant la tâche trop dure. Papa a tenté de prendre le relais, mais il ne savait pas faire cuire un œuf et ses affaires l'appelaient en Namibie. Du coup, Edie a renoncé à son poste à l'étranger et rendu les clés de son appartement pour s'occuper de nous. Tout le monde était incrédule, s'attendait à ce qu'elle échoue. Edie aussi était nulle en cuisine, mais savait où dîner dehors. Elle a décroché un poste dans une rédaction londonienne et rempli la maison d'écrivaillons, d'artistes et de gens qui cherchaient un lit pour la nuit. Ça a été une révélation. Les conventions et les craintes qui avaient régi la vie de mes parents ne s'appliquaient pas à Edie. Elle ne s'est jamais mariée. À la place, elle avait un métier et un million d'amis. Et nous. Elle a été la seule personne à me dire dans la vie : « Ne t'inquiète pas de ce que pensent les autres, sois ce que tu veux. *Zut, pourquoi pas, Hera ?* » Et je l'ai fait. Je me suis réinventée.

Des années plus tard, j'ai même apporté une photo de maman à un chirurgien en disant : « Vous pouvez me donner un nez comme le sien ? » Je ne lui ressemble toujours en rien.

Quand maman a été libérée des Herbiers, elle ne se ressemblait pas non plus. Elle avait perdu beaucoup de poids, ses cheveux avaient blanchi et commencé à tomber par poignées. Mais elle était ravie de nous retrouver dans notre nouvel hôtel particulier à Bloomsbury, moins grand et plus miteux, loin des cancans de Primrose Hill. Là-bas, mes parents faisaient chambre à part, avec une porte entre eux que papa espérait voir s'ouvrir un jour. Bizarrement, nous n'avons jamais été aussi proches que dans cette maison. Tout semblait plus feutré et plus fragile, et pourtant plein d'espoir, comme après une opération.

Edie me disait :

— Seuls les arbres savent ce qui s'est passé dans les bois, cette nuit-là.

Mon père, lui, ne parlait jamais de ça, ni de Don. Pas une fois, ils n'ont évoqué l'enquête devant moi. J'ai appris plus tard qu'elle avait tourné court. Papa a vendu la mine, et des actions de sa compagnie, pour payer les avocats. Un jour, j'ai demandé timidement à maman si elle avait réellement tué Don. Elle a hésité, les yeux pleins de larmes, le visage barré par des sentiments indéchiffrables, puis elle a répondu :

— Ce n'était pas toi. Tu ne dois pas te croire coupable, Hera. C'est tout ce qui importe.

Mais une part de moi le croyait, et le pense toujours. Ma balle avait atteint quelque chose, cette nuit-là. Et même si je ne cherchais pas à tuer Don, j'avais souvent rêvé qu'il soit balayé de la surface de la terre.

Des policiers revenaient de temps en temps, et nos

parents nous emmenaient aussitôt à l'étage. Blottis l'un contre l'autre, Teddy et moi tremblions à l'idée qu'ils embarquent à nouveau maman. Des avocats passaient. Des médecins. Des reporters frappaient à notre porte. Alors, nous devions reculer des fenêtres et tirer les rideaux. Je n'ai jamais cessé de craindre que le monde fasse à nouveau irruption dans ma vie, pour emporter quelqu'un que j'aime. Aujourd'hui encore, je ne me sens à l'aise dans ma maison qu'avec les stores fermés. Voilà pourquoi la nouvelle lubie d'Edie me déstabilise.

— Ne poste aucune photo de moi sur les réseaux sociaux, veux-tu ?

— Crénom, je n'oserais pas, chérie. (Elle ouvre ma porte et sourit à la ville, aux voitures et aux passants. Elle me lance un clin d'œil.) Tu brouillerais l'Interweb.

— L'Internet. Ça s'appelle Internet, Edie… (J'effleure sa manche.) Avant de partir, dis-moi ce que je dois faire. Je t'en prie…

Seul son avis compte.

— Je ne t'ai jamais dicté ta conduite. (Elle pince les lèvres, ce qui fait rayonner ses rides de vieille fumeuse.) Ça ne marche pas comme ça.

Un hélicoptère de police vrombit au-dessus de nos têtes.

— J'ai tenté de résoudre le problème en payant. J'ai tâché de raisonner ces gens.

Elle se tourne vers moi, répond plus sévèrement :

— Tu as essayé de laisser tomber ?

— Quoi ?

Je ris de cette idée absurde.

— Tu n'as pas la main ici, chérie. Donc, soit tu cèdes de guerre lasse, soit tu t'inclines avec grâce. (Edie me sourit, un peu exaspérée.) Tu te rendras malade si tu t'obstines. (Elle regarde la rue.) À quelle heure passe le prochain 22 ?

— Ce n'est pas pour rien que Dieu a inventé les taxis.

Pour nous épargner la foule, les agressions, les virus, et m'éviter les sueurs froides qui me coupent le souffle.

— Tu ne sais pas ce que tu rates ! Ah, les discussions dans les bus… Je prends souvent des notes.

— Ça ne m'étonne pas de toi…

— Bonne chance. (Sa main griffue presse la mienne.) Tiens-moi au courant, Hera.

— Ne m'appelle pas comme ça !

— Oups… Ma vieille tête déraille, chérie. Désolée. (Elle n'en a pas trop l'air. Ma tante est, par nature, incapable de regret, mais la gentillesse même.) Tu seras toujours Hera pour moi, ma chère grosse et folle Hera.

— Bon sang !

— Bah, à mon âge…

— Edie, je m'appelle Helen Latham depuis trente-trois ans. (J'arrache une peluche du col de sa veste marine.) Et je pèse cinquante kilos. Merci beaucoup.

CHAPITRE 48

Sylvie

Elliot et Annie sont assis à un continent d'écart sur le canapé. Leurs yeux percent le parquet. Je demande pour la forme :

— Comment ça va ?

— Très bien, lâche Elliot lorsque Annie ne répond pas.

Il y a de l'électricité dans l'air.

Je leur ai donné une heure d'intimité : soi-disant pour aller chercher du lait.

— Annie vous a-t-elle dit qu'on avait acheté un lit pour bébé ? (Je glisse la brique de lait superflue dans le frigo.) Deux, d'ailleurs. Un pour ici ; l'autre pour chez son père. À un prix cassé. Une affaire. (Quand même une fortune. Annie m'y a poussée. Je me laisse plus facilement avoir que Steve.) On ne s'attendait pourtant pas à ce qu'ils soient livrés aussi vite, hein, Annie ?

— Non, murmure-t-elle en rougissant.

S'il n'avait tenu qu'à elle, Annie aurait déjà acheté le trousseau entier. Peut-être toutes les jeunes mères cherchent-elles ainsi à s'offrir un peu d'assurance, sans réaliser que, lorsque le bébé hurle à quatre heures du matin, la marque du matelas à langer n'a aucune importance. Mais pour Annie, ça doit être aussi un moyen de conjurer ses craintes pour maman, qui reste dans un état critique. Du coup, j'ai passé sous silence mon retour dans la forêt la semaine dernière, ne voulant pas ajouter Marge ou « Jo » à l'imbroglio.

— Une bière, Elliot ? J'ai des canettes au frais.

Annie me fixe, les yeux écarquillés, l'air de dire : « Maman… » D'accord, peut-être la rencontre pour parler des détails pratiques ne s'est-elle pas si bien passée… et j'aggrave les choses.

— Comme Annie ne peut pas boire, je m'abstiens.

Elliot jette un coup d'œil prudent à ma fille, qui semble royalement insensible à ce sacrifice. Un instant plus tard, elle lui retourne son regard, mine de rien. J'ai conscience d'une certaine chaleur animale dans la pièce.

Elliot tire nerveusement sur les manchettes de sa chemise.

— Je pense que je ferais mieux de filer.

Il attend qu'Annie dise : « Non, reste. »

Sans succès.

— Je m'en vais aussi.

Ils se lèvent d'un même bond, empruntés.

— Bon, à plus, chuchote Annie, sans le regarder en face.

À notre grande surprise, Elliot la prend dans ses bras.

— Préviens-moi si je peux faire quelque chose, murmure-t-il dans ses cheveux.

Annie ferme les yeux – je m'apprête à m'éclipser –, puis recule brutalement, comme si elle reprenait ses esprits.

— Je suis enceinte, pas infirme.

Je l'exhorte muettement : « Mince, il y met du sien… », pendant qu'il traîne tristement les pieds vers la porte. J'ai le cœur gros pour eux.

* * *

— Tu portes aussi le bébé d'Elliot, Annie, dis-je après son départ.

Elle ramasse son sac.

— Ce sera un Broom, pas un Latham.

J'avance avec précaution :

— Je me demande juste…

— Quoi ?

Ses narines frémissent, guettant une déloyauté.

— Il y a une vraie énergie entre vous. Je le sens.

— Une énergie du style « tu as niqué ma vie » ?

— Non. Une étincelle. Une attirance. La manière dont il t'a enlacée, Annie…

Elle grimace, mais ses yeux se remplissent de larmes. Elle se détourne pour tenter de me les cacher.

— Vous ne pourriez pas essayer d'arranger les choses, chérie ?

Elle se mord les lèvres et secoue la tête, puis marmonne qu'Elliot ne veut pas du bébé, qu'il n'a pas tardé à passer à une autre fille.

Je me demande si c'est la même que celle qu'Helen m'a décrite au téléphone : « Une amie de la famille, qui travaille chez Christie's – et tolère parfaitement la situation. Peut-être pourriez-vous avoir une petite discussion avec Annie là-dessus. »

Le culot…

— En tout cas, c'est mieux pour le bébé d'avoir toujours connu ses parents séparés que de chercher vainement à se rabibocher et de le perturber par une rupture, déclare-t-elle. Tous les spécialistes le disent.

Aïe. Je me mords la langue, tâchant de ne pas le prendre pour moi.

— Je vais voir mamie. (Elle ouvre la porte. Londres s'engouffre dans l'entrée, lourd et moite.) Pour lui faire réécouter les sons de la forêt. Le pivert.

Mes pensées se bousculent, hurlent, happées par les bois. Marge. Fingers.

— D'accord, Annie. Bonne chance.

* * *

Je ne cesse de penser aux divagations de Marge. Elle a l'esprit confus, disait Fingers. Mais elle n'est certainement pas gaga. Au fond, elle semblait relativement lucide, même si elle déraillait. Je ne sais que croire.

J'ai souvent voulu appeler Caroline, renoncé illico. Je n'ai pas envie de la rendre dingue, elle aussi. En outre, les vieilles habitudes sont tenaces : je persiste à croire que, si je cache tout ça, je pourrai le contenir, l'infléchir, empêcher le passé de rejaillir sur le présent. Et le présent devient de plus en plus pressant. Chaque jour, le futur bébé d'Annie se rapproche du petit lit dans sa chambre, sous les arbres du mobile, qui tremblote et attend.

J'ai fait un effort, non ? Emmené Annie dans la forêt, au moins. Pourquoi risquer de creuser davantage ? Maman nous protégeait d'un danger, j'en suis sûre. Dans ces étranges limbes entre la vie et la mort, un lieu où je ne peux ni la pleurer ni avancer, je prends la décision de laisser tomber. Pour l'instant, je dois me concentrer sur le bébé. Annie. Le travail.

J'écris un mail à mon agente, cherchant à paraître dynamique : *Chère Pippa, comment vont les affaires ? Peut-on faire le point par téléphone ce week-end ?* Quelqu'un sonne à la porte.

— Sylvie. (Helen entre au pas de charge. Fébrile. Avec des talons plats. Il se passe quelque chose. Elliot a-t-il déjà fait son rapport ? Peut-être ne veut-il pas que son premier-né dorme dans un lit au rabais, mais un truc garni de vieille dentelle de Paris.) Comment s'est passé le sommet de la guerre froide ?

J'hésite. Penche pour l'optimisme.

— Ils vont y arriver. (Elle semble inquiète à cette perspective.) Helen, venez voir la nursery.

Pour une fois, la chambre d'Annie est soigneusement rangée, visite d'Elliot oblige. Je peux prendre le risque.

— C'est un peu tôt pour la préparer, Sylvie. Il ne faut pas tenter le sort.

Un instant, elle a l'air effrayée, comme si le pire n'était pas qu'Annie garde le bébé mais le perde.

— Je sais. Seulement, le lit d'enfant a été livré hier et Annie a exigé qu'on le monte pour voir son effet. J'ai passé des heures au purgatoire du kit dans la soirée. Vous n'avez pas idée… Jetez-y un coup d'œil. Annie est sortie. Ça ne l'ennuiera pas.

Oh que si. Mais je veux rassurer Helen, lui montrer que nous sommes plus unies qu'il n'y paraît. D'ailleurs, c'est elle qui a suggéré qu'Elliot vienne ici aujourd'hui. Son tranchant semble s'émousser un peu.

Je pousse la porte de la chambre d'Annie. La lumière du canal tremble sur les murs. La pièce rayonne.

— Mignon, hein ?

Elle se fige sur le seuil. J'attends qu'elle dise

quelque chose. Elle tend juste le doigt vers l'appui de la fenêtre, où le terrarium se chauffe au soleil.

— Oh, Annie adore ça !

— C'est l'un des miens. Je… j'ai une société. Une petite entreprise de terrariums.

Ça me donne la chair de poule :

— Quelqu'un l'a offert à ma mère. Elle est à l'hôpital…

Je m'arrête, voyant son expression.

— Seigneur. Ce… ça. (Elle montre le mobile au-dessus du berceau, qui tourne dans la brise venant de la fenêtre.) Où l'avez-vous eu ?

— Oh, il est très vieux. Mon père l'a fabriqué.

— Votre père ? bredouille-t-elle.

— Il était ébéniste. (Ma voix enfle de fierté.) Un artisan doué.

Là, Helen paraît disjoncter. Elle ouvre et ferme la bouche, les yeux exorbités.

— Qui était-ce ? (Elle fait claquer ses doigts.) Son nom. Son nom ?

— Robbie Rigby. Aujourd'hui, ses trucs sont devenus assez prisés. Vous avez entendu parler de lui ?

CHAPITRE 49

Hera, de nos jours

Je m'entends pousser un petit cri affreux. La sueur colle mon corsage à mon dos. C'est comme si j'avais une bouffée de chaleur nucléaire. Je m'effondre sur le lit d'Annie, une main sur la bouche, pour tenter de me calmer en humant l'odeur chimique familière des ongles en gel. Je dois contenir mes sentiments. La panique. Respire, Helen, respire…

C'est à n'y rien comprendre.

Le mobile en bois qui a tourné dans mes rêves pendant plus de quarante ans est suspendu au-dessus du berceau. Près de la fenêtre se trouve le terrarium que j'ai fait fabriquer spécialement par la meilleure artisane de ma société, il y a quelques semaines.

— Votre mère, à l'hôpital… (Ma voix sort dans un croassement.) Comment s'appelle-t-elle ?

— Rita. (Elle hésite.) Rita Murphy.

Je jette un nouveau coup d'œil au mobile et secoue la tête, incapable de réaliser. Elle ajoute :

— Maman a gardé son nom de famille.

Je chuchote « Grande Rita », ces mots doux aussi rares qu'un cheese-cake dans ma bouche. Ainsi, elle a bien épousé Robbie. Et fondé une famille. Avec une joie mêlée d'une envie puérile, j'examine Sylvie, cherchant une ressemblance. Même si elle est bien plus brune, elle a quelques traits de Robbie, ses pommettes hautes et ses yeux brillants de forestier. Mais de Grande Rita ? Non. Elle n'a certainement pas hérité de ses jambes. Quoique, à la réflexion, il n'y ait pas grand-chose de ma mère en moi.

— Ce n'est quand même pas vous qui avez laissé le terrarium à l'hôpital pour maman ? demande Sylvie avec un rire nerveux.

— Je voulais remplacer ce que ma famille avait détruit.

— Votre famille ?

Sylvie recule d'un pas. Ses yeux, tels ceux d'une Gitane, lancent des éclairs d'or. Elle croise les bras.

— Votre mère a été ma nurse... dans mon adolescence. (En prononçant ces mots, je lutte contre une vague d'émotion effrayante. J'ai soudain l'impression que la croûte protectrice de mon cœur pourrait éclater comme une callosité.) Pardon, puis-je avoir un verre d'eau ?

Sylvie ne répond pas. Ne m'offre pas d'eau non plus. Ses yeux s'étrécissent en forme de faucilles. Une question flotte derrière eux.

— L'accident était dans le journal. La chute de la falaise, dis-je, éprouvant le besoin de m'expliquer. Après tout ce temps, elle était... (Ma voix se brise, puis redevient posée.) Là. (Les mains de Sylvie, d'habiles mains de maquilleuse, se crispent. Son visage a perdu ses couleurs, ne gardant qu'une trace de surligneur sur les joues.) J'ai appelé l'hôpital, celui indiqué dans l'article. J'ai appris qu'elle avait été transférée dans un service spécialisé à Londres. (Je grimace, me rappelant que j'ai intimidé la jeune réceptionniste pour lui soutirer l'information.) Depuis, elle est sortie ? Elle va mieux ?

— Pas encore.

Un léger tic contracte la lèvre inférieure de Sylvie. Elle me fixe avec une attention gênante.

— J'ignorais complètement que c'était votre mère. Je ne savais même pas qu'elle était blessée. Elliot ne me dit rien ! Rien ! Je dois le déchiffrer comme une pierre runique. Nous ne sommes pas proches… (Ma voix recommence à se fissurer. Je tousse pour le cacher. Mes yeux brûlent et je refoule mes larmes d'un battement de cils. Je ne pleure jamais. J'en suis incapable.) Votre mère… mon Dieu, elle a été une inspiration. Absolue. Pour ma société… et le reste. Chaque chose était pour elle. Les objets brisés réparés. Le verre cassé recyclé, à nouveau soufflé…

— Je sais qui vous êtes.

Je tressaille, touche les cicatrices derrière mes oreilles, la couture entre Hera et Helen. Elle ne peut pas savoir. Impossible.

— Je… je vous demande pardon ?

— La fille dans le vieux journal qu'avait gardé ma mère, fait-elle d'une voix plus grave, où naît la certitude. La fille des Harrington.

Non, non. Pas elle. Je lève le menton, reprends les traits d'Helen, m'efforce de sourire et murmure :

— Vous devez vous tromper.

Nous savons toutes les deux que c'est faux.

— Vos yeux… (Sylvie plisse les paupières, me perçant de son regard.) Exactement les mêmes.

Je m'apprête à protester, à tout nier mais, derrière la fenêtre, un homme commence à gratter sa guitare. Pour une raison obscure, je sens que je ne peux mentir au son de cette guitare, dont les notes vibrent d'été et d'espoir. Ni à Sylvie.

— J'ai vu juste, hein, Helen ?

Je baisse la tête. L'exposition me met à vif, comme si on m'écorchait.

— Merde, Helen…

Sylvie s'assied sur le lit et pose sa tête dans ses mains. Elle lève les yeux vers moi, lâche dans un filet de voix :

— Elliot sait-il que la grand-mère d'Annie a travaillé autrefois pour votre famille ? La relation ?

Je secoue la tête.

— Il ne connaît même pas le nom de Rita. (Malgré moi, mon pied commence à tressaillir, tendant mon pantalon sur ma cuisse maigre.) Je ne lui ai jamais dit… (Je m'arrête.) Il y a longtemps, un drame terrible a frappé ma famille. Nous sommes devenus des parias. Notre monde a volé en éclats. J'ai… j'ai changé de nom, vous voyez. Je me suis mariée. Construit une nouvelle vie.

Elle me regarde en fronçant les sourcils.

— Mais pourquoi Elliot n'a-t-il pas mentionné votre firme de terrariums à Annie ? S'il l'avait fait, elle aurait réagi en voyant celui-ci.

— Il ne voulait pas parler de moi, je suppose.

Je baisse les yeux, humiliée. Une femme perturbée, doit-elle penser. Pas très proche de son fils. Menteuse. Mauvaise mère. Pourtant, quand je les relève, ceux de Sylvie sont doux, comme si elle comprenait.

— Helen, dit-elle. Il faut que vous sachiez une chose qui me concerne.

CHAPITRE 50

Rita, octobre 1972

Un biscuit pour bébé à moitié mâché s'écrase dans le poing de Sylvie pendant qu'elle dort derrière le paravent à rayures. Rita l'enlève, balaie d'une pichenette les insectes des sables et couvre soigneusement sa petite fille d'une couverture rose, qu'elle a tricotée les soirs d'été. Aujourd'hui, c'est une journée superbe de fin d'automne, chaude pour la saison. Mais la brise est fraîche, présage des mois d'hiver, des ragoûts et des belles flambées à venir.

Rita sort d'un seau rouge ses trouvailles glanées sur le littoral et les étale en arc, tel un jeu de cartes, d'un geste adroit et vif.

— Voilà, dit-elle en souriant à Robbie, éprouvant ce saisissement immédiat, cette langueur qu'elle ressent toujours quand elle croise les yeux de son mari.

Robbie est couché sur le flanc, la tête dans une main, l'air calme et réceptif. Ses cheveux ont poussé depuis leur mariage en mai au bureau d'état civil de Hackney – robe blanche courte Miss Selfridge, une amie mannequin pour témoin, des verres au pub ensuite, le bonheur – et son teint est hâlé par ses bains de mer quotidiens. Il nage aussi loin que les bateaux de pêche, d'une anse à l'autre, comme un gars de la côte. Un carré délavé souligne son portefeuille sur la poche avant de son jean, les clés de leur maison créent une bosse dans l'autre. Derrière lui, le soleil, aussi doré que le beurre du Devon, commence à baisser.

— Si j'avais de la ficelle, j'attacherais une étiquette à chacun de ces coquillages, comme tu l'as fait pour mes feuilles, glisse-t-elle d'un ton espiègle, éprouvant une pointe de plaisir rien qu'en le regardant. Pour ton information… De peur que tu oublies…

Le sourire de Robbie s'élargit lentement. C'est un autodidacte, au cerveau encyclopédique, qui n'oublie jamais rien. Chose un peu agaçante, il peut déjà reconnaître toutes les algues qui échouent sur leur petite plage : ulve en tube, steak marin, codium fragile, fil de mer… Il se dit en bonne passe de devenir arénophile. (Quoi ? « Amoureux du sable ».) Elle l'espère bien. Robbie a vendu son cottage, et la forêt est un lieu où ils n'osent retourner.

Ils ont quitté Londres pour s'installer dans le Devon le mois dernier. Bien qu'elle regrette un peu la ville – pas lui –, elle est contente d'avoir laissé leur logement exigu à d'autres locataires, et Sylvie peut respirer de l'air frais, pas les émanations des bus du quartier.

Chaque matin, Rita se réveille aux cris des mouettes, avec des impressions toutes neuves : elle est en vacances ; elle est rentrée chez elle. Pas juste dans le chez-soi abstrait dont elle rêvait naguère, ce mélange confus d'aspiration et de maisons des autres. Mais simplement un lieu d'appartenance.

Ils ont de grands projets. Autosuffisance. Légumes. Fruits. Poulets. Et un atelier de menuiserie, que Robbie a commencé à construire dans leur vaste jardin – pour l'instant, ses outils à bois dorment sous une bâche. Le cottage lui-même est petit, à rainure et languette, comme une cabine de bateau – en écartant les bras dans la chambre de Sylvie, Rita frôle des doigts les murs opposés –, mais c'est tout ce qu'ils peuvent se permettre. Et ils n'ont rien trouvé de plus éloigné de la forêt sans tomber dans l'océan.

Leur foyer est partout où ils sont ensemble, dit Robbie. Son adaptabilité étonne Rita, consciente du sacrifice qu'il a fait. Parfois elle le trouve sur la plage, un morceau de bois flotté dans les mains, caressant sa surface argentée comme s'il communiait, mesurait le parcours du jeune plant à la mer.

— Une telline. (Elle montre chaque coquillage tour à tour.) Un couteau. Mieux vaut ne pas marcher dessus. Un bulot. Un bigorneau. Ceux-là, on peut les manger. Enfin, avec une bonne giclée de citron. (Il écoute avec attention en hochant la tête. Mais, bien dans sa manière, il se tait, la laisse continuer.) Oh, ça, en fait, c'est un bec d'oiseau. D'un huîtrier, sans doute. Tu vois la forme ? Pour forcer l'ouverture des mollusques… Je t'interdis de me demander son nom latin !

Il rit et prend le visage de Rita dans ses mains rugueuses, légères sur ses joues. Ils se retrouvent souvent ainsi, à se contempler avec un sourire bête. Pourtant, aujourd'hui, c'est différent. À présent, une question plane, irrésolue. Elle la voit dans les yeux de Robbie, un point d'interrogation, un nuage.

Sylvie, sensible aux moments d'intimité de ses parents, se réveille, se hisse sur ses jambes et s'éloigne cahin-caha. La mer attire l'enfant vive et curieuse, qui s'élance toujours vers elle. Ils doivent la surveiller d'un œil d'aigle.

— Viens ici, toi…

Robbie essuie le sable sur ses pieds potelés, puis s'allonge et la fait tournoyer au-dessus de sa tête. Elle glousse avec un plaisir effréné.

Rita les observe en souriant. Pourtant, quelque chose la tracasse. Elle cherche à reconnaître l'impression, le vague sentiment d'avoir égaré quelque chose. Mais il lui échappe. Elle sait juste qu'il est aggravé par les parfaits moments en famille comme celui-ci. Les herbes ondulant sur la plage. Le sombre joyau de la mer. Le pur excès de beauté.

Robbie lui jette un regard en coin. Sylvie, la fille à son papa, tire le nez du jeune homme pour le rappeler à l'ordre.

— Tu y penses encore, n'est-ce pas ? à ce qu'on s'est dit hier soir.

Rita acquiesce et baisse les yeux.

Robbie pose l'enfant sur sa poitrine. Sylvie pagaye avec ses pieds, saisit le sable par poignées et le jette.

— Rita, c'est un risque. Même tenter de… Enfin, Walter…

Il s'interrompt, se rembrunit. Il ne prononce jamais ce nom sans un certain malaise.

Elle non plus n'espère pas que la chance leur sourie éternellement. Ils ont déjà beaucoup. Elle ne croyait pas qu'il soit possible d'être aussi heureux.

— Oui, une idée folle.

Sylvie tangue vers sa mère, attrape la coquille du bigorneau et la tourne entre ses doigts. Quand elle cherche à la goûter, Rita l'enlève de sa bouche et secoue la tête – sans la lui ôter. C'est le monde de Sylvie, à elle de l'explorer. Robbie est inflexible là-dessus. Il assied même sa fille sur une branche trop haute du pommier, la tenant d'une main ferme, et la laisse apprécier la sensation, agiter les jambes sans entraves. Rita est contente que la dame de l'agence d'adoption n'ait jamais vu ça.

— Rita. (Robbie lui frôle le pied.) On ne peut pas sauver tout le monde.

— Je sais, je sais…

Elle s'allonge près de lui, étire ses longues cuisses bronzées et lève les yeux. Le ciel est vaste et les nuages effilochés, comme la chair d'un poisson fraîchement bouilli. « C'est bien assez, pense-t-elle. Juste cela. »

Puis Robbie dit à voix basse :

— Mais on peut essayer.

CHAPITRE 51

Sylvie

— C'est bien vous ? (Helen touche mon visage, comme si j'étais un enfant mort qui se ranime. Je me raidis.) Mon Dieu… dit-elle d'une voix rauque. Bébé Forêt…

Je regarde, fascinée, bouleversée, des larmes glisser librement sur ses joues, raviner son maquillage. Helen fond sous mes yeux. Sa réserve s'évanouit.

Dehors, la guitare de Jake, le son d'un autre monde. Je l'implore muettement : « S'il vous plaît, continuez à jouer. »

— Vous aviez des yeux de merle, poursuit-elle, rayonnante. (La véritable Helen semble avoir percé le botox. C'est la première fois que je la vois sourire franchement.) Et des piqûres d'insecte partout. Des joues à vif.

Maman ne m'a jamais dit ça. Ni qu'on m'appelait Bébé Forêt.

— J'ai mélangé votre lait en poudre avec l'eau du ruisseau.

— Vraiment ?

Je crois voir un dessin au trait apparaître sur une page. Des larmes perlent entre mes cils.

— Heureusement, vous avez refusé d'y toucher.

Je suis curieusement fière de mon moi de bébé.

— Je vous voulais pour moi toute seule. (Elle renifle, pleure vulgairement et s'en moque.) Maman aussi…

Jeannie. La femme à la peau parfaite, aux boucles brunes, sur la photo du journal. Jeannie enceinte, devant une maison ornée de stuc, souriante, un bambin tirant sur sa jupe. J'aspire soudain à la connaître.

— Mais vous n'aviez d'yeux que pour Rita, déclare Helen, balayant ses manières raffinées : elle ravale bruyamment ses larmes, les essuie sur la manche de son corsage. Votre regard la suivait partout. Quand vous pleuriez, elle fondait sur vous pour vous calmer, comme une nurse, oui, oui, mais elle semblait aussi née pour ça.

Mon cœur bat la chamade. J'ai l'impression qu'une porte s'entrouvre sur mon passé, centimètre par centimètre. Derrière, je vois une jeune Rita, verticale et pleine de vie. Une femme faite pour frôler les étoiles. Pour élever des enfants. Le contraste avec son état présent, à l'horizontale sur un lit d'hôpital, me tue.

— Vous deux… mon Dieu. Vous sembliez vous reconnaître mutuellement. Je… je ne peux pas expliquer.

Maman me manque si fort que c'en est douloureux.

— Je n'aurais jamais pensé… (Elle cherche un Kleenex dans sa poche.) Vous dites que vous avez aussi une sœur ? (Son visage s'assombrit.) Toute ma vie, j'ai rêvé d'avoir une sœur. Vous avez été la mienne pendant quelques semaines. (Elle s'éclaire à nouveau.) Comment s'appelle la vôtre ?

— Caroline, dis-je, finissant par craquer. Je peux vous emprunter votre mouchoir ?

— Laissez-moi faire. (Elle tamponne mes paupières.)

Je sens une odeur de menthe dans son haleine. De gin, peut-être. Puis elle recule et me fixe d'un regard vif, interrogateur.

— Que vous a-t-on raconté sur tout ça ? Quand vous étiez petite ?

Quelque chose se tord en moi :

— Je ne voulais pas savoir.

Une lueur s'allume dans ses yeux de lévrier.

— Et maintenant ? Vous pourriez le supporter ?

Je pense à la fillette que j'étais dans le pommier, à toutes ces bribes de moi que j'ai refoulées. À Steve qui disait : « Ne va pas par là, Sylvie. Rappelle-toi que ce n'est pas toi. » Et j'entends la guitare de Jake, plus forte, insistante par-delà les eaux calmes du canal. Un accord. Deux.

— Je veux tout savoir.

* * *

Le British Museum défile par la fenêtre du taxi, flot de colonnes familières et de ciel turquoise. Quelques minutes plus tard, le chauffeur vire brusquement dans Portland Street.

— Nous y sommes.

L'anxiété d'Helen perce dans sa voix – tel un pincement de corde sur un violon désaccordé –, ce qui aggrave la mienne.

Nous pénétrons dans un immeuble majestueux, quelque peu défraîchi. Elle ne veut toujours pas me dire où nous allons ni pourquoi. Tout ce que je sais, c'est qu'elle a passé un appel furtif avant notre départ et m'a demandé de lui faire confiance.

Je n'y arrive pas, pas encore. Mais, pour la première fois depuis des années, je commence à me croire capable d'affronter la vérité sans m'effondrer.

Il y a un ascenseur, petit, métallique, aux allures de cage à requin. Helen refuse d'y monter (« J'aimerais mieux escalader les gouttières »), nous forçant à haleter sur cinq volées de marches. La porte de l'appartement est entrebâillée : quelqu'un nous attend. Mon cœur cogne dans ma poitrine. J'hésite, les pieds lourds comme des pierres. Helen me fait signe d'entrer, puis ferme la porte derrière nous dans un crissement de serrures de sécurité. Le vestibule est sombre. Confiné. Les murs ponctués de tristes trophées exotiques : une tête d'antilope, de gros rhinocéros. Le parquet orné d'une peau de tigre mangée aux mites. On dirait un club pour vieux gentlemen, de ceux qui bannissent les femmes, garnis de cuir et bourrés d'animaux empaillés.

— On a de la compagnie, dis-je gauchement, les nerfs à vif, désignant ces objets de taxidermie.

— Beurk… Les trucs horribles de Don. Papa ne veut pas s'en séparer, murmure-t-elle.

Il me faut un moment pour faire le rapprochement. Les articles de journaux, si longtemps cachés par ma mère, commencent à prendre chair. Je suis à deux doigts de trouver les réponses, les parties qu'elle a découpées. Mon cœur s'accélère.

Des yeux vitreux nous suivent lorsque nous traversons l'entrée pour gagner une petite pièce plus obscure, surchauffée et meublée d'antiquités, faiblement éclairée par des lampes dans les tons verts. C'est le genre de pièce où les enfants, d'instinct, se conduisent mal. À nouveau, Helen ferme la porte derrière nous.

J'éprouve une pointe de claustrophobie. Deux yeux bleu bromure, les yeux d'Helen, les yeux d'Elliot – me fixent, émergeant des ténèbres.

Un vieil homme maigre, maladif, se tient bien droit dans un fauteuil en cuir usé. Il porte un nœud papillon chic, de guingois comme s'il l'avait lacé en hâte pour l'occasion. Et il est toujours reconnaissable : c'est l'homme stressé dans le journal, qui filait hors du tribunal.

Sur une table, près de lui, un bol de fruits à coque. Un casse-noix en argent. Un panier d'osier où trône un œuf d'autruche vidé. Il règne un lourd silence. Chargé de sens. J'ai immédiatement envie de partir.

Quand Helen l'embrasse très vite sur la joue, l'homme plisse les yeux vers moi par-dessus son épaule.

— Papa, c'est Bébé Forêt, dit-elle d'une voix qui, à nouveau, se remplit d'étonnement. L'enfant trouvée. Retrouvée.

Très lentement, son père chausse des lunettes suspendues à une chaîne et me regarde en fronçant les sourcils, avec un air de curiosité froide.

— Comme je te l'ai expliqué au téléphone, papa, c'est la fille adoptive de Grande Rita. Et… oui, accroche-toi, la mère d'Annie. Je t'expliquerai plus tard comment c'est arrivé. En gros, le truc des ados avec leurs smartphones. (Il semble, bien sûr, perplexe et gratte les plis de son cou décharné.) Sylvie, je vous présente mon père, Walter Harrington.

Je m'efforce de sourire. Mes aisselles sont moites. Je peux à peine respirer ici. Il y a quelque chose de toxique, d'écœurant, dans la poussière que nos pieds soulèvent.

— Ma chère enfant, je vous dois des excuses, siffle Walter d'une voix de crécelle.

Des excuses ? Pourquoi ? Un instant, je reste debout à le fixer, oubliant mes bonnes manières, le cœur battant.

— Vous feriez mieux de vous asseoir. (Helen me guide vers un fauteuil, comme une tante aux petits soins, et m'enfonce dans le revêtement capitonné.) Ce n'est pas facile à dire.

Je jette un coup d'œil à Walter, qui rajuste son nœud papillon avec gravité. La pression baisse brusquement dans la pièce. Je sens venir le mal de tête. Soudain, la visite semble pouvoir exploser dans tous les sens. Pourquoi ai-je fait confiance à Helen ? Pourquoi suis-je ici ?

— Papa et sa gouvernante, une psychopathe du nom de Marge, ce sont eux qui l'ont manigancée… (La voix d'Helen vibre de fureur. Une veine tremble sous son œil.) Votre découverte dans les bois.

Même les masques africains sur le mur hurlent :

— Quoi ?

— Marge vous a déposée sur la souche. (Helen secoue la tête, comme si elle-même ne pouvait totalement y croire.) Puis elle vous a laissée là. Votre mère biologique n'aurait pas supporté de le faire.

— C'est une blague ?

Elle est partie. Sauf que ce n'était pas elle, mais Marge ? Celle qui m'a jeté un sablé à la figure ? La pièce flotte dans le halo vert de la lampe.

— Non, hélas. (Les traits d'Helen s'affaissent, tirés par le regret.) Le reste de la famille l'ignorait à l'époque. C'est la pure vérité. Rita, elle, n'a jamais su, hein, papa ?

Walter relève ses lunettes, qui laissent une marque sur son nez.

— Exact. Enfin, je craignais qu'elle le devine.

Mes sentiments foncent dans toutes les directions comme des enfants déchaînés. Je suis mal dans ma peau. Je ne sais pas quoi dire. Que faire. À présent, je me fiche de trouver qui est mort, qui a tué. Je dois partir. Mais quand je tente de me lever, j'ai les jambes en compote.

— Après la mort de Don, papa a chassé Grande Rita de nos vies. Brutalement. (Les lèvres d'Helen ne sont plus qu'une ligne de colère.) Il s'est procuré une ordonnance judiciaire. Tu as joué les avocats, hein, papa ? Il l'a menacée, jurant que si jamais elle parlait à la presse, à quiconque de cet été-là, il la descendrait en flammes. Il traînerait son nom dans la boue.

— Vous… vous… (Je me sens défaillir de rage.) Salaud !

Walter lève les mains en signe de reddition.

— Pour ma défense, j'étais plus fou que ma femme à l'époque. Seulement, je ne le savais pas.

— Dis-lui juste pardon, veux-tu ? lance Helen d'un ton glacial. Pour une fois dans ta vie, papa.

Walter courbe la tête. Son crâne semble aussi frêle et pâle que l'œuf d'autruche dans le panier.

— Mes plus sincères excuses, Sylvie.

Je ne peux pas le regarder, cet homme timide, privilégié, qui a traité un bébé comme une poupée en se croyant au-dessus des lois.

— Je pensais égoïstement que le nouveau-né, vous – mon Dieu, la vie est si étrange ! –, sauverait mon mariage. Qu'il guérirait ma belle Jeannie. (Tout commence à paraître irréel. Mal doublé.) Je suis resté à distance, même à mon retour de l'étranger, en me cachant ici, dans cet appartement, juste pour lui donner une chance de créer un lien avec vous, le bébé qu'elle désirait tant.

Me sentant vulnérable, arrachée à ma coquille, j'essaie encore de me lever, mais j'ai toujours les jambes cotonneuses et me renfonce dans mon fauteuil.

— Je n'aurais jamais imaginé seul une chose aussi absurde. Marge me l'a présentée comme une « occasion unique dans une vie », une… une aubaine. (Il traîne ses longs doigts maigres sur ses joues parcheminées.) Je n'avais pas les idées claires.

J'agrippe les accoudoirs de mon siège, comme Caroline dans un avion lors des trous d'air. Je veux ma sœur. J'aurais dû lui dire que je venais ici. Elle m'en aurait empêchée.

— Nous avons besoin d'un verre.

Helen fait tinter du cristal sur une table roulante. Elle me sert d'autorité un gin-tonic. Dès la première gorgée, j'ai l'impression de glisser entre les mailles du filet protecteur que j'ai cousu autour de moi. De tenter de m'accrocher à des objets pour arrêter ma chute.

— Marge a gardé dans le vague tout ce qui vous concernait. (À nouveau, il remonte ses lunettes sur son nez.) Je peux quand même vous dire que votre mère était jeune, dix-neuf ans je crois, et enceinte jusqu'au cou lorsqu'elle s'est aperçue de son état. J'ai bien peur qu'elle ignorait le nom du père. Un marin quelconque. Elle a accouché chez elle en secret, avec sa mère pour sage-femme, si je me rappelle bien. Elle vivait de l'autre côté de la forêt, dans une famille à la foi très stricte. Misérable. Retirée. Mais Marge la connaissait – elle connaissait tout le monde, elle en a fait son fonds de commerce – et lui a offert une porte de sortie. (Il grimace. Une ombre de culpabilité court ses traits.) Je pense qu'elle n'a guère eu le choix, votre mère. Pas comme les filles d'aujourd'hui.

La glace se fêle dans mon verre. Quelque chose en moi aussi. Je suis prise d'une envie irrésistible de remonter le temps pour arracher le bébé à tous ces gens – pas juste à la famille rurale dans laquelle je suis née, mais aux Harrington également. L'instant suivant, tandis qu'une lampée de gin me brûle la gorge, je réalise que c'est ce qu'ont fait mes parents adoptifs. La « vérité » est moins liée à cet été sanglant qu'à ce que m'ont légué leurs petits actes d'amour quotidiens – à ce que j'ai perdu qu'à ce qu'ils ont récréé. C'est comme si je me voyais pour la première fois dans un miroir.

— Je suis sûr que c'est votre mère qui a donné un coup de fil anonyme à la police, la nuit où Don a été tué. (Walter se tait un instant, passant le fait au crible.) Alors qu'elle aurait déjà dû être partie. Sur un navire.

Je halète :

— Un navire ?

Jo.

— De croisière, confirme Helen, me tendant un Kleenex. Elle travaillait dans les cuisines.

Cela me perce le cœur. Il y a peu de lieux de travail plus sales qu'une cuisine graisseuse et bouillante sous la ligne de flottaison.

— Elle voulait voir le monde, ajoute Helen d'une voix étranglée. C'est bien ça, papa ?

Il acquiesce.

— Et, à la fin, elle est allée au Canada. Mais pas directement. (Une pointe d'agacement perce dans sa voix.) Pas comme elle aurait dû.

Le Canada. Elle n'aurait pu fuir plus loin de sa famille. Je me demande si elle lui a jamais pardonné, si elle en a fondé une aujourd'hui : un gentil mari, des enfants adultes. Et si elle leur a jamais parlé de moi ou si je suis un petit secret précieux.

— Non, cet été-là, elle a attendu, pour garder un œil sur vous. Marge n'arrivait pas à s'en débarrasser, effrayée à l'idée qu'elle cherche à vous reprendre. Et la fille aurait bien pu le faire si elle n'avait pas vu à quel point Rita la… enfin, vous dorlotait, vous berçait, vous chantait des comptines, tous ces trucs de mère poule. Marge a dit que ça l'avait beaucoup rassurée. Ça l'a arrêtée. (Il hausse un sourcil d'un air entendu, conscient de l'avoir échappé belle.) De justesse.

Quelque chose glisse en moi. Commence à se dégeler. Je résiste. Il est dangereux d'imaginer que ma mère biologique n'était pas sans cœur – juste une fille jeune, effrayée et manipulée. À une autre époque, Annie. Et il est étrange, déstabilisant de penser que c'était maman, alors une simple nurse, la Grande Rita d'Helen, qui a pu innocemment l'empêcher de me récupérer, déviant le destin, me prenant par la main pour me guider vers une tout autre vie. Je ne peux pas l'assimiler.

— C'est vrai, Sylvie. Nous nous sentions toujours observés, affirme Helen. J'avais l'impression qu'il y avait quelqu'un dehors, sous les arbres, mais elle était aussi preste et maligne qu'une créature des bois. Je ne l'ai jamais vue vraiment. (Elle pose une main couverte de bagues sur mon bras.) Elle est restée le plus longtemps possible. Mais elle a dû filer après avoir appelé la police, sinon elle aurait été interrogée. Elle devait être terrifiée.

Un sentiment nouveau s'ouvre en moi, comme les ailes du héron. Une sorte de pardon ou, du moins, de compréhension. Et une tristesse si douce qu'elle frôle le soulagement.

— Donc, vous voyez, Sylvie. (Walter ôte ses lunettes et frotte ses yeux chassieux.) Le projet fou de Marge a échoué. Et j'ai trahi votre mère biologique en vous laissant tomber. Je lui avais promis de vous donner tous les atouts. Je suis le seul à blâmer.

Mon enfance défile dans ma mémoire, imparfaite et heureuse : des plages brûlées par le soleil ; le pommier noueux au fond du jardin ; papa dans l'atelier, un crayon plat de menuisier derrière l'oreille ; ma sœur et moi accourant dans le cottage, les mains pleines de fleurs sauvages pour maman, qui s'exclame, rayonnante : « Ouah ! Je suis la mère la plus chanceuse, la plus gâtée de la terre ! » Et j'éprouve un élan de fierté, et d'agressivité.

— J'ai eu tous les atouts, Walter.

— Et une sacrée échappée belle, ajoute Helen, vidant son verre d'un trait.

— Écoutez, Sylvie, s'il vous faut quelque chose, n'importe quoi, maison, argent… commence Walter.

— Je ne veux rien de vous. (Je me lève, les jambes revigorées. En acier.) Rien.

— Je me rattraperai pour Annie et le bébé, déclare-t-il, une main sur la poitrine. Je vous en donne ma parole.

Je ravale un « Allez vous faire foutre ! » juste parce qu'Annie aura probablement besoin de toute l'aide possible, et marche à grands pas vers la porte.

— Oh, vous devez partir ? lance Helen, comme si je quittais un dîner avant le dessert. Restez boire un autre verre.

— Après tout, la boucle est bouclée, s'émerveille bizarrement Walter. On termine comme on a commencé. Avec un bébé. J'ai une excellente bouteille de Krug dans le frigo. (Il regarde Helen.) Peut-être, cette fois, pouvons-nous fêter ça ? Au lieu de pleurer.

— Sauf qu'on n'a même pas pu pleurer ma petite sœur, hein, papa ?

L'ambiance se retourne comme une lame. Mes mains se figent sur le bouton de la porte.

— Pas maintenant, Helen, marmonne Walter avec un rire gêné.

— Pourquoi pas ? (Elle retrousse les lèvres.) Tu as honte que Sylvie le sache ?

La pièce paraît soudain plus petite et plus chaude. Je me sens confrontée à un secret de famille si trouble que je ne veux pas l'entendre.

Helen me l'assène quand même.

— J'ai eu une petite sœur, Sylvie. Mon père nous a dit qu'elle était morte à l'hôpital une heure après sa naissance.

Elle achève, avec une férocité froide :

— Ce n'était pas vrai.

Walter regarde dans le vague. Il déglutit difficilement, semblant connaître la suite.

— Seulement elle n'était pas assez bien, hein, papa ? Elle était difforme, monstrueuse !

— C'était le bébé de Don, pas le mien… se défend Walter d'une voix étranglée, comme si le nœud papillon se resserrait autour de son cou. Ta mère n'aurait pas pu le supporter.

— Tu lui as raconté un mensonge ! Elle est devenue littéralement folle de douleur !

— Je croyais que c'était pour le mieux. Tout le monde le pensait. L'enfant était bleue. Elle respirait mal. Et son visage… Le visage de cette malheureuse…

Walter ferme les yeux et presse ses doigts sur ses tempes, pour tenter d'endiguer le flot d'images.

La pièce commence à bourdonner. Une affreuse possibilité se confirme. Si perturbante que mon cerveau rue pour s'en écarter.

— C'était un bec de lièvre, papa. Un simple bec de lièvre, j'en suis sûre. Mais tu as vu un monstre. Parce que tu voyais la fille de Don. Si ç'avait été la tienne…

— N'empêche. (Ses joues rougissent, enflées par l'amertume.) Ce n'était pas la mienne, merde !

Le bourdonnement se répand dans ma tête. La pièce se met à trépider et à se contracter violemment. Je m'adosse à un mur.

— Ça va, Sylvie ? Vous êtes blanche comme un linge.

Le visage d'Helen se rapproche, les traits brouillés, un tableau en fusion. J'essaie d'articuler. Ma langue paraît trop lourde. Dans mon sac, mon portable se met à sonner. Le monde extérieur ? Annie ? Le bruit se tord dans mes oreilles tel un fil de fer.

— Voilà. Buvez une gorgée, mon chou.

Elle porte le gin-tonic à mes lèvres. La sonnerie persiste. Je repousse le verre et consulte avec effroi mon portable. L'hôpital.

CHAPITRE 52

Rita, de nos jours

Un pivert. Un bruit de burin. De coups de bec sur l'écorce, ou sur un crâne. Mais Rita ne voit pas l'oiseau. Elle ne peut rien voir. Quelqu'un a éteint les étoiles. Il fait noir là-dedans. Ça ne gêne pas Robbie. Il sait déchiffrer la forme des arbres la nuit, ainsi qu'une carte d'état-major sous une lampe. S'orienter sur un chemin au timbre du craquement sous ses semelles. Rita a besoin de lui. Elle tâtonne autour d'elle, bras écartés comme à colin-maillard, pour le chercher telle une pensée égarée. Puis elle se souvient. Robbie n'est pas là. Il est mort. Elle est seule depuis dix ans. Et si elle parvient à sortir de cette forêt, elle le sera toujours, donc à quoi bon s'enfuir ? Elle peut rester dans ce bois. Se désintégrer en paix. S'allonger sur un doux matelas de terre, pendant que le pivert martèle et que les feuilles sèches tournoient du haut du ciel. C'est plus facile.

Rita ferme les paupières, scellant l'obscurité en elle. Une main l'agrippe. Elle veut la repousser – elle est occupée à mourir ici ! – mais la poigne a la force d'une pince de charpentier. Elle sent ses callosités, le coussinet de peau durci sous l'alliance, les cicatrices des clous échappés de ses doigts, et elle entend la voix de Robbie, son mari qui lui manque autant qu'un membre coupé, dire : « Tu ne vas pas renoncer, Rita Murphy. On a besoin de toi. » Puis lancer que la vie a la structure d'un arbre – des cernes annuels concentriques, s'entrecroisant avec des lignes radiales – en la précipitant parmi les ombres vers un infime rayon de lumière bleutée. Alors, émergeant du silence, une voix clame :

— Rita ? Rita, clignez des yeux si vous pouvez m'entendre !

CHAPITRE 53

Hera, de nos jours

Je tapote avec impatience mes facettes dentaires. Quand Sylvie reviendra-t-elle de l'hôpital nous donner des nouvelles ? Je suis sur des charbons ardents. Son appartement semble plus petit et plus rose que jamais, étouffant.

Je l'ai suppliée de l'accompagner. J'ai même sauté dans l'ascenseur, dominant ma peur de sa cage branlante, juste pour rester encore quelques secondes avec elle. Elle pouvait à peine parler. Elle a juste murmuré, d'une étrange voix entrecoupée :

— Dites-m'en davantage sur votre petite sœur.

Je lui ai raconté que, plus de vingt ans après sa naissance, une association caritative m'avait envoyé une brochure dans mon appartement de Battersea, montrant des photos de bébés atteints d'un bec de lièvre dans les pays émergents. Que j'avais reconnu en eux le visage de ma petite sœur et cherché en vain à trouver sa trace.

En sortant de l'immeuble, Sylvie a piqué un sprint vers le métro. Je lui ai crié :

— Je tiendrai compagnie à Annie en attendant les nouvelles !

Je ne suis pas sûre qu'elle m'ait entendue.

J'étais encore sur le trottoir, ahurie, me demandant pourquoi elle m'avait interrogée sur le bec de lièvre, quand Edie m'a téléphoné. Elle venait de recevoir un appel très bizarre de mon père. Mais qu'est-ce qu'il se passait ? J'ai bredouillé une réponse. Non, il n'avait pas perdu la boule. Tout était vrai. Déclarant l'état d'urgence, elle a insisté pour m'escorter chez Sylvie. Du coup, nous sommes toutes là. À l'attendre.

Ça fait déjà plus de vingt minutes. À voir l'expression d'Annie, nous commençons à rester trop longtemps. Elle nous a accueillies en s'exclamant :

— Qu'est-ce que vous faites ici ?

— Enfin, Annie est formidable ! m'a glissé Edie, d'une voix beaucoup trop forte, quelques instants après notre irruption agitée dans l'apartement. Pourquoi ne me l'as-tu pas dit ?

Là, j'ai éprouvé une telle honte… Je la ressens toujours, plus vive que jamais. Je ne peux pas regarder Annie en face.

— C'est exactement comme Venise ! jette Edie par-dessus son épaule.

Debout sur le balcon, ses mains noueuses sur la rampe, elle tape du pied au rythme de la musique : en bas, un jeune homme coiffé d'un feutre joue de la guitare sans vergogne sur le pont de sa péniche. Un héron hirsute, l'un des oiseaux les plus laids que j'ai vus de ma vie, l'observe de la rive. J'entends Annie dire :

— Ne le prenez pas mal, mais je ne vois pas pourquoi vous êtes là et j'aimerais que vous partiez. Cette histoire ne vous regarde pas.

Je me retourne, prise d'une envie de tout lui révéler. Mais c'est à sa mère de le faire.

Des taches de fureur flambent sur ses joues.

— J'ai gâché la vie de votre fils, vous vous rappelez ?

Edie s'écarte du balcon, m'implorant muettement de trouver les bons mots. Je n'en ai aucune idée, comme toujours.

Annie fourre ses mains dans les poches de son jean, dévoilant un ventre bronzé, à peine bombé. Sa vue me serre la gorge. J'ai envie de poser les mains sur cette peau lisse. De lui parler. De m'excuser.

— Vous avez parfaitement raison, Annie, nous allons vous laisser ! lance chaleureusement Edie en rentrant dans la pièce.

Elle passe rapidement sa veste en denim.

Sentant que je ne bouge pas, Annie se tourne vers moi, polie malgré tout. Bien élevée. Elle me souffle :

— Vous avez un manteau, Helen ?

Je marmonne : « Un manteau ? », incapable de retarder mon renvoi.

Je brûle de lui répondre : « Laissez-moi rester pour qu'on fasse connaissance. Je suis désolée. J'ai tout fichu en l'air. » À la place, je bégaie :

— Juste cette veste sur le dossier de la chaise. La Chanel.

Bêtement, par habitude. Comme si le couturier avait de l'importance.

Quand Annie me jette un coup d'œil, je ne peux supporter de penser à ce qu'elle voit.

— Vous voulez que j'appelle Elliot ? que je le fasse venir ? Il pourrait peut-être vous accompagner à l'hôpital plus tard ?

Elle secoue la tête.

Je meurs d'envie de flanquer cette maudite veste dans le canal, juste pour lui montrer que je ne suis pas cette femme. Car, mon Dieu, Edie a raison. Annie est formidable. Belle. Déterminée – et c'est la petite-fille de Grande Rita. Par une pirouette de l'univers – ou d'Internet – je me suis vu offrir un deuxième acte inattendu, un nouveau rôle, une nouvelle famille. Une seconde chance. Et je l'ai déjà perdue.

Qui aime bien châtie bien, voilà comment j'ai justifié ma conduite. Les semaines de rêveries amoureuses d'Elliot m'avaient effrayée. Autant que la passion de maman pour Don. Je devais le protéger de ce désastre, comme je me suis abritée derrière un mariage raisonnable, fondé sur l'amitié et des chambres séparées. Annie ne s'en sortira jamais, voilà ce que je pensais. Trop jeune. Trop intelligente pour se contenter de la maternité. Pas assez riche. Les statistiques jouent contre elle. Au fond de mon esprit vivait toujours l'adolescente qui avait abandonné Bébé Forêt aux manigances de Marge. J'ai donc seriné à Elliot qu'Annie, m'avait confié Sylvie, disait que leur histoire était sans avenir (et menti de même aux deux femmes en lui inventant une autre copine). Qu'il devait faire son devoir, payer sa part – ou plutôt, papa et moi s'en chargeraient –, mais rester libre parce qu'un jour, quand il serait plus mûr, il rencontrerait une fille avec qui il pourrait avoir une relation sérieuse. Plus convenable, plus dans notre genre. Le nôtre ? Le mien ? Enfin, qu'est-ce qui m'a pris ? Comme s'il nous fallait une autre personne comme nous dans la famille !

— Helen, ta veste, dit fermement Edie.

Elle me fixe avec une expression alarmée. Proche de celle des voisins lorsqu'ils regardaient ma mère pendant ses « crises ».

— Merci.

La veste en tweed bouclé se balance lourdement

dans ma main. Comment pourrais-je jamais m'expliquer devant Elliot et Annie ? encore moins obtenir leur pardon ? L'idée d'avouer mes actes à mon fils me terrifie. J'entends Edie murmurer d'un ton complice à Annie :

— La journée a été longue… (Elle me prend le bras.) Viens, maintenant, Helen chérie.

— Attends. Puis-je dire juste à Annie… ?

Ma voix faiblit.

— Je ne suis pas sûre que ce soit le moment, Helen, fait-elle avec un petit rire gêné.

Elle me presse le bras, pour m'avertir de ne pas tout déballer.

— Je… je veux seulement dire que vous serez une merveilleuse mère, Annie. Sincèrement.

Annie rougit, trop horrifiée ou embarrassée pour parler. Aidée par Edie, je passe ma veste, toute en doigts maladroits. L'étoffe semble différente sur mes épaules. Plus légère.

Annie ouvre la porte d'un coup sec. La ville s'engouffre dans l'entrée : les microparticules de diesel et la puanteur graisseuse des kebabs, mais aussi la bouffée caféinée de la vie et de l'espoir. Juste avant de fermer le battant, Annie s'arrête, me regarde avec ses yeux graves, émeraude, et chuchote :

— Merci, Helen.

Une part de moi s'envole. Comme si des richesses que le monde avait longtemps cachées, dont j'avais même oublié l'existence, étaient à ma portée.

Edie se tourne vers moi.

— Un taxi ?

— Non, dis-je, me lançant un défi. Il est sacrément temps que j'essaie de prendre un bus !

* * *

Trois heures plus tard, j'observe l'image grainée sur le visiophone de mon entrée. Contrairement à ce que j'espérais, ce n'est pas Sylvie, venue m'apporter enfin des nouvelles de Rita. Ni Elliot, qui ne répond pas à mes appels. Mais une femme grisonnante, en tenue sobre, qui brandit une plaque devant la caméra : police. La panique bat dans ma poitrine. J'ai envie de courir me cacher derrière le canapé, comme quand j'étais petite. Un autre coup de sonnette. Je reprends mes esprits. Tu peux faire ça, Helen. Je respire et j'entrebâille la porte.

— Personne n'est blessé et vous n'êtes soupçonnée de rien, madame Latham, s'empresse de dire la policière. Je suis là pour vous informer d'un fait nouveau dans l'affaire Armstrong. (Elle relève son badge et jette un œil dans la maison.) Je peux entrer ?

* * *

Après son départ, je m'écroule dans un fauteuil en rotin sur la véranda, entourée par une constellation de terrariums, l'œuvre de ma vie. Derrière les murs de la terrasse, les cloches de l'église carillonnent par-dessus les toits de Chelsea.

Je plie entre mes doigts la carte de la femme, signe que je n'ai pas rêvé. Oserais-je croire que le cauchemar est fini après toutes ces années ? Marge Grieves a été arrêtée, m'a-t-elle déclaré. La suspecte s'est livrée dès que son aide à domicile, qui vidait son cottage pour l'installer dans une maison de retraite, a découvert une arme et de vieilles munitions cachées dans le grenier. Les premières investigations suggèrent qu'elles correspondent à celles qui ont servi à tuer Don Armstrong en 1971. Mme Grieves est interrogée par la police. Oui, on croit qu'il y aura suffisamment de preuves pour l'inculper.

Je me rappelle à peine ce qu'elle a dit ensuite. Quelque chose tombait déjà en moi, comme la neige, commençant à se poser : ma mère pensait que j'avais abattu Don cette nuit-là. Non seulement elle m'avait pardonné, mais elle avait fait tout son possible pour me protéger. Elle était même retournée aux Herbiers, s'abritant derrière son « déséquilibre » présumé, dans lequel les médecins d'aujourd'hui verraient sûrement une dépression post-partum, voire un syndrome de stress post-traumatique, un cœur brisé. Elle m'a aimée aussi farouchement qu'une mère a jamais chéri son enfant. Son sacrifice a été le plus grand, et le plus obstiné. Je repense à ses paroles : « Tu ne dois pas te croire coupable, Hera, c'est tout ce qui importe », et je lève mon visage, plissant les yeux dans le couchant, jusqu'à ce que je puisse voir sa robe aux éclats de miroir flotter parmi les arbres, et ma mère se tourner lentement pour me lancer un dernier baiser, un sourire, avant de disparaître.

CHAPITRE 54

Rita, dix mois plus tard

Un vent violent balaie les arbres, agitant leurs feuilles comme des pièces de monnaie. N'ayant pas oublié la liste des périls de la forêt qu'avait égrenée Marge, Rita lève la tête d'instinct. Aucune branche ne tombe. Et c'est Marge – Marge ! – qui s'est révélée le plus dangereux de tous. Aussi meurtrière qu'une amanite phalloïde. Elle n'en avait aucune idée.

— Une seconde, Sylvie.

S'arrêtant pour reprendre haleine, elle capte une bouffée sucrée d'ail sauvage. L'orée des bois se brouille. Elle a l'impression qu'un gouffre s'ouvre sous ses pieds.

— Ça va, maman ? (Les yeux de Sylvie sont si clairs aujourd'hui que la forêt se reflète dans ses pupilles.) Tu veux te reposer ?

— Certainement pas.

Elle adorerait s'asseoir. Elle se fatigue si vite maintenant. Mais elle refuse de l'admettre. Déteste faire des histoires. Sa rééducation a été d'une lenteur frustrante. Elle se réveille souvent avec une confusion qui met plusieurs minutes à se dissiper. Elle passe au crible les mots de tous les jours, les noms familiers, comme si elle tamisait du sable pour y chercher de l'or. Parfois, pourtant, son esprit ébranlé crache des gemmes inattendues, des trésors longtemps oubliés : la voix de sa mère, l'odeur de ses cheveux, le picotement de la barbe de son père. Au moins, elle est plus proche d'eux. Et ce week-end, elle a l'impression de revenir enfin à elle… et à une famille devenue méconnaissable.

— Donne-moi juste un instant. (Elle boutonne son manteau en poil de chameau, cadeau d'Helen, aussi divinement coupé que ceux dans lesquels elle a posé jadis, avec une superbe doublure en soie bleu nuit.) Tu es sûre que je n'imagine pas tout cela, Sylvie ? Ce n'est pas un effet secondaire de mon traitement ?

Sylvie éclate de rire, de ceux qui s'attardent au fond des yeux. « Jake y est pour beaucoup », pense Rita. Elle sent bien ce batelier.

— Regarde là-bas, maman, chuchote Sylvie en montrant derrière elle la clairière où Elliot et Annie traînent, pour semer leurs aînés.

Il est assis sur un rondin, elle sur ses genoux. Le menton sur l'épaule d'Annie, Elliot sourit avec joie au bébé qu'elle tient dans ses bras : Poppy, qui porte le nom de la mère de Rita, parfaite en tous points avec ses cheveux noirs duveteux et ses yeux bleus. Son petit poing se lève, attrapant l'ombre et la lumière, les feuilles et le ciel.

Le cœur de Rita se gonfle. Les bébés adorent les forêts. « Nous naissons avec un amour des arbres profondément ancré dans l'âme », songe-t-elle. Comme l'amour de la mer. Quand le jeune couple s'installera à Cambridge cet automne, et qu'Annie commencera ses études, elle espère qu'ils chercheront des bois pour que Poppy puisse s'ébattre aussi là-bas. Elle leur fait confiance.

Un rire fracassant. Rita pivote sur ses talons. Scrute le chemin en plissant les yeux. Mon Dieu…

Teddy. Elle peut presque voir danser la bretelle de sa salopette des années soixante-dix. Edie, alerte dans une veste en fausse fourrure jaune canard. (Trente mille abonnés sur son compte Instagram, d'après Annie. Et ça continue. Plus que la population de Barnstaple[1]. Le monde est devenu fou.) Et là-bas, oui, les voilà, Helen et Caroline. En grande conversation. Elles discutent toujours passionnément.

Non, elles n'ont pas l'air d'être demi-sœurs. Caroline dit qu'on pourrait glisser quatre Helen en Chanel dans un seul de ses jeans Target. Mais, en un sens, elles vont très bien ensemble.

* * *

Un trou à la place de la bouche. Un bébé sans visage. L'image avait frappé Rita quelques semaines après l'adoption de Sylvie, le vague souvenir d'un petit garçon à l'hôpital, après l'accident de voiture qui l'avait rendue orpheline. Un garçon qui, par honte, cachait sa bouche derrière sa main. Depuis, elle n'avait pas pu oublier le bébé des Harrington.

La recherche d'un nourrisson placé en foyer, avec une fente palatine bilatérale ou une autre anomalie craniofaciale, né à Londres autour d'une certaine date, n'avait pas été aussi difficile qu'elle aurait pu l'être. Personne ne voulait adopter la fillette qui ne pouvait pas sourire. Sur le certificat de naissance, le

1. Ville du Devon, centre administratif du nord du comté. (*N.d.T.*)

père n'était pas nommé. En creusant un peu, Rita avait découvert que le nom de jeune fille de Jeannie y figurait. La date de l'accouchement avait été aussi décalée d'un jour. Walter avait clairement fait de son mieux pour le falsifier.

La pauvre Jeannie était morte à l'époque. Pas Walter. Souvent, Rita se réveillait avec des sueurs froides, craignant qu'il vienne leur prendre Caroline, montant les services d'adoption contre eux. Elle gardait toujours cette angoisse : quand on perd un jour sa famille, on peut facilement imaginer que ça se reproduise. Plus on possède, plus on peut perdre. Se voir tout arracher en un instant. Robbie lui-même redoutait l'influence de Walter. Sa brave petite fille avait déjà tant souffert, notamment de ses opérations réparatrices. Ils n'avaient donc pas été aussi francs avec leurs enfants qu'ils l'avaient prévu initialement. Qu'ils auraient dû l'être.

Citer les Harrington semblait risqué. Moins on en disait, plus ils s'effaçaient, jusqu'à se changer en ombres tremblotant sur les rebords ensoleillés. Elle n'avait jamais clairement expliqué le lien entre la famille qui l'avait employée jadis et la mère biologique de Caroline, encore moins avec le père présumé et sa fin brutale. Elle avait gardé quelques coupures de presse en projetant de le faire… un jour.

Ils n'osaient même pas emmener les filles dans la forêt de Dean. Robbie y retournait parfois, discrètement, marcher en solitaire. Et quand il travaillait dans son atelier de menuiserie, il parlait aux petites des arbres, des anneaux de croissance inscrits dans leurs troncs, des centaines de formes de vie hébergées par un chêne. Il leur donnait des bûches à tâter et à sabler.

Les emmenait camper et monter à cheval dans d'autres bois. Elle avait espéré que ça suffirait.

Finalement non, n'est-ce pas ? Avec le recul de l'âge – et la clairvoyance qui vient lorsqu'on est suspendu dans l'antichambre de la mort –, elle s'aperçoit qu'elle a toujours tremblé de révéler des choses quand il le fallait, que sa peur de perdre un être cher l'emporte à chaque fois.

Bien sûr, si une de ses filles lui avait demandé… Mais Caroline et Sylvie étaient comme deux gamines qui lèvent la main, sur la pointe des pieds, pour verrouiller une lourde porte en unissant leurs forces.

— Maman, on ferait mieux de ne pas oublier Walter, dit Sylvie à voix basse, la sortant du magma de ses pensées.

— Hélas… lâche Rita en contournant une fougère spectaculaire qu'elle aimerait inspecter de plus près.

* * *

Teddy pose l'urne par terre. Son chien tourne autour d'elle en la flairant.

— Il se lèche les babines ! hurle Edie. Vilain chien !

Rita note que Sylvie et Caroline – debout côte à côte – nouent et agitent discrètement leurs petits doigts. Elles le faisaient aussi quand elles étaient gamines. Elles ne lui ont jamais dit pourquoi. (« C'est secret ! » aboyaient-elles en chœur.) Enfants, elles pratiquaient ce geste dans le plus grand sérieux, aujourd'hui avec un demi-sourire et un clin d'œil.

— Bon. Où sont les jeunes tourtereaux ?

Teddy retient son chien par le collier et regarde autour d'eux.

— Oh, laisse-les tranquilles, Teddy. (Edie prend

une photo de l'urne sur son portable.) Le bébé peut se passer de respirer Walter.

Rita se rappelle soudain ce que disait Robbie : quand un arbre géant s'écrase dans un bois, l'air et la lumière s'engouffrent dans cet espace, des graines dormantes s'épanouissent et une vie nouvelle tente sa chance, poussant tant bien que mal.

— Bon, c'est parti, mon vieux papa, lance Teddy, s'agenouillant pour soulever le couvercle.

Rita commence à se sentir bizarre. Elle met une à deux secondes à comprendre que ce n'est pas l'un des fréquents ratés de son esprit brumeux, mais sa vieille impression d'être piégée, celle qu'elle a éprouvée ici il y a des décennies.

— Teddy, dit-elle, trop fort. (Chacun se tourne vers elle.) J'espère que ça ne blessera personne… (Elle le dira quand même.) Mais je pense que je ne devrais pas rester ici pour ça. Non, vraiment. Je vais rentrer à la maison. Prendre une bonne tasse de thé.

Dès qu'elle a prononcé ces mots, la sensation d'étouffement s'en va en ondulant, comme un orvet dans les fougères. Parfois, c'est un soulagement de pouvoir dire non. Le privilège de l'âge.

Sylvie court après elle.

— Je ne peux pas faire semblant de le pleurer, marmonne Rita pendant qu'elles s'éloignent.

— Moi non plus. (Sylvie tire une clé de voiture de sa poche et la balance à son doigt.) Ça te tente, un tour dans la Porsche au lieu d'un thé, madame l'arrière-grand-mère ? Teddy m'a prêté sa voiture.

— Vraiment ? Ce truc terrifiant dans l'allée ? (Rita rit à l'idée d'une telle folie.) Non, merci.

Quelques pas plus loin, le toit de tuile de Wildwood pointe entre les arbres. Il est drôle de penser que Poppy héritera plus tard du domaine, songe Rita – et c'est bien ainsi. Malgré son lifting et son changement de nom, il sera toujours Foxcote. Comme Helen sera toujours Hera. (Les mêmes doigts agités, furieux, qui ont jadis allumé des feux créent maintenant les terrariums les plus raffinés qu'elle a jamais vus. Des mondes sous verre, une douce joie perdue.) Et le portail du jardin, bien que repeint dans une teinte élégante, reste le même portail bringuebalant qu'elle a franchi un jour à l'aube, dans une robe de chambre d'un rose voyant et des bottes qui appartenaient au grand amour de sa vie, qu'elle ne connaissait pas encore. Cela lui coupe le souffle.

À l'approche du manoir, quelque chose attire l'œil de Rita. L'éclair d'une mèche blanche, une foulée évanescente dans la brume des jacinthes des bois. Fingers ? Qui les observe ? Les yeux et les oreilles de la forêt. L'Homme Vert. Le révélateur et le fossoyeur de ses secrets. Elle se demande ce qu'il sait d'autre.

C'est alors qu'une vague idée qui l'a tracassée durant tout ce week-end se précise. Grosse comme une goutte de pluie avant de s'écraser, elle semble la première pensée cristalline qu'elle a eue depuis son accident.

Le loquet bien huilé du portail cliquette derrière elles. Elles pénètrent dans le jardin par un sentier bordé de tulipes et de fougères aussi fines que des plumes, qui ressemblent de manière frappante à Ethel. Rita a l'esprit clair. Sylvie pour elle toute seule. Elle doit en profiter pour lui parler.

Mais elles sont déjà dans l'allée, et Sylvie s'arrête devant la voiture de Teddy, qui luit dangereusement, capote baissée.

— Allez, maman. Ce ne serait pas bon de s'échapper un peu ? juste nous deux ? pour voir l'horizon ?

« Mes parents sont morts sur une route de forêt », pense Rita. Don roulait dans ce genre de voiture. Elle s'écrie :

— Elle est minuscule ! Je ne pourrais pas y rentrer.

Sylvie ouvre quand même la portière… et l'aisance de sa fille dans ces bois, la lueur dans ses yeux, pousse Rita à se glisser en confiance dans le siège bas. Ses genoux frôlent presque son menton.

Sylvie saute derrière le volant et met la clé de contact.

— Attends. (Voilà. C'est le moment.) Il y a quelque chose que je dois… (Rita déglutit. Elle a redouté cette discussion pendant des années. Construit sa vie pour l'éviter.) Comme je suis en voie de guérison, j'aimerais t'aider à trouver cette… cette Jo. Ta mère biologique.

Sylvie blêmit. Elle ne s'attendait clairement pas à ça. Les arbres tremblent autour d'elles. Se recroquevillent.

— Il y aura des pistes ici, poursuit nerveusement Rita, pensant à Fingers. Ou la société de généalogie génétique à laquelle s'est adressée ta sœur il y a quelques semaines. Apparemment, on frotte juste un coton-tige à l'intérieur de la joue.

Sa voix s'éteint. Elle ne trouve pas les mots justes, comme elle l'avait toujours craint.

Sylvie ne dit rien. Dans les hautes branches au-dessus d'elles, un pivert commence à cogner aussi fort que le cœur de Rita. Elle recule, perdant de l'assurance :

— Bien sûr, je comprendrais que tu veuilles faire ça toute seule.

Un ange passe. La maison tend l'oreille. Les fenêtres à meneaux clignotent, suspendues à leurs lèvres.

— Franchement ? (Les pupilles de Sylvie se dilatent, deux gouttes d'encre noire.) Maman, s'il y a une chose que j'ai apprise ces derniers mois, c'est que je suis ta fille. Celle de personne d'autre. Tout comme Annie est la mienne. Et Poppy la sienne.

Elle lance le moteur. La Porsche regimbe, puis commence à ronfler.

Rita se sent à nu. Terrifiée. Son cœur va exploser.

— Seigneur…

Sylvie roule lentement pour franchir le portail, dans les premiers virages. Mais quand la route devient droite, elle accélère, les plaquant sur leurs sièges. Les arbres défilent, dans une débauche de verts. Leurs cheveux flottent au vent. Soudain, Rita éclate de rire et pousse des cris de joie parce qu'elle n'a plus du tout peur et qu'elles vont si vite qu'en un clin d'œil, elles traversent la forêt. « Oh, regarde, pense-t-elle. Le bois se réduit à une tache derrière nous. »

REMERCIEMENTS

Un grand merci à mes éditrices, Maxine Hitchcock, Tara Singh Carlson et Helen Richard. Vous avez beaucoup enrichi ce roman et je suis une auteure chanceuse : nous avons un bel esprit de ruche ! À mon agente, Lizzy Kremer – ma gratitude sincère, comme toujours. À Maddalena Cavaciuti, Hazel Orme, Bea McIntyre, Alice Howe, Rebecca Hilsdon et aux équipes inspiratrices de Michael Joseph, G. P. Putnam's Sons et David Higham Associates, merci, merci. Aux écrivains qui me relisent : je sais que vous avez tous des piles de manuscrits à parcourir, et je vous suis très reconnaissante. Pour finir, à ma famille : Ben, Oscar, Jago et Alice. Finalement, tout est pour vous. (Et pour le chien !) Avec tout mon amour.

MIXTE
Papier issu de
sources responsables
FSC® C003309
FSC
www.fsc.org

L'éditeur de cet ouvrage s'engage dans une démarche de certification FSC® qui contribue à la préservation des forêts pour les générations futures.

Pour en savoir plus :
www.editis.com/engagement-rse/

10/18 – 92 avenue de France, 75013 PARIS

Imprimé en France par CPI

N° d'impression : 3046770
X08001/01